Eddy Mitchell, de son vrai nom Claude Moine, est né le 3 juillet 1942 à Belleville. Il connaît le succès dès 1961, grâce à son groupe de rock *Les Chaussettes noires*, dont il est le chanteur. À partir de 1963, il continue sa carrière en solitaire. Rocker, auteur de ses chansons, Eddy Mitchell s'oriente de plus en plus vers un style crooner au cours des décennies. Il est également acteur et anime sur France 3, de 1982 à 1998, *La Dernière Séance*, émission consacrée au cinéma américain des années 1950. Le chanteur a su conquérir un large et fidèle public, jusqu'à sa dernière tournée en 2010-2011.

DU MÊME AUTEUR

P'tit Claude
*Arbre à cames, 1994*

Les Chansons de Mr Eddy
*(illustrations de J.-C. Mézières, J. Giraud, B. Springer et al.)*
*Soleil, 2003*

Eddy Mitchell
*Entretiens avec Didier Varrod*

# IL FAUT RENTRER MAINTENANT...

*Éditions de La Martinière*

TEXTE INTÉGRAL

ISBN 978-2-7578-2881-6
(ISBN 978-2-7324-5147-3, 1re publication)

*Merci à ma famille, parents, frère, sœur, femme et enfants.*
*À Bill Haley et Gene Vincent.*
*Au technicolor, à la musique sans qui la vie serait une erreur.*
*À Jean Fernandez sans qui rien ne serait (surtout MOI).*
*À la patience de Didier Varrod.*
*Voilà ! Si j'ai oublié quelque chose ou quelqu'un,*
*vous êtes prié de donner votre nom après 10 heures,*
*au-delà de cette limite, ce bouquin n'est plus valable.*

*Bien à vous,*

Eddy

« Toute la ville en parle...
Eddy est formidable »

Eddy Mitchell est un vrai sentimental. Moi non plus. Je crois que c'est pour cette raison que nous nous aimons bien. Aussi loin qu'il m'en souvienne je vois Eddy dans la lucarne, j'entends Mitchell dans le poste, je lis Schmoll dans les journaux. Moi, j'étais à peine né que lui faisait déjà le mariole avec ses copains pour réveiller la France du général de Gaulle. C'est marrant, mais du haut de mes trois pommes, ou assis à califourchon sur le petit cheval de mon western à moi, à chaque fois que j'apercevais Eddy en noir et blanc se déhancher comme un dingue dans la télévision de papa, je prenais une leçon d'éducation musicale.

Alors que je commençais tout juste à lire *Pif Gadget*, à m'intéresser à la science du pois sauteur et surtout à rêver que Milou finirait bien par plaquer Tintin pour moi, je sentais déjà intimement qu'Eddy Mitchell était celui qui mettait plus d'un neurone dans le rock'n'roll. Décidément il n'était pas comme les autres. Il ne pouvait pas faire le beau comme son copain Jean-Philippe Smet du quartier de la Sainte Trinité du rock. C'est drôle, j'étais encore à l'école primaire et je sentais pourtant intuitivement la différence. Comme si je comprenais inconsciemment que dans ces années où la France était celle de Poulidor, on pouvait aussi chanter du rock sans porter le maillot jaune.

Attention, être second couteau sur la ligne de départ donne également des avantages... On peut choisir son destin plus facilement. Avoir envie d'être ou non sur la photo, et surtout de s'octroyer la liberté de chanter et de penser en même temps. Ce qui, à l'époque du bréviaire de *Salut les copains*, n'était franchement pas donné à tout le monde. Lorsque je suis entré au lycée, j'ai commencé à comprendre que seule la ligne d'arrivée importait. Pour mes frangins, l'éveil à la sexualité est passé par le rock'n'roll et la bagarre entre les Beatles et les Stones. Pour moi ce fut différent.

À neuf ans, j'ai entendu « 69 année érotique » murmuré par Serge Gainsbourg, alors même qu'il nous enseignait l'année précédente que « l'amour physique est sans issue ». Si je reconnais que cela peut effectivement aider à l'élévation philosophique, ce n'est en revanche pas franchement idéal pour perdre sa virginité. À dix ans, seule la lune me faisait rêver, et ce depuis que trois hommes lui avaient sauté dessus comme des cabris.

J'ignorais qu'en cette même année Eddy Mitchell était bien content que le général de Gaulle s'en aille. J'ai commencé à avoir des poils au moment où la sexualité s'est libérée partout. J'ai eu cette chance... À douze ans, mes premiers émois m'ont assigné à résidence surveillée dans ma chambre, à écouter Véronique Sanson. Là j'ai compris autrement le rock et la pop. Et c'est une fille, belle comme le jour et la nuit, qui me les a enseignés. Eddy Mitchell avait disparu de mon radar musical... Au moment même où il traversait son désert, nous étions en 1972. C'est grâce à ce livre que j'ai su qu'il était alors parti à la conquête de l'Est pour faire bouillir sa marmite. Franchir le mur, divertir les soviets en attendant que ça passe...

Dans les années 60, Johnny avait chanté « Cheveux longs et idées courtes » lorsqu'Antoine avait voulu le « mettre en cage à Medrano ». Eh bien moi, au milieu des années 70, j'avais les cheveux longs et j'étais sûr d'avoir des idées aussi longues. Comme tout bon adolescent qui se surestime, il ne s'agissait pas de me chanter n'importe quoi à l'oreille ! Lorsque j'ai réentendu Eddy Mitchell dans ces années-là, il charriait le pape et son encyclique, ode à la chasteté perpétuelle, il chantait le cynisme de la société de consommation, les filles un peu mythomanes qui peuvent tout à coup tourner dans un porno, les cinémas de quartier qui ferment les uns après les autres, le chômage qui fait que les cadres n'ont plus envie de rentrer chez eux le soir. Tout à coup tout était dit avec cet Eddy-là.

Le rock avait désormais son observateur, son sociologue de l'instant, le frère d'armes de la mélancolie des loosers magnifiques. D'une certaine manière le Poulidor du rock faisait de la résistance. Aux côtés des Renaud, Lavilliers, Souchon qui regardaient la France au fond des yeux, Eddy Mitchell faisait figure d'éclaireur. Schmoll était devenu Monsieur Eddy. Lentement mais sûrement.

En mai 1981 j'étais à Pantin, heureux d'applaudir avec ferveur Barbara qui tous les soirs chantait l'état de grâce. Et j'y croyais enfin. Depuis le 10 mai, moi aussi je voyais ces hommes et ces femmes : « *Moins chagrins, moins voûtés, tous ils semblent danser / Leur vie recommencée / On en a tellement rêvé / Que sur les murs bétonnés / Poussent des fleurs de papier / Et l'homme / Une rose à la main / Étoile à son destin / Continue son chemin...*[1] » C'était bien ces années Mitterrand où l'on croyait que les lendemains allaient chanter pour toujours ! Moi aussi, je pensais en être de ce fameux grand soir, puisque c'est alors que je suis devenu journaliste, spécialisé en chanson française.

Eddy Mitchell, le sourire en coin et légèrement désabusé, prenait ses distances naturelles en racontant « Le cimetière des éléphants » sur toutes les radios du boulevard de la FM tout juste inauguré. La France était toujours pliée en quatre avec son pote Coluche. Jusqu'au jour où... le chômage toujours, la rigueur encore, le Sida soudain... Et nous avons réalisé que l'alternance avait également fabriqué ses vieilles canailles... Alors devant l'espoir enfui, une seule solution. Celle qu'Eddy a finalement trouvée. Revenir à ses racines. Dis-moi qui tu es et je te dirai ce que tu chantes. De Belleville à Nashville, voici « l'identité nationale » d'Eddy Mitchell révélée. C'est l'heure où l'homme se rassemble pour mieux se ressembler. Voici venir le temps propice pour se risquer à davantage parler de soi. On peut se pencher sur son enfance passée à rêver sur les fortifs, oser faire une chanson sur sa « m'man » adorée, dire à sa façon « je t'aime » à son papa fantasque en rouvrant

1. Extrait de la chanson « Regarde » de Barbara.

pour 55 millions de Français les dernières séances de sa propre jeunesse. En même temps on peut aussi remercier sa petite Sacem, faire du lèche-bottes au showbiz et même commencer à douter…

C'est à ce moment précis, en 1991, que j'ai rencontré Eddy Mitchell pour la première fois. Je venais d'être nommé directeur artistique de son label Polydor. Monsieur Eddy était dans sa réserve naturelle. Il en avait vu d'autres – des directeurs artistiques – qui, généralement, avaient ce talent extrême de ne faire que passer. Il n'avait pas tort. Après un petit tour de chauffe relationnel, j'ai découvert un Schmoll avec des envies de débutant ou presque. Eddy « Small ». Comme s'il était tout petit, et qu'il avait l'envie d'en découdre à nouveau avec ce vieux métier de chanteur. Pas encore crooner mais déjà dans le costume.

Pour être considéré par Monsieur Eddy, il faut tenir ses promesses. Il voulait pour son album un son à la Gary Moore. Il aura son réalisateur artistique, Ian Taylor. Un mec bien. Un Anglais réservé, marié avec une femme d'origine française. Un British qui, chaque été sur la Côte d'Azur, entendait à la radio Eddy et Johnny et voulait absolument nous prouver que les seconds finissent toujours premiers. Encore un ! Ainsi fut fait. Début juin, l'album sort. *Rio Grande*. Premier au Top album direct. Sur les radios, le son mariachi de la trompette calexico embrase tout l'été… Eddy est bien content mais il ne la ramène pas. *Toute la ville en parle… Eddy est formidable*. Titre visionnaire d'un album de 1964. Oui, je dois bien vous le confier, Eddy est formidable. Parce qu'il est lui-même en toutes circonstances. Fidèle au poste quand on le lui demande. Aux abonnés absents quand on ne lui demande rien. C'est ainsi. Il est comme les héros de westerns. Entier, rien à gratter et amoureux des grands espaces.

Notre histoire ? Elle est comme dans la chanson : « On s'est connus, on s'est reconnus, puis on s'est perdus de vue. » Et un beau jour le tourbillon de la vie nous a remis face à face au printemps 2010. Vraiment « face à face », au sens premier du terme puisque l'on s'est retrouvés en tête à tête, avec quand même quelques caméras pour témoins. En vue d'un film documentaire qui lui sera consacré dans la série « Empreintes », pour la chaîne de télévision France 5, en novembre 2010.

Pour l'occasion Eddy a accepté, pas forcément de gaieté de cœur, de tourner deux longues séries d'entretiens au cinéma Le Trianon à Romainville. J'ai retrouvé Eddy Mitchell tel qu'en lui-même. Faisant d'emblée un peu la moue d'être assis là, dans le décor naturel de l'émission « La dernière séance ». Avec lui ce qui est fait n'est plus à refaire et le retour sur les traces de « souvenirs souvenirs », si bons soient-ils, n'est pas nécessaire. Et puis nous avons commencé à parler. J'en avais rêvé, Eddy l'a fait. Avec sincérité, humour et bienveillance, en se délestant même au passage de cette image de bible en santiags, celle des amis de Stewart Granger et Papy Wayne. Eddy Mitchell ne s'est jamais consommé avec les étiquettes de saison. Il faut donc beaucoup de persévérance pour percer à jour cette citadelle imprenable et finalement fière de l'être. Il faut surtout beaucoup de temps.

Nous nous sommes ensuite retrouvés en juin 2010 à Saint-Tropez. Le patriarche en dilettante, chez lui, avec sa famille, en équilibre entre Claude Moine et Eddy Mitchell… Il a sûrement fallu qu'il prenne sur lui pour accepter l'œil parfois déformant d'une caméra qui tourne autour de son indéniable présence. Comme lors de ce déjeuner sur la plage de Saint-Tropez, entouré de sa femme Muriel, de sa fille Pamela, de son producteur Claude Wild et de ses deux vieilles copines tropéziennes. On dégustait l'aïoli traditionnel pour offrir une scène de vie intime à la caméra. Dans ces circonstances-là, il faut être à la hauteur de la confiance que cet animal sauvage vous accorde. Je le regardais s'offrir en silence pour donner le change à la télévision qui implore toujours ces images d'intimité. Ce fut très beau. Surtout lorsque je questionnai ses proches devant lui et qu'ils me répondirent en toute liberté. En proie à des instants curieusement figés, Eddy Mitchell écoutait en caressant machinalement sa barbe jusqu'à s'en écorcher l'épiderme, baissant la tête et gratifiant son entourage aimé d'un silence attendrissant. Comme s'il voulait le mettre en garde contre le risque de livrer en pâture une vérité ou une émotion insignifiante. Comme chaque fois qu'Eddy est contraint de sortir de lui-même et qu'il s'exécute pour honorer son contrat de fidélité avec les médias, cela augure des moments rares.

Il me fut conseillé de réitérer l'expérience en réalisant un entretien de nuit dans le Belleville de son enfance, en voiture, pour faire à nouveau connaissance avec le P'tit Claude. Mais ce soir-là il se trouve qu'Eddy Mitchell n'est plus petit. Et que dans cette circonstance-là, il ne peut pas être Claude puisqu'il y a encore une équipe de télévision à nos basques. Une fois de plus il trouva lui-même la juste distance entre ce qu'il pouvait dire et ce qu'il acceptait de confier pour la première fois. C'est précisément parce qu'Eddy Mitchell est un sentimental que l'on n'a pas le droit de jouer avec ses sentiments. Du coup, je vous l'avoue, j'appris beaucoup des non-dits de cet homme qui n'a eu de cesse de s'alléger au fur et à mesure que sa vie se chargeait naturellement de l'alourdir avec ses tonnes de vieilles affaires et de souvenirs qui encombrent la mémoire.

Ma mission était simple. Le convaincre que mes questions, qui ne s'arrêtent jamais, auraient au bout du compte la même vertu que son acte symbolique de mettre en vente aux enchères chez Christie's, en 2005, une partie de ses trophées et de sa collection personnelle liée à sa panoplie de chanteur. Aérer, nettoyer, débarrasser, décharger, dégraisser, soulager, apaiser, adoucir... Il a fini par reconnaître que cela pouvait peut-être ne pas lui faire de mal.

Ensuite Eddy est parti sur les routes de France pour partager sa dernière séance de music-hall. Cent cinq dates plus tard, nous nous sommes retrouvés pour remettre le couvert. Des heures à converser, échanger, muscler la mémoire. Il faut du temps pour raconter une existence. De fait, Monsieur Eddy met sa vie Mitchell en ordre. L'intégrale studio dans une malle de voyage en mode diligence... Le live et le DVD de sa dernière tournée. Et maintenant un livre. Le show est définitivement derrière lui. Le cinéma est son présent.

Il tourne et retrouve son réalisateur Étienne Chatiliez. Il a l'air heureux. Accompli. Serein. Et toujours lucide.

> *« J'voudrais pas m'sous-estimer mais mon temps est compté.*
> *J'veux pas finir comme un vinyle oublié, seul, sur une platine, rayé.*
> *Je suis vintage, une rareté, la mode, je l'ai laissée passer.*
> *Et tu as tout l'temps pour tester mon QI et ma santé.*
> *Je suis vintage, j'suis hors de prix même pour les proches ou les amis.*
> *Car pour s'offrir un solitaire, faut pas rêver, c'est très cher. »*

En ces temps de faillite économique, de crise financière et de défaite de la pensée, c'est une chance d'être en possession de cette parole solitaire. C'est donc bien cela, Eddy Mitchell : une vraie richesse qui ignore tout des intérêts. Et puisque Voltaire disait « la richesse consiste bien plus dans l'usage qu'on en fait que dans la possession », c'est le moment pour moi de vous l'offrir. Pas périssable. Toujours bon à consommer. On a encore tout le temps pour l'emmener au cimetière des éléphants. Eddy Mitchell est chanteur et, en plus, il ne nous a jamais menti. Qui d'autre ?

Didier VARROD

# 1

# « Je suis Vintage »

**Vous avez super bien vieilli... J'irai même jusqu'à dire que vous êtes un bel homme aujourd'hui Eddy !**

Je vous en prie, monsieur Varrod, tout de même... On ne va pas commencer comme ça, si ?

**C'est vrai, tout le monde le dit ! Vous avez la super classe, pardonnez-moi mais il y en a d'autres pour qui c'est plus compliqué...**

Comme quoi, mener une vie saine, ça conserve... *(Rires.)* Bon c'est vrai je n'ai pas trop à me plaindre pour mon âge... C'est l'avantage des mecs qui ne sont pas des jeunes premiers et qui, par conséquent, ont une chance de pouvoir progresser de ce côté-là. Je crois que c'est mon cas. Je suis assis assez confortablement, mais vous ne voyez pas mes jambes, heureusement, les pauvres... Non c'est vrai, je ne m'en sors pas trop mal. Tout ça c'est à cause de la barbe aussi. C'était une idée du metteur en scène de la pièce de théâtre dans laquelle j'ai joué, *Le Temps des cerises*. Stéphane Hillel m'a imaginé avec la barbe pour incarner ce peintre atrabilaire. Depuis je l'ai gardée. Et comme ma femme m'a trouvé encore plus beau... Elle m'a dit que ça me donnait un petit côté Hemingway. Ce genre de compliment ça ne se refuse pas !

**Vous ne vous êtes jamais aimé physiquement ?**

Non, non... je ne me suis jamais trouvé terrible.

**Comment ça se fait ?**

Quelle question ! Parce que je suis né avec ! Je suis allé au cinéma très jeune et je n'y ai vu que des gens absolument formidables, beaux comme des astres. Je pense à Stewart Granger, qui était d'une beauté ! Et Gary Cooper, Burt Lancaster... Quand vous arrivez derrière, vous vous inclinez « bon, bah salut... »

**Et qu'est-ce qu'on fait alors avec sa carcasse et sa tronche ?**

Eh bien on fait chanteur ! Ce qu'eux précisément ne savent pas faire. Mais attention, on s'habitue à sa tronche ! Je compose avec parce que je ne vais pas passer à la chirurgie esthétique quand même ! Sinon, le nez, il aurait été refait depuis longtemps.

**Vous avez superbement bien traversé les cinquante dernières années...**

Je ne suis pas le seul. Je pense notamment à Aznavour, qui est toujours là, pétant le feu, brillant ; il n'y a rien à dire ou presque... Je suis un fan de la première heure. Mais chez lui il y a des choses que je ne m'explique pas. Je conçois qu'il ait toujours cette envie de poursuivre sa carrière. La scène, c'est sa vie. La chanson, aussi. En revanche, je me demande toujours pourquoi, compte-tenu de son parcours légendaire, il n'a pas un philharmonique derrière lui, ou pourquoi il n'emploie pas un Big Band. La musique n'est pas à son image. Et lorsque l'on vieillit on doit aussi réfléchir à ce que l'on propose artistiquement pour ne pas avoir à se poser la question de la modernité ou non. Franchement, dès le début, quand on me demandait sans cesse « Vous vous voyez vieillir en tant que chanteur ? », je répondais « Pourquoi pas ? ». Je pensais déjà que l'on avait le droit de chanter après quarante ans. Quand j'étais mouflet, une de mes idoles était un OVNI. C'était Bill Haley. Quand on voyait son physique, on se disait que l'on avait toutes ses chances. Pour nous qui étions jeunes, Bill Haley était déjà un vieux puisqu'il avait une trentaine d'années. Donc il pouvait vieillir avec nous, devant nous, ce n'était pas important. Quand j'ai découvert Sinatra, il n'était plus un jeune homme, Dean Martin non plus...

**Vous avez malgré tout décidé de ne pas jouer les prolongations.**

C'était vraiment la bonne décision. En tous les cas, pour ce qui me concerne. J'avais déjà ressenti lors de la dernière tournée qu'il fallait avoir le courage de voir les choses en face. J'étais fatigué physiquement, surtout j'étais éreinté par la responsabilité que de telles tournées impliquent. Être chanteur ce n'est pas une drogue. Ni une addiction. C'est un plaisir. Un immense plaisir. Il fallait que cela reste ainsi. Et honnêtement je pouvais sentir poindre un début de lassitude. Et quand ça commence, aïe, alerte rouge ! Et là j'étais limite… Il eût été insupportable de vivre avec ça. Et ma femme était ravie. Cela fait tellement d'années que j'étais sur la route. C'est sûr c'est épuisant. Alors, même si je ne me suis jamais plaint, elle voyait bien… Elle connaît tout de moi, elle devinait la fatigue, l'usure. Avec le temps qui passe, elle avait envie que je profite aussi de la vie en sa compagnie.

Et puis j'avais la hantise du concert de trop. Vous savez, le concert de tous ces vieux chanteurs qui ont perdu leur voix. Quand j'ai emmené ma femme applaudir Frank Sinatra c'était trop tard. Elle m'a dit : « C'est ça ton idole ? » Sinatra à la fin était pathétique. Il devait reformer non pas le Rat Pack mais presque, puisqu'il devait y avoir Dean Martin ! Et puis… Dean Martin a déclaré forfait et n'est jamais venu. C'est Liza Minnelli qui l'a remplacé au pied levé. Ce n'est quand même pas pareil. *(Rires.)* Il y avait également Sammy Davis bien sûr. On sentait, même aux répétitions, qu'il faisait son numéro sans être là. On aurait dit un papy… Ce genre de spectacle, ça vous reste croyez-moi ! Il y a cette souffrance de l'artiste qui ne parvient plus à être ce qu'il doit être et qui regarde dépité son public à qui il ne peut plus donner ce qu'il a aimé.

**Vous avez achevé votre « dernière séance » sans trop jouer sur l'émotion…**

Je pense que pendant toute cette tournée il y en avait beaucoup du fait de ma décision. Je voulais écrire une chanson qui soit un coup de chapeau au public : ce sera « Come back », et non pas « Faisons pleurer Margot » ! C'était le moment de dire merci à mon public, même si ce n'est pas facile pour moi. Je n'aime pas faire le point. Encore moins écrire des bilans. Pourtant je devais profiter de cette dernière tournée pour sortir un peu de moi-même. Comment le dire et à quel moment, sans que cela paraisse putassier et opportuniste ? Il fallait oser mais en trouvant le bon équilibre. C'est ce que l'on a réussi à transmettre avec cette chanson. Sur un tempo swing, léger, presque joyeux, j'ai écrit un texte du coup sans trop de pudeur. C'était plus aisé. J'ai toujours détesté la démagogie. J'ai même de la répulsion pour ce type de manipulation des sentiments car je pense que tous les artistes y sont perméables. Je suis un personnage public, aimé ou détesté ; si en plus je cherche à attiser la mèche, les emmerdes je vais les avoir. Ce n'est pas de la fausse modestie pour autant. J'essaye que tout soit le mieux possible mais le public a autre chose à écouter que de se pencher sur mes états d'âme de chanteur. Donc motus et bouche cousue. Silence. Je suis toujours sur la réserve.

Comme je l'ai expliqué à mon producteur de spectacles, Claude Wild, il y a déjà vingt-cinq ans, alors qu'il se plaignait que je ne lui fasse jamais un compliment :

« Quand je ne dis rien c'est que je suis content. » J'ai du mal à extérioriser, dans les deux sens d'ailleurs. Lorsque je suis satisfait et lorsque je ne le suis pas. Quand un truc me gonfle, je me barre plutôt que de partir dans de longues tirades avec moult justifications et envolées de colère. Je n'aime pas les manifestations ostentatoires. Mon entourage doit alors savoir décrypter mes silences. Claude Wild, encore lui, dit que nous travaillons ensemble depuis trente-six ans et que nous ne sommes amis que depuis dix ans. C'est peut-être vrai. Je pense qu'une relation ne peut se construire que sur la durée, au fil des événements de la vie.

**D'ailleurs sur scène non plus, vous n'avez jamais entretenu ce mythe du chanteur qui en fait des caisses.**

Je ne suis pas fait pour le barnum. J'aime bien ça chez les autres. Les effets spéciaux en cascade, les entrées en scène pharaoniques, l'hélico, les tanks pour faire décaniller les premiers rangs !!! Très peu pour moi. J'ai essayé ça une seule fois avec Jérôme Savary. Quand il y a trop de mise en scène, désolé moi aussi j'ai tendance à vouloir la regarder. Et je vous le dis, ce n'est pas terrible un chanteur de dos. Je me souviens d'ailleurs qu'il avait voulu me mettre une stripteaseuse dans l'un des tableaux du spectacle. Et là que se passe-t-il ? Qu'est-ce que vous regardez ? La fille ou le chanteur avec un gros nez ? Non, franchement, j'aime bien les choses simples.

À l'inverse, cette nouvelle religion de l'acoustique me

fatigue aussi. L'acoustique pour sentir son artiste au plus près... C'est bien pour les producteurs car ça coûte moins cher. Je n'aime pas cette complaisance qui met le chanteur en position de messie. En tournée j'évite la loge, le cérémonial d'avant la scène. Je n'ai pas de gri-gri, je ne fais pas de prière collective ou solitaire. J'arrive au dernier moment, ça évite le trac. Comme ça, il dure trente secondes au lieu de trois heures. C'est une bonne économie d'énergie... et de sentiment. Pour la sortie de scène, idem. Le sas de décompression est trop violent. Je n'aime pas rester sur les lieux du crime. *(Rires.)* Alors je me tire au plus vite. Je ne vis pas la scène comme un fonctionnaire avec tout le respect que j'ai pour ce corps de métier. *(Rires.)* Je ne veux pas en rajouter avec de fausses émotions.
C'est comme cette histoire des balances avant le concert. Pourquoi chanter dans une salle vide à 6 heures du soir ? Ça fout le bourdon. Et puis après, il faut rester dans sa loge et se bouffer les ongles... Alors non. Quant au sacro-saint contact avec le public avant et après le spectacle... Ce n'est pas pour moi. C'est du bluff. Pour moi la relation avec lui se joue pendant le concert. C'est tout. En dehors, si je le rencontre, je ne sais pas quoi lui dire. Il est adorable, respectueux, beau, fidèle et discret. Populaire au sens noble du terme. C'est une chance quand on est chanteur. Alors c'était difficile de lui dire : « Je t'aime. » Cela ne se dit pas tous les jours. Le moment où je le dis est forcément engageant.

**Bon, vous pouvez me le dire maintenant... Vous étiez ému le jour de votre dernier concert, le 5 septembre dernier ?**

Oui, c'était émouvant. Surtout cette incroyable ferveur du public. Son émotion de me voir arrêter. C'était beau. Fort. Sincère. Je l'ai vécu de façon très émouvante, c'est évident, surtout la toute fin du spectacle, mais il y avait aussi malgré tout une grande fatigue. Après, quelques jours plus tard, vous réalisez enfin : « Putain, c'était quand même très chaud. »

**Comment expliquez-vous cette émotion ? C'est très curieux, cet attachement viscéral qu'on peut avoir avec un chanteur.**

Je crois qu'au bout d'un moment vous faites partie non pas des meubles, mais de la famille. Vous êtes dans la vie intime des gens. Et je le ressens bien parce qu'en règle générale les gens sont très aimables avec moi et surtout très courtois. Ils ne s'attardent pas, ils me disent juste : « Bonjour, cela fait plaisir de vous voir, on vous aime beaucoup. » C'est formidable. Il n'y a pas de tapes dans le dos, tout l'arsenal familier qui me gênerait.

**En revanche vous avez lancé au public « Il faut rentrer maintenant », vous avez trouvé cette phrase sur le coup ?**

Oui, et ce n'était pas prémédité. Le spectacle était terminé depuis déjà vingt minutes. Les gens continuaient à applaudir, à me réclamer, à chanter. Je suis revenu en peignoir, je les ai remerciés et j'ai dit : « Ce n'est pas tout ça, mais il faut rentrer maintenant. » Et j'ai enchaîné : « Vous pouvez fumer, repos ! »

**Qu'est-ce que vous avez fait le lendemain ?**

Le 6 septembre 2011, j'ai dormi. Le 7 aussi. Le 8, je me suis réveillé. Et je me suis remis au cinéma. Je pouvais enfin penser à autre chose...

**Vous n'avez aucun regret aujourd'hui, avec le recul ?**

Le regret, je l'aurai exactement comme après chaque tournée... Car immédiatement après la tournée, vous passez à autre chose. Dans deux ans, oui, j'y penserai, mais je ne serai peut-être pas en forme du haut de mes soixante-dix piges. Ce qui me fait peur est de ne pas être à la hauteur de ce que les gens attendent et de ce que j'attends de moi.

**Avez-vous déjà senti, à un moment dans votre existence, que vous preniez un coup de vieux ?**

Le jour où j'ai su que j'allais être grand-père... Il y a dix-huit ans, enfin dix-neuf... Vous imaginez ! Quand j'ai appris que j'allais le devenir, j'étais à Saint-Tropez. Je revenais d'une partie de cartes. J'étais de bonne humeur. Ma femme me dit : « Assieds-toi et prends un verre. » C'était pour moi un signe de détresse. Je m'exécute. Elle prend un appareil photo et me dit :

« Souris ! Clic clac ! Tu vas être grand-père... » Il suffit de voir ma tête sur la photo pour lire mon terrassement. C'est sur le moment... Un sentiment assez fort. Ma jeunesse, ou mon idéal, s'est définitivement enfuie à cet instant-là.
Après, je vous rassure, ça passe. Je suis très attaché à mon petit-fils. Je ne loupe aucun de ses anniversaires. Je peux me permettre d'être plus gamin que lui et de le forcer à faire des conneries que ses parents lui interdisent. Théo joue très bien de la guitare. Je lui ai acheté « la guitare qui tue ». Et je me souviens qu'un jour on a organisé un mini-concert pour des amis. Lui à la guitare était très concentré. Je lui ai dit avant de démarrer : « Tu bois de la vodka avant de jouer... » Pour lui c'était dingue, impensable !

**Ne me dites pas que c'est le seul moment où vous avez senti que vous étiez en train de prendre un coup de vieux ?**

Non, c'est vrai... Je l'ai surtout senti quand j'ai eu mon souci de santé qui était tout de même assez grave sur le papier. C'était il y a dix ans. Aujourd'hui c'est derrière moi. Sur le coup ce n'était vraiment pas agréable.

**Vous n'avez pas ou très peu parlé de votre cancer dans la presse. Juste une allusion dans *Paris Match* et c'était dans vos repères biographiques pour la dernière page de *Libération*...**

Je n'avais pas du tout envie d'en parler. Quand j'ai dû subir mon intervention chirurgicale, des paparazzi ont essayé de pratiquer leur sale boulot, mais j'avais placé des gardes du corps à l'entrée de l'hôpital, donc ils ont été éloignés. Je trouve qu'il ne faut pas s'épancher sur des événements qui touchent la sphère strictement privée. Et, à l'intérieur même de cette sphère, il est bon d'épargner l'entourage le plus possible. Ce sont des choses très personnelles qui concernent votre famille et vous, point.

**En général, quand on est atteint de quoi que ce soit d'un peu grave, il est dit qu'on change, que l'on découvre des choses sur soi...**

Non. Je n'ai rien découvert du tout. J'ai eu des traitements qui m'ont soigné et c'est la seule bonne trouvaille. Je n'ai pas ouvert les yeux sur la vérité de la vie. Les impôts étaient les mêmes en sortant de l'hôpital, et les mêmes tronches politiques occupaient ma lucarne ! Et croyez-moi, ce n'est pas une forme de distance devant l'épreuve, parce que c'est une tuile qu'il convient d'accepter. Encore une fois je n'ai pas vécu le calvaire d'une maladie... Je n'ai ressenti que de la fatigue, mais je n'ai pas souffert. Je ne me suis pas découvert un instinct de vie supplémentaire. Désolé, je vivais assez bien avant, et donc j'ai continué ensuite.

**Vous détestez la nostalgie. Comme si c'était (pardonnez-moi !) une vieille maladie, une sale maladie, comme un eczéma...**

Non, pas vraiment. La nostalgie en soi est agréable. C'est son commerce que je déteste. Je ne veux pas citer de noms ni certains événements, vous m'aurez compris... On fait venir sur scène des gens qui seraient mieux chez eux, et le public qui se déplace – quand il le peut encore ! – dans la salle, c'est encore pire que les artistes qui sont sur scène... Donc ça me gêne, c'est terriblement malsain... Mais nous avons tous aussi nos petits coups de mélancolie qui nous submergent brutalement et, là, cela peut être touchant, émouvant. Pour vous donner un exemple très évident, l'autre jour est passé à la télévision un très vieux film français avec Gilbert Bécaud, *Le pays d'où je viens*. Je l'avais vu étant gosse et j'avais été subjugué par une chanson... Et là je me suis surpris à vouloir le regarder à nouveau pour la musique, des chansons merveilleuses. C'est de la nostalgie que je trouve belle.

**Je me suis donc un petit peu trompé sur le terme de « nostalgie ». En revanche, il y a bien une chose que vous n'aimez pas, c'est l'esprit passéiste.**

Ah, oui !

**Ou ceux qui disent « C'était mieux avant »...**

Oui, là ça m'enquiquine... totalement.

**Pourquoi ?**

Parce que c'est faux ! Les gens qui vous disent, « Ah les années 60, quelles années merveilleuses ! », ont oublié qu'il y avait de Gaulle qui faisait chier tout le monde, qu'il y avait la guerre d'Algérie, qu'au niveau de la liberté d'expression ce n'était pas ça non plus et qu'il se tramait des problèmes dramatiques dans la société... Or on ne se souvient que des filles avec des queues-de-cheval et des robes à pois ou Vichy, et des garçons avec des choucroutes sur la tête et des chaussures pointues... Tout le monde twistant comme si la société entière était une gigantesque surprise-partie, mais ce n'est pas que ça ! Les années 60 ce n'est pas uniquement *Salut les copains*. Moi j'aime bien le présent et j'espère que demain sera meilleur.

**Vous aimez cette époque, par exemple ?**

Je trouve surtout que de façon générale la société s'est bien libérée... Je pense aux jeunes, qui habitent souvent encore chez leurs parents, bien sûr, mais qui ont une vraie autonomie de pensée, une liberté de mouvement. Ils sont plus mûrs que nous ne l'étions. Ils sont nés avec la technologie, ils peuvent avoir accès à une multitude de loisirs, ce qui est extraordinaire. Les relations parents-enfants ont aussi évolué, quand même.
Pour moi qui vous parle comme un vieux monsieur, les années 60, c'était ric-rac... Je ne parle pas des années 50 où alors là, il n'était même pas question de la ramener. C'était souvent « Mange ta soupe et tais-toi ». Ou autre cas de figure : « Tu ne manges pas à la table des parents » ; ça pouvait être ça dans certains milieux. Et puis ne l'oublions pas, la majorité était à vingt et un ans. Les « regretteurs », je crois que ça remonte à la nuit des temps... Parce qu'il y en a même qui regrettent la guerre de 14... Le dernier

des poilus n'est plus là mais n'oublions pas qu'ils ont défilé pendant près d'un siècle... Alors bon, il fallait le vouloir.

**Eddy Mitchell, c'est le Monsieur de « La dernière séance », d'un cinéma oublié, d'un spectacle ordonné comme on n'en fait plus, d'un Paris on ne peut plus disparu...**

Oui, c'est vrai... Mais pour moi ça n'est pas de la nostalgie, c'est juste se faire plaisir avec un cinéma que j'aime sans que cela devienne un commerce d'exploitation. On a le droit de regarder un vieux film ou d'écouter un bon vieux disque, après on passe à autre chose... Parce qu'on vit au présent. On ne va pas manger des fromages qui datent de trente ans !

**C'est donc bien ça le scoop du livre : vous ne regardez pas que des vieux films des années 50 et vous n'écoutez pas que Gene Vincent...**

Ça m'arrive, c'est même minutieusement conservé, mais je ne les regarde pas et ne les écoute pas forcément... Déjà, voyez-vous, parce que je les connais tellement par cœur ! Ce qui est plus marrant maintenant, avec le DVD et le Blu-Ray, est d'avoir accès à des films improbables. Avant-hier j'ai regardé un film chinois incroyable. Le DVD venait de Chine, un bon film de propagande sur Mao qui dure 2 h 25, avec Mao lui-même dans le rôle principal ! Ce grand homme et ses 20 000 figurants, c'est drôle. Avant il était impossible de voir ça, maintenant on peut tout avoir à portée de main. Le meilleur comme le pire... Vous vous rendez compte, s'il y avait eu le DVD dans les années 60 ça aurait été génial !

**Vous avez vendu chez Christie's en 2005 une partie de vos souvenirs : vos affiches de cinéma des années 50-60, des disques d'or, des Victoires de la musique... Cela part du même sentiment ?**

Oui, il y a de ça... Je ne reviens pas en arrière. À quoi bon ranger ses trophées ? Rendez-vous compte, si chez moi il n'y avait que ma tronche partout, et des disques d'or, des photos de moi, des affiches de concert... Franchement ce serait sordide. Ou comment imaginer transformer votre intérieur en chapelle ardente ? Pendant longtemps tout ça était au garage... Et il y en avait tellement ! J'ai un grand garage, ma femme une toute petite voiture qu'elle n'arrivait plus à garer, on a choisi...
Les collections d'affiches de cinéma, c'est joli, c'est beau, vous en sortez une au mieux une fois par an. Vous dites : « Ah qu'elle est belle ! » Et vous la rangez, parce que vous n'avez pas assez de murs pour l'accrocher. De toute manière, le fait d'empiler les objets est un acte bizarre... Je parle de l'archiviste pur et dur, celui qui veut tout. Moi je monte des collections comme ça, en dilettante... Je suis un fou de BD mais je n'ai pas tout ce que j'aimerais avoir. Et puis il y a des choses qui sont intouchables, alors à quoi bon ! À une époque, j'adorais les vieux 78 tours, de la période qui va de la fin des années 40 à la fin des années 50. Pour une

seule et simple raison : elle correspond à l'arrêt du 78 tours et au début du rock'n'roll. Et là cela raconte forcément quelque chose. C'est intéressant, mais bon, ça m'a occupé pendant six mois et puis j'ai abandonné.

**Cet acte de vendre aux enchères trophées et autres objets personnels reste assez symbolique et assez fort. Comme si vous aviez envie de vous alléger…**

Et oui, cela a allégé le garage, ça c'est sûr. Et moi avec, puisque de toute manière je n'en faisais rien. Puisque le disque d'or rouille et qu'une Victoire de la musique prend la poussière… Je ne sais pas si vous vous souvenez de la beauté du trophée, d'ailleurs…

**En forme de couilles…**

Parfaitement, c'est vous qui le dites.

**Ça ne sert à rien de se rappeler parfois qu'on a été « le » chanteur de l'année ?**

*(Eddy fait la moue.)* Non… Franchement non. C'est un événement qui est formidable le jour où on le vit. Et puis il faut savoir passer à autre chose.

# 2

# « L'esprit Grande prairie »

**Eddy, pas nostalgique pour un sou, aimant son époque tout en restant attaché à son enfance et à ce Paris des années 50 qui avait l'air très singulier...**

Je suis un petit gars des hauteurs. Paris n'est qu'une idée, paraît-il. Nous étions considérés comme des Apaches dès lors qu'on était originaires des collines de Paris. Montmartre, Ménilmontant, Belleville. L'annexion de toutes ces collines s'est opérée en 1860 sous Haussmann et sous Napoléon III. Il y avait les fortifications, c'était mon terrain de jeu. Et la petite ceinture... Passée celle-ci, les matelassiers et les organisateurs de concours de moto cross s'en donnaient à cœur joie. On était à l'étranger quand on passait au-delà des fortifs. Paris s'arrêtait au métro Pré-Saint-Gervais. Après c'était vraiment l'inconnu. De mémoire je peux encore citer les stations de métro. Porte des Lilas, Télégraphe, Jourdain, Pyrénées, Belleville, Goncourt. Après je ne sais plus. Goncourt c'était déjà le centre-ville. Le plat pays. Paris est une idée qui bouge tout le temps.

Quand j'étais gosse, ce sont les Corses qui tenaient Belleville. Ensuite il y a eu les Arabes. Puis les Blacks et maintenant les Chinois. Et tout le monde s'entendait très bien. Il y avait des anicroches mais tout cela cohabitait au mieux, sans angélisme. Mon quartier se résume philosophiquement à cela : en face du théâtre de Belleville, un boulanger breton vendait des fars à tomber. On descendait à Belleville et, là, il y avait un traiteur tunisien qui préparait des sandwichs merveilleux. Dans votre besace vous aviez la Bretagne et la Tunisie qui étaient ravies de se retrouver dans votre estomac. Je pense qu'à mon époque c'était beaucoup plus vivant. Avec des musiciens partout, bons ou mauvais peu importe. Et on avait le droit de fumer… Alors qu'aujourd'hui tout ferme tôt parce que les fumeurs en ont ras le bol d'être virés de partout et préfèrent rester chez eux, ce qui peut se comprendre.

**Et ce Paris que vous décrivez dans votre livre *P'tit Claude* ? Le XX^e^ arrondissement, la rue des Pyrénées…**

Oui, bien sûr… Le cinéma Les Pyrénées, situé à l'angle avec la rue de Belleville, faisait partie de ceux où nous allions. Car il y avait tout un nid de cinoches de la Porte des Lilas au métro Belleville. Et Le Zénith aussi, un lieu un peu haut de gamme qui était un peu plus qu'un cinéma de quartier parce que, lui, il proposait des attractions extraordinaires. Il y avait toujours un grand orchestre, notamment Le Grand Orchestre d'Eddie Warner.
Lorsque nous allions voir un film, nous avions droit aux actualités, puis un documentaire et un petit film en première partie. Ensuite c'était l'entracte avec

la vente de friandises diverses et donc l'attraction qui était généralement Eddie Warner. Son Grand Orchestre se voulait influencé par toute la vogue musicale latinos, entre Xavier Cugat et Perez Prado... Et c'était charmant, extraordinaire ! Les autres salles faisaient cinéma « tout simplement », ce qui n'était déjà pas mal... Nous allions en famille au Danube ou au Zénith et là c'était la grande sortie. Je me souviens également du théâtre de Belleville où débutait Charles Aznavour.

**Que vous avez vu d'ailleurs !**

Oui, et que l'on remarquait grâce à son costume bleu en alpaga... C'était un événement, un mec qui arrive avec un tel costume, *waow*, c'était une révolution ! J'adorais à la fois les chansons et l'attitude de ce mec qui chantait toujours les mains dans les poches. Et on avait l'impression, sans vouloir être grivois, qu'il s'y passait des choses pas très catholiques... En réalité, il était très nerveux...

**On a la sensation qu'entre la fin de ces années 50, la guerre d'Algérie et le début des années 60, en gros en deux ans, ce Paris-là, celui de votre quartier, a basculé. De nouvelles populations arrivent, de nouveaux bars, de nouvelles musiques, de nouveaux looks, et c'est déjà moins pacifique que ça ne l'était...**

Non, je ne crois pas. Moi quand j'étais gosse il y avait déjà beaucoup de violence, c'était l'époque des blousons noirs qui n'étaient pas tendres ! Comme j'étais un gamin je ne la voyais pas. Et j'ai connu la fameuse dératisation, comme l'appelaient les Corses... Sur les hauteurs, Place des Fêtes.

**Qu'est-ce que c'était en réalité ?**

Oh, c'est un terme très laid... Il s'agissait de souteneurs, de macs corses ou juifs tunisiens qui tenaient les putes locales et qui se sont fait renverser par les Arabes. Comme ils n'avaient rien à perdre et tout à gagner, ils leur sont rentrés dans le lard déclenchant des règlements de comptes terribles. Cela a provoqué des coups de feu, des morts... La violence a toujours fait partie de Paris de toute manière, ce n'est pas uniquement lié à ce quartier.
Pour être tranquille il fallait passer une de ces frontières. Se rendre jusqu'à Colonel-Fabien par exemple. Mais nous n'y allions pas. Place du Colonel-Fabien il ne s'y passait rien ! Vous savez, il ne s'y est jamais rien passé. C'est pour cette raison que les communistes s'y sont installés... (*Rires.*) Il y avait juste un pauvre cinéma avec de mauvaises copies de film, donc c'était sans intérêt.

**J'aimerais que vous me parliez de ce fameux Pépé. Il a existé ?**

Oui, bien sûr qu'il a existé Pépé ! Quant à ce qu'il est devenu... C'était un type gentil mais assez faible d'esprit, costaud surtout !

**C'était le caïd du quartier, on peut l'expliquer comme ça ?**

Pas le caïd, non, ni le chef de bande, mais il rendait des services !

**Apparemment il est le seul personnage qui aurait pu vous faire basculer dans la petite délinquance...**

Bien sûr, il me faisait tellement peur physiquement... Lorsqu'il s'énervait, il se tapait la tête contre les murs pour faire retomber la tension. Je l'aimais bien, il était gentil ! Mais bon, c'était un petit pois Pépé...

**Il avait voulu vous faire braquer des forains ?**

Oui, des forains qui, à l'époque, tenaient tous les manèges situés à la sortie des métros. Ça commençait aux Tourelles à la Porte des Lilas, où il y avait un manège et un stand de tir... Un autre plus bas à Télégraphe, un à Jourdain et un ensuite à Belleville. Ces gens-là étaient payés toutes les semaines par un type qui sortait du métro à Porte des Lilas, puis descendait à pied avec la paye. Donc on devait le choper entre les Tourelles et Télégraphe, parce qu'une fois à Belleville il n'avait plus rien. C'était une horreur...

**Et vous n'avez pas osé !**

Oh non ! Quand on m'a expliqué la manœuvre, j'ai eu l'impression d'être dans un mauvais film. On m'aurait donné une matraque, je n'aurais pas su quoi en faire, vu que taper les gens, ce n'était pas mon truc !

**Et il y avait le Marquis aussi ?**

Le Marquis était un copain. Il était bizarre, c'est pour ça qu'on l'appelait le Marquis ! Lui, il avait plusieurs façons de ramasser l'argent... La plus crasse c'était une espèce de chasse, à laquelle je n'ai jamais participé d'ailleurs, une traque aux homosexuels très violente. Un drôle de personnage que je n'ai plus revu...

**Et le Marcel alors ?**

Lui je ne le fréquentais pas. C'était un personnage complètement fou. Un môme d'ailleurs... Il avait seize ou dix-sept ans à l'époque, et ce Marcel le Boiteux comme on l'appelait était déjà un souteneur, il avait des filles sur le trottoir et avait organisé un trafic qui avait fait scandale en son temps, le gang des Arondes. Ces belles voitures étaient volées et passaient en Algérie... C'est pourquoi il n'y avait plus une seule Aronde entre la Porte des Lilas et Belleville !

**Mis à part ces personnages hauts en couleur, c'était quoi la bande de potes à Eddy ?**

Ce n'était pas des gens connus. J'avais un copain qui s'appelait Jacky, qui m'a gentiment aidé financièrement lorsque j'étais dans la galère. Il gagnait beaucoup d'argent à l'époque – ce qui était rare pour un môme qui avait à peine deux ans de plus que moi. Il avait vingt et un ans et il faisait des trousseaux...

**Pardon ?**

Ah ah, j'en étais sûr ! « Je vous parle d'un temps que les moins de vingt ans... » *(Rires.)* Les trousseaux, cela consistait à faire du porte-à-porte. Une méthode qui n'existe plus aujourd'hui. Jacky était en combine avec les textiles Boussac et il vendait du tissu au mètre. Il frappait chez les gens, avec toujours beaucoup de politesse et un sens de l'à-propos démentiel :
« Monsieur (ou Madame), vous avez gagné trente mètres de tissu écossais ! »
Et soudain, les visages s'éclairaient et les gens laissaient entrer le loup dans la bergerie sans prendre la mesure de ce qui les attendait ! Car ensuite, conformément aux techniques de vente en porte-à-porte, il faisait signer aux gens une attestation qui, en réalité, s'avérait un bon de commande pour acheter du tissu ! D'ailleurs, je me souviens d'un film italien qui était très bien fait, et dont le thème était précisément inspiré par ces vendeurs de trousseaux. Un jour il m'a donc convaincu de l'accompagner pour éventuellement m'apprendre le job. Il m'avait bien expliqué comment opérer :
« Quand tu sonnes, mets bien ton pied dans la porte lorsqu'elle s'ouvre ! Tu es déjà rentré chez ton client... »
La grande recette, suffisamment sordide pour qu'heureusement je n'y assiste jamais, consistait à venir aux enterrements, à repérer la veuve tout au long du cortège funéraire et à la suivre jusqu'au dernier moment. Et lorsqu'elle rentrait chez elle, Jacky sonnait à la porte :
« Madame, votre mari a gagné vingt mètres de tissus... »
Complètement éplorée, la pauvre femme s'effondrait et

se révélait toujours une cible facile. On lui parlait de son défunt mari et soudain elle ressentait le besoin de parler, de se confier et, fatalement, cela devenait très aisé pour lui faire signer n'importe quoi... Jacky était un très bon copain, assez facétieux mais qui n'était quand même pas un bandit. Il avait, disons, « le sens du commerce » très aiguisé... Pourtant il n'a pas réussi à m'enrôler plus d'une journée dans ses combines.

J'avais aussi un autre camarade, Franck, qui, lui, nous avait introduit dans le monde de la fringue. À l'époque, ce que nous recherchions était difficilement trouvable. Les chemises américaines, les Levi's, nous ne jurions que par ça ! Il fallait aller aux puces de Saint-Ouen le samedi matin très tôt, dans des fouillis, pour trouver notre bonheur. C'était les officiers américains du SHAPE (*Supreme Headquarters Allied Powers in Europe*, le Grand quartier général des puissances alliées en Europe) qui se débarrassaient de leur surplus et, ainsi, nous pouvions dégoter des Levi's pour rien du tout... C'était important d'être habillé comme nos héros. Je me souviens que cela faisait marrer ma pauvre mère, parce que je ramenais souvent des chemises que je repassais et que je revendais très bien.

Ainsi, je peux vous le confesser : c'est ma mère qui a réparé et rénové la première chemise de scène de Johnny. Nous l'avions achetée aux puces ! C'était une chemise rose avec une chaînette noire, très rock'n'roll et qui avait du style. Autre exemple de taille *(rires)* : les maillots de bain ! Figurez-vous qu'à l'époque les maillots de bain, c'était « Bonjour Polichinelle, bienvenu chez moule-bite » ! Franchement, ils étaient sordides et, lorsque nous sortions avec notre bande de potes à la piscine Deligny sur les quais de Seine, à coup sûr, toutes les gonzesses se foutaient de nos gueules avec nos deux pauvres couilles apparentes qui pendaient… *(Rires.)*

C'est ainsi qu'avec mes copains, nous avons inventé avant tout le monde le maillot de bain que l'on qualifierait aujourd'hui de modèle boxer. Le mini-short adapté aux bains. Lorsque ma mère les réalisait elle-même, ça allait, car elle avait bien sûr pris la précaution de les doubler. Nous avions lancé un petit commerce et nous les vendions très bien. En revanche, si ce n'était pas maman qui se chargeait de la confection, on oubliait forcément la doublure et, avec l'eau de Javel dans les piscines, je ne vous raconte pas ce que les couilles prenaient ! Par précaution, nous avons ainsi missionné ma mère, qui les doublait systématiquement, et nous les vendions encore plus cher.

J'avais aussi mon pote Jean-Pierre Orfino, qui était coursier avec moi au Crédit Lyonnais. Il a ensuite été bassiste des Pirates. Nous partagions la même passion : le rock'n'roll ! Mais c'était curieux parce que ses parents ne savaient pas trop ce qu'il faisait. Comme leur rejeton était toujours très bien sapé, ils ne pensaient pas forcément au rock… Avec lui, on se baladait souvent sur le boulevard avec les fameux forains qui étaient installés à chaque sortie de métro. Ses parents habitaient vers Jourdain, et j'allais le chercher pour aller au cinéma. Et nous aimions ce spectacle quotidien de la « bignole » – que l'on appelle également la concierge –, qui restait toujours à sa fenêtre, avec son énorme poi-

trine qui passait par-dessus la rampe. Elle regardait les forains s'installer en hurlant quotidiennement :
« Quand même, les Gitanes elles sont minces ; bien sûr, elles dansent tout le temps ! »
Le genre de phrases que l'on notait avec appétit, parce que cela valait bien son pesant de nougat.
C'était important d'avoir des copains ; l'amitié c'était le socle de notre jeunesse à ce moment-là et je ne l'oublie pas, même si nos chemins se sont séparés.

**Votre surnom, « Schmoll », date de cette époque ?**

Quand j'étais gosse, j'avais une copine qui était de confession judéo-chrétienne, donc de religion inavouable. *(Rires.)* Nous aimions bien la charrier car elle était trop gentille. On l'avait donc surnommée « La valise ». Cela nous amusait de dire « Elle est gentille comme une valise » ou « Elle dépanne comme une valise » ! Vous voyez le niveau, alors que franchement c'était une fille adorable. Pour se venger, elle m'a donc appelé « Schmok[1] », ce qui en argot yiddish signifie « connard » ou « crétin » ; cela s'est transformé en « Schmoll » et c'est resté. Elle avait tellement bien vendu la vanne...

**Quel regard portez-vous sur cette enfance finalement ?**

Très tendre. Je parle de ces gens bizarres mais, pour moi, ils symbolisaient aussi et surtout cette vie de quartier,

1. « Schmok » désigne au sens propre le prépuce, ce morceau de peau couvrant le pénis, qui est coupée lors de la circoncision.

qui n'existe peut-être plus à l'endroit où j'ai vécu étant gosse. C'était dû également aux petits commerçants, à des métiers qui ont disparu à l'image des bouquinistes, ou des matelassiers qui venaient une fois par an ; et chaque fois c'était un événement, ils réparaient les matelas !

**Vous revenez souvent dans ce quartier ?**

Non ! Ce n'est pas qu'il soit antipathique, loin de là, mais je n'y reconnais rien ! Où sont passés les bouquinistes, les cinémas ? Tout s'est évaporé. Pour un bien ou un mal, je ne sais pas. Ce n'est plus du tout le même décor ! De toute façon cela ne sert à rien de revenir sur les lieux de son enfance et de ses crimes, sauf si l'on est nostalgique ce qui, vous l'avez compris, n'est pas mon cas.

**À quel moment avez-vous quitté ce quartier en fait ?**

J'avais dix-neuf ans. J'en suis parti quand cela commençait à marcher. J'ai alors vécu chez les parents de ma première femme, à Noisy-le-Sec. Elle était originaire de là-bas et je l'avais rencontrée durant mon court passage dans les assurances. À l'époque, nous disions que nous vivions à la campagne alors que c'était à huit bornes de Paris ! Je me souviens précisément que nous habitions avenue Marceau et, en face, lorsque vous traversiez la rue, se trouvait une ferme qu'une bonne femme quittait tous les matins avec sa voiture à cheval pour aller vendre ses fromages ! On allait donc chercher le lait, les fromages blancs et tous les légumes où presque. En 1961, vous aviez de vraies fermes dans la proche banlieue d'aujourd'hui. C'était d'ailleurs super chouette. Ensuite, je suis allé vivre à Montfort-l'Amaury. On l'appelait « le coin des divorcés » parce que tous ceux qui habitaient là-bas finissaient invariablement par se séparer… C'est là que j'ai connu Jean Rochefort ou encore Guy Marchand qui chacun avaient connu la rupture conjugale. Et donc j'ai fini par divorcer moi aussi !

**J'aimerais que vous me parliez de vos parents. Votre maman d'abord, elle travaillait ?**

Oui bien sûr…

**C'était assez rare dans les années 50, non ? Il y avait peu de femmes qui travaillaient alors ?**

Il y en avait beaucoup au contraire. Dans le milieu ouvrier, chez les petites gens, tout le monde travaillait. Ma mère exerçait ses talents au Crédit Lyonnais, elle était employée de banque. D'ailleurs elle m'y a fait entrer en tant que coursier. Il y avait également ma marraine qui y bossait. Puis mon frère. Puis ma sœur… Toute la famille est passée par la case Crédit Lyonnais !

**Et votre frère ?**

Après son expérience au Crédit Lyonnais, il a poursuivi des études dans le domaine bancaire et il est devenu directeur d'une agence à Pontoise avant de prendre sa retraite anticipée. Il a été malade, et il est mort il y a un paquet de temps maintenant. Mon frère était un beau mec, il avait beaucoup de succès auprès des femmes – il en abusait d'ailleurs ! Il était aussi un rêveur, et aurait voulu se lancer en politique. Mais uniquement pour le pognon parce qu'il voyait que les gens mettaient les doigts dans la confiture et il disait : « Pourquoi pas moi ? » En tant que cadet, j'étais très proche de lui. Il me consacrait son samedi après-midi, nous allions au ciné. C'était sympa.

**Et votre sœur ?**

Ma sœur ? Quand nous étions gamins, je claquais souvent la porte de sa chambre pour ne pas me faire contaminer par les chansons d'André Claveau... Elle avait le chic pour toujours tomber sur elles à la radio. Comme par hasard ! Et elle poussait le son comme si c'était du rock'n'roll ! C'était une grande rêveuse qui est toujours en vie, toujours formidable, qui papillonne alors qu'elle a soixante-dix-neuf ans. Elle pète le feu. Elle n'a pas déménagé depuis trois ans, alors qu'elle a habité partout : Orléans, Paris, le Midi... Actuellement elle est basée à Marseille. Elle ne vieillit pas. Une éternelle midinette. C'est marrant.

**Comment était l'appartement dans lequel vous viviez ?**

Il était boulevard d'Algérie et il y avait une entrée, deux chambres, une salle à manger, une cuisine et une toilette, mais pas de salle de bains. Il fallait se laver dans la cuisine. C'était dans un immeuble HLM habité par une population ouvrière.

**Apparemment votre maman avait un côté assez joyeux, assez aimant. Elle aimait beaucoup les chanteurs « à papa » dirait-on aujourd'hui, elle avait « ses » chanteurs...**

Je n'aime pas le terme « bonne vivante » parce qu'il n'est pas joli, mais il y avait de cela. Elle était une personne gaie, dans le bon sens du terme. Elle appréciait des chansons qui m'ennuyaient profondément : elle adorait toutes les opérettes, tous les chanteurs un peu lyriques, Luis Mariano en tête, Georges Guétary, ou encore André Dassary... Donc j'ai eu une enfance amusante bien que douloureuse musicalement, car elle m'emmenait voir tous ces spectacles. Ensuite elle y est allée toute seule...

Elle a renoncé à m'y emmener à la suite des « exploits » de Luis Mariano dans *Violettes impériales*. Je devais avoir alors sept ou huit ans. Quand il est entré sur scène en déclarant, « Grenade, me voici ! », avec l'accent roucoulant, j'ai explosé de rire... Je ne le connaissais pas bien, je croyais qu'il était juste un grand comique ! Et j'étais tout seul, le seul sale gosse à rire dans la salle. « Grenade me voici ! », quelle réplique ! Donc on a été obligés de sortir de la salle parce que j'avais eu un fou rire. Mais en définitive je l'aimais bien !

J'ai rencontré Luis Mariano bien longtemps après, et il était absolument charmant, marrant comme tout. Je me souviens d'un après-midi où nous étions en

tournée dans un bled improbable, pour une fête du type « la Fête de l'olive à Draguignan »… En arrivant j'ai découvert l'affiche : « Luis Mariano, Eddy Mitchell, Roger Nicolas », les trois en vedette. Ce que j'ignorais évidemment ! Nous nous sommes dirigés vers les loges, qui étaient en réalité les bureaux de la mairie. Là il y avait Luis Mariano qui attendait. Nous ne nous connaissions pas, il m'a regardé et s'est soudainement écroulé de rire. Il ne pouvait plus s'arrêter. Je ne comprenais pas pourquoi je provoquais cela chez lui. Et puis il m'a dit :
« Eddy, vous avez vu l'affiche ?
– Non je ne l'ai pas vue, je viens d'arriver…
– Regardez, là ! »
C'était écrit : « Festival de l'andouille, avec Luis Mariano, Eddy Mitchell, Roger Nicolas. » Ce type qui était une énorme star avait de l'humour, il était mort de rire, ne créant pas de scandale pour un gag pareil qui aurait pu en blesser plus d'un à l'ego démesuré. Et moi qui étais le jeune mec pour qui ça marchait, il venait de me donner l'illustration de ce qu'est ne pas avoir la grosse tête.

**Votre mère allait jusqu'à aimer Tino Rossi…**

Ah oui, elle écoutait aussi Tino Rossi et même des trucs improbables comme André Claveau… Pour cela ma sœur et elle s'entendaient à merveille. Ah, c'était une enfance difficile à la maison !

**Et en même temps ça chantait beaucoup, il y avait une bonne ambiance chez vous.**

Oui, c'était vraiment joyeux ! Il y avait beaucoup d'amour entre mes parents. Peu d'engueulades, mais il ne faut pas oublier que les gens se voyaient quand même moins... Les gens rentraient du travail relativement tard, épuisés, ils mangeaient un petit bout en discutant et allaient se coucher, et le lendemain ça recommençait.

**Et vous aviez une famille plutôt moderne, avec des horaires totalement décalés.**

Oui, parce que mon père travaillait la nuit.

**Que faisait-il ?**

Il bossait dans les ateliers de la RATP, il y réparait les bus cassés.

**Un travail dur ou pas ?**

Dur par les horaires, oui. Enfin ce n'était pas réellement un travail de nuit, il avait des horaires très bizarres. Il partait vers 4 h-4 h 30 du matin et revenait vers 13 h 30-14 h. Lui était totalement décalé mais ça m'arrangeait, puisqu'en rentrant il se préparait un petit frichti puis venait me chercher à l'école et ensuite nous filions directement au cinéma. Il lisait également énormément, il m'a d'ailleurs fait découvrir la littérature de tout ordre. Et je crois que tout ça était lié. Sa solitude de par son travail, son manque de présence, ne pas être là en même temps que tout le monde, piquer du nez quand les autres arrivent parce qu'ils ne sont pas les mêmes horaires… Tout cela faisait de lui un homme un peu à part. Mais joyeux.

**J'ai la sensation qu'en vieillissant vous lui ressemblez de plus en plus…**

Oui. Ses voyages à lui étaient les bouquins. Et on était gâtés parce que l'un de nos cousins travaillait chez Gallimard. Mon père allait le voir une fois par semaine avec un sac à dos et il récupérait tous les invendus ou tous ces livres qui allaient au rebut parce qu'il manquait une page ou qu'il y avait un défaut. Donc on avait des sacs de livres. C'était génial parce que Gallimard était, et est toujours d'ailleurs, un grand éditeur. Ça comprenait aussi bien Marcel Proust que Peter Cheyney, la Série noire et les intellos, on avait tout !

**Je crois que la Série noire était importante pour votre père…**

Ah oui ! Aujourd'hui ça paraît désuet, mais il ne faut pas oublier que dans les années 50 c'était une nouvelle forme d'écriture et d'adaptation… Il y a beaucoup de bouquins américains ou anglais qui doivent leur succès en France à leur traducteur. Boris Vian, qui n'est pas Céline on le sait, a quand même traduit quelques livres d'une façon remarquable !

**Votre père, c'est avant tout les séances privilégiées au cinéma avec lui...**

Oui, lorsque nous allions à Opéra c'était magique. Il ne faut pas oublier que nous venions de Belleville, une sorte de banlieue, et tout à coup arriver devant l'Opéra, c'était magnifique ! J'allais au cinéma Paramount et pour moi c'était jour de fête. Ce cinéma était comme l'église, un temple pour nous ! Il était très grand, une seule salle énorme et pas un espace divisé en plein de petites salles comme maintenant, et ça commençait dès le matin en version originale...

**Vous y alliez aussi le matin...**

Oui, ça commençait à 11 heures, et même à 10 heures au California. Je me souviens d'avoir vu *Les Conquérants d'un nouveau monde* avec Gary Cooper. Eh bien pour la promotion de ce film, il y avait à la sortie du métro Opéra des Indiens qui vous emmenaient au cinéma. Et pour un gosse c'était un grand choc ! En plus ils étaient très bien habillés et maquillés. Comme dans ce film, si je ne me trompe pas, il est question d'Iroquois, ces hommes avaient la coupe iroquoise et l'habit qui va avec. On en avait pour notre pognon quand on y allait ! Et mon père était un gamin, il préparait souvent des coups ! Parfois il ne venait pas me chercher à l'école, donc je rentrais seul à la maison. J'avais la clef, j'ouvrais la porte et... *(silence)* je savais qu'il était là mais il se cachait. Au fond du couloir il y avait une grande armoire et il m'attendait planqué à l'intérieur. Il en sortait en pirate ou encore en boxeur... C'était

marrant ! C'étaient des coups, et toujours bien préparés ! J'ai vraiment beaucoup de tendresse pour ces moments-là et tant d'autres qui définissent les plaisirs simples de la vie. Comme ses petits frichtis si bien cuisinés. Le pain gratté à l'ail. Un grand classique. Ou encore ses œufs meurette qu'il adorait mais uniquement préparés par lui. Parce qu'il y mettait un bon coup de pinard dedans. Ça sentait toujours bon chez moi... Les lardons, les patates, l'huile d'olive... Ma maman cuisinait aussi très bien. Et je me souviens encore des repas dominicaux qui permettaient à mon frère que j'admirais pour son humour d'en imaginer quelques bonnes. Lorsque les invités du dimanche s'en allaient, il les devançait pour se poster devant la porte d'entrée. Comme il était grand, il se voûtait exagérément, se faisait tout petit et disait : « Revenez plus souvent, quand vous venez on mange tellement mieux ! »
Et ça, j'adorais, cela me mettait en joie !

**Et l'école, c'était quoi pour vous ?**

Oh c'était sympa ! Parce que je n'avais pas besoin d'y aller ! Je veux dire qu'il suffisait d'être gentil, discret, et d'éviter de se faire remarquer... Je m'ennuyais, sauf en cours d'histoire, j'avais un prof formidable qui s'appelait monsieur Meignand. Formidable parce qu'il laissait libre cours aux idées des élèves.

**Vous avez pensé très vite à quitter l'école ?**

Oui, oui... Mais ils y ont pensé aussi ! On va dire que c'était d'un commun accord, et ça s'est très bien passé.

**Vous avez enchaîné avec les petits boulots ?**

Pour quitter l'école et pouvoir être libre en quelque sorte, il fallait obtenir son certificat d'études. Je l'ai obtenu avec un an d'avance, précoce... Et j'ai commencé à travailler alors que j'avais à peine quatorze ans. Garçon de café, ce type de petits boulots.

**Vous avez appris des choses dans ce milieu du travail ? Vous étiez très jeune !**

Oui, à faire de l'argent. Je n'étais pas intéressé par l'argent en soi, seulement par la liberté qu'il permettait d'obtenir. Et ça n'a pas beaucoup changé d'ailleurs. J'ai également travaillé un peu aux Halles... À l'époque nous avions la chance que le travail ne manque pas, au contraire ! Et quelqu'un qui ne trimait pas était montré du doigt. Ce qui fut mon cas d'ailleurs, parce qu'une fois que j'avais gagné un peu de sous je ne faisais plus rien... Et puis la banque, les assurances ensuite, ce sont des petits boulots formateurs certes mais limités... Ça ressemblait à l'école tout ça !

**Vous avez malgré tout eu une passion. C'est la BD. Vous vouliez être dessinateur. Est-ce que l'on peut dire que vous êtes un dessinateur frustré ?**

Oui mon capitaine ! Je le suis... Mais sans regrets... Je peux finalement une fois de plus remercier Bill Haley d'être venu à la rescousse pour me trouver une autre vocation. D'ailleurs c'est émouvant et curieux de

constater qu'il y avait une relation inconsciente entre la bande dessinée et Bill Haley. Il était très rarement représenté sur ses pochettes parce qu'il était déjà trop vieux. Alors, les visuels des disques nous offraient un croquis d'un guitariste allumé ou d'un couple en train de danser. C'était toujours assez drôle et bien vu. Aujourd'hui, je peux vous l'avouer : je suis très fier car on a retrouvé l'un de mes premiers dessins qui étaient parus dans un journal qui s'appelait *Risque tout*, une sorte d'enfant du légendaire *Spirou*. Ce dessin représentait un cow-boy sanglé au poteau de torture avec un Indien qui lui prenait les cheveux et qui était prêt pour le scalper.
Le cow-boy lui disait :
« Pendant que vous y êtes, faites-moi la barbe. »
Ce dessin est paru en 1956 et je l'ai reçu cette année. Depuis toutes ces années où je racontais cette histoire, voilà, on a retrouvé la preuve ! Grâce au musée d'Angoulême. C'est vrai… J'aurais aimé être dessinateur. J'étais très admiratif de la ligne claire, la ligne belge. J'avais pris des cours chez Jean-Claude Mézières qui était l'un des pères de la BD de science-fiction *Valerian et Laureline*. Et lorsqu'un maître du 9e art vous promettait sincèrement un bel avenir, ce n'était pas rien. J'ai eu quelques autres dessins qui ont dû paraître dans *Le Coq hardi*, malheureusement ceux-là restent introuvables. Aujourd'hui, je dessine vraiment de temps à autre. Mais c'est un travail de tous les jours. On perd vite la main. J'ai gardé mes collections de BD, les planches originales. La preuve de mon réel attachement.
Tout a commencé pour moi avec la lecture assidue du

journal *Spirou*. Dans *Cœur vaillant* paraissaient *Les Aventures de Tintin et Milou* en double bande. C'étaient aussi les débuts de Franquin qui reste, pour moi, un maître absolu. Lui, c'est tout un monde curieux. Celui de l'enfance qui ne l'est pas. Ses personnages sont asexués. Spirou et Fantasio vivent ensemble et on ne se pose pas de questions… *(Rires.)* De même qu'ils cohabitent avec des animaux insensés comme un petit écureuil ou un marsupilami… Et tout est normal ! Il existe d'ailleurs un univers autour d'eux peut-être plus intéressant qu'eux-mêmes. Le fameux comte de Champignac, Pacôme qui est un être surdoué, un scientifique totalement allumé… Le personnage de Zorglub, qui est un fou furieux. Le cousin de Fantasio, Zantafio, qui est méchant et qui loupe tout. Il est pathétique et on s'attendrit sur lui. Franquin a traversé une époque dramatique de sa vie personnelle. De la joie au drame, il a transcendé tout cela et en a tiré des BD uniques au monde : les *Idées noires* où tout est dessiné en noir. C'est un travail d'orfèvre.

Puis je pense à Jijé, un personnage hors du commun qui m'a fait l'honneur de m'offrir quelques dessins, dont une pochette d'album et une première page de programme. C'était une sorte de Laurent Voulzy dans le travail. Je lui avais commandé un dessin qui n'est jamais venu. Dans la BD européenne c'était un type qui pouvait passer d'un univers à l'autre. De *Don Bosco* aux aventures de *Spirou et Fantasio*, puis *Jerry Spring*. C'est fantastique. Beaucoup de dessinateurs possèdent leur style et s'y cantonnent. Jijé non. C'est également un scénariste merveilleux. D'ailleurs, beaucoup de dessinateurs sont imprégnés de cinéma. Dans la BD il y a un vrai sens du cadrage cinéma. Le début d'une BD ressemble souvent à un générique de film. Puis Jijé a remplacé Jean Giraud au pied levé. Jean Giraud, que j'admire évidemment non seulement parce qu'il a toujours été en progression dans sa façon de dessiner, mais parce que *Blueberry* reste un sommet dans le genre. Qu'il ait accepté de me dessiner la pochette de mon album *7 Colts pour Schmoll* suffit largement à calmer toute cette frustration éventuelle que j'aurais pu avoir vis-à-vis de ce monde extraordinaire qu'est la bande dessinée.

**Faute de devenir dessinateur, est-ce que vous vous inquiétiez pour votre avenir professionnel ?**

Absolument pas !

**Ça aussi c'était un truc de cette époque ! Vous ne pensiez pas encore à faire du rock ?**

Non, je ne pensais à rien du tout ! Si ce n'est à avoir un peu de sous pour me payer ce que j'avais envie d'avoir. À savoir, à l'époque, les disques et les fringues, c'est tout.

# 3

# « S'il n'en reste qu'un je serai celui-là »

**Le film *Graine de violence*, sorti en 1955, a été le déclic pour vous faire basculer dans le rock'n'roll ?**

Oui, bien sûr, comme beaucoup de jeunes de ma génération, même s'ils n'ont pas tous basculé pour autant dans le rock... Comme je vous l'ai expliqué, chez mes parents on ne pouvait écouter à la radio que Luis Mariano et quelques artistes français intéressants. Je pense à Charles Aznavour, à Gilbert Bécaud, à Eddie Constantine bien sûr... Mais c'était purement de la variété.
Et d'un seul coup, Bill Haley, qui déboule avec « Rock around the clock » pour la bande-son de *Graine de violence* ! Ce fut une telle claque, et une sorte d'adieux sans « rappel » et en mode sonique à la génération de la guerre. Ce film avant-gardiste, qui dénonçait les carences du système éducatif et l'abandon d'une partie de la jeunesse, signifiait que le monde avait changé. Et ce fut alors un phénomène mondial. J'étais admiratif de Bill Haley. Il y avait un « afterbeat », une batterie très en avant sur la caisse claire. C'était vraiment le son rock !
Elvis Presley, lui, est arrivé avec une petite guitare et une petite basse que l'on entend au loin. Pour moi c'était de la chansonnette portée par une voix excep-

tionnelle. C'était du rockabilly. D'ailleurs sur tous ses premiers disques il n'y a pas de batterie. C'est quand il signe chez RCA qu'il va découvrir enfin le son et la puissance de la batterie.

**Vous aviez des discussions avec les copains à l'époque ? Est-ce qu'il y avait les pro-Bill Haley et les pro-Elvis ?**

Oui. Bill Haley dérangeait parce qu'il était vilain. Il était déjà âgé, il avait un œil de verre, on ne peut pas dire que physiquement il faisait des ravages. Donc quand les gonzesses ont vu débouler Elvis Presley, elles sont devenues folles. Le beau mec, les cheveux gominés, la banane, l'allure, le déhanchement, le coté roucoulade à l'italienne... Il n'y avait pas photo, Bill Haley n'existait pas à côté. « Rock around the clock » reste un phénomène énorme, 80 millions de disques vendus tout de même. Et puis il y a eu la scène qui a déclenché la mutation. Bill Haley commençait son show rideau fermé, et il se passait au moins une minute et demie avant que ce dernier ne s'ouvre. C'est long, très long... Le temps de bien faire monter la pression, surtout que son groupe bastonnait dès le premier morceau... Et quand le rideau s'ouvrait, ils arrivaient tous en courant, c'était un déchaînement incroyable ! C'était vraiment une nouvelle façon de faire de la scène. Un style qui a fait école.

**La vocation est née là...**

Oui. Je travaillais alors dans les assurances et j'avais un copain batteur qui avait un pote bassiste, qui lui connaissait un guitariste... Ce n'est pas plus compliqué que cela. On a monté un premier groupe Les 5 Rocks. Nous n'avions à vrai dire pas beaucoup d'inspiration pour trouver un nom. Nous nous amusions, sans aucune ambition. Nous nous retrouvions ainsi dans un studio aménagé dans une petite salle paroissiale, chez un kiné aveugle *(sic)* qui maniait avec dextérité son magnétophone une piste, même s'il semblait consterné par la musique qu'il entendait, étant plus habitué aux orchestres de chambre !

Et puis j'ai fini par convaincre tout le groupe que nous devions décrocher un rendez-vous dans une maison de disques. C'est l'annuaire qui a été mon meilleur agent. À la lettre A, point de numéro de téléphone de labels. Lettre B, bingo Barclay. On nous a tout de suite confirmé qu'ils organisaient des auditions le mardi soir à 20 heures au studio Hoche, précisément avenue Hoche. Évidemment nous sommes arrivés à la bourre, sans doute pas très conscients de l'enjeu. Dans l'escalier qui menait au studio, un géant me barrait la route. Une sorte de colosse avec un plateau à la main sur lequel était posée une bouteille de scotch avec deux verres et des glaçons. À ses pieds, un drôle de type pas clair, sérieusement entamé, essayait de le suivre. Il s'est retourné vers moi et m'a crédité d'un sourire à pleines dents tout en me baragouinant quelques mots. Je l'ai immédiatement reconnu. C'était Louis Amstrong. Intérieurement je me suis dit : « C'est bon ça ! Si c'est ça ce métier, il va commencer à m'intéresser... » (*Rires.*)

Je poursuis la montée de l'escalier. Et là, une porte s'ouvre... Duke Ellington en personne ! Je me pince...

Ça commence à faire mal. D'autant que derrière une autre surgit alors Quincy Jones, qui m'indique la bonne direction pour entrer dans le studio des auditions. C'était franchement incroyable. Cet escalier, il valait toutes les marches du Palais du Festival de Cannes… En réalité ces légendes de la musique étaient là pour assister à l'enregistrement de la musique du film dans lequel ils avaient tourné. Il s'agissait de *Paris Blues* réalisé par Martin Ritt. Nous avons donc enregistré notre première maquette sous ce haut patronage… Il y avait une adaptation de « Running Bear » (« L'ours gris »), « Tant pis pour toi », « Baby Blue » et « Be Bop a Lula ». Quatre titres. Passer une audition chez Barclay, où l'on croise dans les escaliers Louis Armstrong, Duke Ellington, Quincy Jones, pouvait avoir l'allure d'un mirage en plein désert. Et pourtant, le mec de la maison de disques, Jean Fernandez, qui était là pour nous écouter est resté scotché. Il nous a dit :
« Vous enregistrez demain ! »
En décembre 1960, nous avons donc réalisé au studio Hoche notre premier 45 tours 4 titres ; y figurait « Tu parles trop », adaptation de « You talk too much » de Joe Jones. C'était une idée de Jean Fernandez qui est immédiatement devenu notre directeur artistique. Georges Aber, auteur et adaptateur prolifique de l'époque, avait écrit cette version. C'était pas mal, nous étions sur un nuage. Mais rien de comparable avec ce que nous avons vécu le jour de l'enregistrement.
Un moment incroyable qui définit bien la légèreté de ce début des années 60 : c'était le grand remue-ménage au studio… La presse et des photographes étaient présents

et nous pensions que ce ne pouvait quand même pas être pour nous... puisque nous n'étions rien du tout. *(Rires.)* En réalité Eddie Barclay avait monté une opération monstrueuse avec Jean Fernandez. Il avait fait venir au studio un grand orchestre, le Big Band dans son entier, et avait décidé de faire chanter un singe ! *(Rires.)* Le singe, pour les photos, posait en smoking impeccable. Je me souviens de son nom, c'était Hubert de Beaumanière. Évidemment toute la presse était prête et le singe n'a jamais chanté... Et nous, à côté, on enregistrait « Tu parles trop »...
Ce fut mon premier tube. Le disque est sorti en janvier 1961 et il s'est tout de suite vendu comme des petits pains. Nous ne réalisions pas. Nous avons fait très vite notre première télé avec Jacqueline Joubert. C'était ridicule. On peut imaginer au vu de ce passage à quel point on nous prenait pour des clowns. Je devais chanter « Tu parles trop » à Jacqueline Joubert comme si elle était attachée au totem. Elle ne devait pas bouger et les musiciens tournaient autour d'elle en parodiant des Indiens. Subtil... Il n'y avait alors qu'une seule chaîne et passer à la télévision était extraordinaire. On ne se rendait pas compte de l'impact. Il n'y avait que le général de Gaulle qui s'invitait tout le temps à la télévision... Du jour au lendemain on y était aussi et cela change la vie. *(Rires.)*

**Il y a eu tout de suite cette conscience du son chez Eddy Mitchell...**

Oui, parce que la façon d'enregistrer les disques en Europe me dérangeait. Même chez les artistes que j'aimais, qu'il s'agisse de Bécaud, Aznavour, Eddie Constantine ou Salvador, le parti pris s'entendait bien. Il y avait une voix plus un orchestre, on disait toujours que le mec chantait à Paris et l'orchestre jouait à Strasbourg. Alors que dans les disques américains, on sentait la volonté de ne pas hiérarchiser les sons. Le punch de l'orchestre poussait la voix devant, et s'il y avait un solo de musicien, celui-ci était au même niveau que la voix du chanteur. Quand vous réécoutez les premiers Gene Vincent, comme « Lotta Lovin' », la voix est au même niveau que la guitare. Cela m'intéressait de pouvoir arriver à reproduire cela en France.

**Est-il vrai que vous avez découvert le nom des Chaussettes Noires en écoutant la radio ?**

Oui. On nous avait prévenus que notre disque passerait sur Europe 1 dans l'après-midi. Nous avons eu à la fois l'émotion d'écouter notre disque à la radio pour la première fois, et la stupéfaction de découvrir qu'Eddie Barclay avait passé sans nous consulter un accord avec Jean Prouvost, le très riche propriétaire de la lainière de Roubaix qui fabriquait les chaussettes Stemm. Ce dernier lançait alors sa nouvelle gamme de chaussettes noires à bordure rouge… Il fallait oser, Barclay l'a fait ! Le marketing venait de naître et les affaires du spectacle avec. Nous étions assez fumasses mais, devant la promesse que l'on nous a faite d'obtenir en échange de ce contrat un matériel flambant neuf, nous avons fini par accepter cette appellation non contrôlée si j'ose dire… Et surtout, sincèrement on ne pensait pas que cela allait durer plus d'un disque ou deux ! Il y avait bien le journal *Disco revue* qui nous encensait. Mais il était un peu le seul.

**Et le magazine *Salut les copains* ? Ce n'était pas votre bible ?**

C'était gentil et très bien foutu. Comme tout ce que lançait Filipacchi d'ailleurs ; il fut un grand visionnaire de ce qu'allait être la presse people. *SLC* était un journal malin qui parlait de ce qui intéressait la jeunesse, ce nouveau pouvoir naissant. Une petite dose de politique, un peu de sexe et des interviews aussi bien de Sheila que de Marcel Amont ou des Stones...

**Aviez-vous des relations avec Daniel Filipacchi ?**

Non. Ni avec Frank Ténot, le co-fondateur de *Salut les copains*. Ils ne nous aimaient pas beaucoup de toute façon. Ils ne nous détestaient pas non plus, loin de là, mais ce n'était pas le grand amour... Il y avait en premier lieu un fossé des générations. Et puis leur came c'était le jazz, le rock'n'roll ne les intéressait pas plus que cela. Je me souviens que Filipacchi s'interrogeait toujours : « Mais comment peut-on aimer Bill Haley ? » Il ne faut pas oublier que le premier disque de Johnny a été cassé en direct à l'antenne par Lucien Morisse, alors patron d'Europe 1 ; ça vous situe le degré d'admiration de leur part ! Nous avions d'excellents rapports, cordiaux, cela s'arrêtait là. Filipacchi était un grand collectionneur de jazz adorant les numéros de matrice...

Le mec possède une collection remarquable, à laquelle il a dédié une pièce chez lui. Je crois qu'il détient le premier enregistrement stéréo de Duke Ellington. Son disque d'essai.

**Quels ont été les premiers soutiens dans la profession ? Des Chaussettes, puis d'Eddy Mitchell ?**

En dehors de *Disco Revue*, les autres nous dézinguaient. Il suffirait de ressortir les propos des journalistes de l'époque sur le rock, qu'ils confondaient pour la plupart avec la terreur provoquée par les blousons noirs. C'étaient les sauvageons de l'époque, voire « la racaille » comme dirait un certain petit Nicolas aujourd'hui... Sans parler du mépris intrinsèque de certains observateurs qui nous considéraient comme des mecs évidemment sous-développés intellectuellement.

**Et Albert Raisner, le présentateur d'« Âge tendre et tête de bois » ?**

Un récupérateur... Encore un. En revanche, il était sympathique. Tu allais à son émission parce que tu étais obligé, même si tu serais bien resté chez toi. Le rock'n'roll et lui, cela faisait deux... Il était l'harmoniciste du trio Raisner. Il ne faut pas oublier que la première fois que Bill Haley était passé en France et avait tout cassé, Albert Raisner officiait en première partie, et il s'était fait jeter comme une merde ! Cela augurait mal du destin de celui qui allait bientôt s'identifier à la génération rock à la télé... Il faut dire qu'il y avait une première partie spéciale : Odette Laure, le trio Raisner et Spartaco Sax. Odette Laure est restée deux secondes, puis au revoir !

**Quand vous avez commencé avec votre groupe vous étiez donc complètement inconscient… Est-ce qu'il n'y a pas eu malgré tout un moment où vous vous êtes dit « Je suis fait pour ça » ?**

Cela a mis du temps. Lorsque j'ai réalisé mes premiers enregistrements avec grand orchestre, après le service militaire, là tout d'un coup je me suis dit : « Tiens, quand même je ressemble à un chanteur ! Je peux chanter ! »

**C'est incroyable, ça veut dire qu'avant cela c'était la grande récré !**

Ah c'était la récré ! Et même une énorme récré ! Mais il ne faut pas oublier qu'en même temps le fantôme du service militaire nous hantait… Il y avait la guerre d'Algérie ! Alors, qu'est-ce qui allait se passer ensuite ? On n'en savait rien !

**Comment pouvez-vous définir votre relation avec Jean Fernandez, votre directeur artistique ?**

Extraordinaire de partage et de confiance. En fait il y a cru immédiatement. Et il nous a très bien conseillés. Il était plus âgé, il avait déjà trente balais quand nous avons commencé à travailler ensemble. Il venait du jazz, surtout du monde des formations en Big Band qu'il adorait. C'était son milieu.

**Et contractuellement, comment c'était dans les années 60 ?**

C'était aussi très rock'n'roll. Le premier contrat était une escroquerie bien évidemment ! Nous étions cinq, nous avions 1 % chacun sur les ventes. Comme nous n'avions pas de recours, le seul moyen que j'avais trouvé pour prendre du fric à la maison de disques était de refuser de faire de la promotion. Et c'est dans ces années-là que c'est devenu le nerf de la guerre. Je leur expliquais gentiment que je n'en avais rien à foutre de vendre des tonnes de disques pour un gain de 1 %... Alors ça s'arrangeait. Personne ne me conseillait à l'époque. Les avocats spécialisés n'existaient pas.

J'avais juste un conseiller fiscal, monsieur Lagarde, qui essayait tant bien que mal d'obtenir des informations fiables sur les ventes de disques. Ce qui était une performance sportive, surtout quand il observait les royalties qui me revenaient. Nous étions dans un système soviétique où nous ne pouvions pas réellement contrôler les chiffres.

Nous devions croire nos producteurs sur parole. Sans oublier non plus que beaucoup de disques tombaient du camion... Je m'explique : les contrats que l'on nous faisait signer marchaient avec la production du 78 tours qui s'est arrêtée en 1959. L'accord entre l'artiste et la maison de disques stipulait de fait que le label disposait d'un droit inaliénable intégrant un pourcentage pour cause de casse. Un phénomène évidemment incontrôlable. Le 78 tours étant considéré comme un produit peu robuste, facilement pliable...

Vous comprenez, il ne fallait pas leur en vouloir... Dans les livraisons, c'était bien connu qu'il pouvait donc y avoir beaucoup de pertes. Alors que l'une des caractéristiques du 45 tours était qu'il était précisément plus solide, mais grâce à cette clause archaïque, on pouvait nous faire croire que nos disques ne se vendaient pas tant que ça, beaucoup partant soi-disant à la casse. C'était fragile ces petites choses et, résultat des courses, nous étions marrons !

**À partir de quand avez-vous commencé à bien vivre de votre métier ?**

1965. Cela a pris un petit peu de temps. J'avais signé 1 % pour cinq ans...

**Avez-vous senti dans ces années-là que le rock'n'roll allait être une révolution énorme ?**

D'abord nous étions assez surpris que les gens cassent des fauteuils, que des gars du public viennent avec des boulons dans les poches pour les jeter s'ils n'étaient pas contents. Je me souviens que mon pianiste s'en était pris en pleine tronche, il était tombé net. Au revoir. Ils aimaient également la musique pour ce qu'elle provoquait en eux. Les spectacles de rock'n'roll étaient surtout l'occasion pour les bandes rebelles de se retrouver. Et un merveilleux prétexte pour se battre avec les flics : quand les policiers déboulaient pour faire régner l'ordre, les deux bandes rivales s'unissaient alors pour taper sur eux. Ce qui était au bout du compte très sain ! Je me souviens du concert des Chaussettes à Mulhouse, où pour la première fois le public a tout cassé ! Nous n'avons rien compris. Nous sommes arrivés sur scène, et au bout de deux chansons, il y avait deux fauteuils en moins. Au bout de trois, il y en avait dix, puis vingt... Ça allait très vite. Puis les flics débarquaient et nous étions directement expédiés dans le panier à salade... *(Rires.)* Après, cet événement a agi comme un détonateur. Partout où l'on passait, la bagarre se répandait comme une traînée de poudre. Les mecs étaient déchaînés. Ils provoquaient un carnage dans toutes les salles. Ensuite, lorsque je me suis produit seul, les médias qui aimaient se mettre ce type d'information sous la dent se sont débrouillés pour exciter le public. Ainsi, en Bretagne, je jouais avec Les Fantômes qui m'accompagnaient alors. Cela bougeait un peu dans la salle, mais ce n'était pas bien méchant. Du coup les journalistes en manque de sensations ont provoqué volontairement la rixe. Ils avaient fait brûler des fauteuils dehors pour susciter un petit sujet pour la télé ! Nous étions éberlués. *(Rires.)*

**Vos parents n'étaient pas du tout branchés rock'n'roll, comment ont-ils vécu tout ça ?**

Mon père ne s'intéressait pas à la musique, ce n'était pas du tout son truc. Il lui arrivait de chanter deux ou trois airs d'opéra à la fin des repas, qu'il avait connus je ne sais pas comment d'ailleurs, mais c'est tout. Ma mère, elle, était moins imperméable. C'est sûr que le rock'n'roll la bousculait un peu... Puis elle a très vite pris le pli parce qu'elle aimait ça !

**Ils sont souvent allés vous voir sur scène ?**

Oh oui, bien sûr !

**Et que vous disaient-ils ?**

Ma mère était toujours critique. Elle me disait :
« T'es mal peigné ! »
Ou alors :
« Regarde comme tu es attifé ! Remets ton nœud papillon droit ! »
Des conseils mignons pour le jeune rocker que j'étais...
Quant à mon père... il surveillait le bar les soirs de concert. C'est vrai que dans ce métier on a tendance à fureter près du comptoir, c'était généreux de sa part de vouloir s'inquiéter et surtout d'aller voir ce qu'il pouvait bien y avoir à boire. *(Rires.)*

**Je me suis toujours demandé ce que vous pensiez de Vince Taylor, qui était un peu l'incarnation de la violence du rock en France ?**

Moi, je n'y ai jamais cru. Pour nous qui connaissions Gene Vincent, Vince Taylor était une forme de mauvaise décalcomanie. Il était habillé comme lui, coiffé à l'identique, il avait la même chaîne autour du cou. C'était un type adorable, mais complètement à l'ouest. Sa gestuelle était formidable, il avait de l'allure, malheureusement sa voix n'était pas à la hauteur. Il avait seulement deux chansons fortes, toutes les autres étaient des reprises. C'est pour cela qu'il a fait une grosse carrière de cabaret, il passait entre un prestidigitateur et une femme nue. Il a souffert d'un manque de caractère.

**Et Elvis Presley selon vous, est-ce vraiment le King ?**

Je l'adore. C'est le King pour les historiens. Je ne réfute pas l'appellation, mais ce n'est pas non plus la statue du commandeur. C'est avant toute chose un excellent chanteur. Et qui l'a prouvé maintes et maintes fois en chantant des conneries assez impressionnantes et en parvenant à rester toujours au top. Et ça voyez-vous cela n'est pas donné à tout le monde ! Lorsqu'il a enregistré les chansons de ses films, le concours de bêtises était de haut niveau... Et soudain sans prévenir, il ressortait un nouveau disque extraordinaire et ça repartait. Il fallait avoir des épaules terriblement solides pour assumer une double carrière au cinéma et dans la chanson – avec, à ce moment-là, que des mauvais films illustrés par des chansons pitoyables – sans sombrer dans l'oubli, ni devenir la honte du rock'n'roll. Il faut posséder un talent et une vitalité impressionnantes. Les débuts de Presley sont géniaux, le personnage est incroyable, les chansons aussi. Jusqu'au service militaire. Ensuite il est vraiment victime de variations saisonnières...

**Si je comprends bien, après Bill Haley le modèle pour vous était Gene Vincent ?**

Il était mon idole ! Sa voix est unique au monde. C'est LA voix. Sur scène, notamment à ses débuts, cela faisait très mal. Il y avait beaucoup de sensualité dans sa présence et dans son chant, avec son vibrato dompté et cette énergie abrasive dans les envolées. C'était impressionnant. On voyait arriver le mec légèrement maquillé, il camouflait déjà ses rides avec un crayon, et avait les yeux faits, tout en cuir et gants noirs... Il possédait également un jeu de jambes singulier en raison de sa blessure. Il s'était fait renversé par une voiture et ne s'était jamais réellement soigné. Il aurait dû être amputé mais s'y étant toujours refusé, il avait de fait une patte folle au demeurant assez raide, devenue aussi une partie de son style. Et il ne regardait pas le public, la tête uniquement en l'air... Et vous retrouviez sur scène exactement la même voix que sur le disque.

**Et vous avez réalisé une tournée commune en 1963...**

Cela n'a pas été rose tous les jours parce qu'il était déjà dans un état dramatique... Nous prenions le petit déjeuner ensemble, nos deux suites étant communicantes. C'était café et croissants, et immédiatement après scotch et bière... Le matin c'est héroïque, non ? Ensuite il passait au Martini dry pour toute la journée. En plus il fumait des pétards. Sans parler de la morphine à cause de sa jambe. Quand il ne s'en mettait pas plein le pif... Et il osait dire avec un aplomb extraordinaire : « Moi je ne me drogue pas » !

Il connaissait également des sautes d'humeur assez coriaces, durant lesquelles il n'hésitait pas à sortir le couteau. Il me disait : « Je ne comprends pas le français mais j'adore comme tu chantes, c'est formidable ! Mais qui est ce Claude Moine ? Qui est-ce ??? » J'avais beau lui répondre que c'était moi, lui expliquer qu'en fait c'était mon vrai nom, il ne comprenait pas. Ça le rendait fou : « Non, ce n'est pas toi, c'est quelqu'un d'autre parce que celui-là, je vais le tuer » ! Et on a enchaîné une dizaine de dates dans cette ambiance...

**Vous n'étiez pas à la Fête de la Nation avec *Salut les copains* ?**

Non... J'étais au service militaire. La fête de *SLC* était loin de mes préoccupations... Mais cela ne s'est pas vu. *(Rires.)* Et j'ai bien fait apparemment de ne pas être de la partie puisqu'il était marqué le lendemain dans les journaux que j'étais sur scène avec Johnny et les autres !
Moi j'ai eu de la chance, j'ai fait partie de la première fournée à ne tirer que dix-neuf mois de service. Parce qu'avec la guerre d'Algérie, nous étions partis pour en subir vingt-huit. J'ai fait mes classes à partir de janvier 62, puis la guerre s'est arrêtée en juillet de la même année.

**Étiez-vous allé précédemment en Algérie ?**

Oui, avec les Chaussettes Noires. Ça pétait déjà bien. C'était une guerre civile terrible. À Oran, nous devions passer au Théâtre de Verdure. Au moment de la balance, nous nous sommes fait ceinturer, nous avons été mis dans des camions et envoyés à l'hôtel parce qu'il y avait une alerte à la bombe sous la scène. Les autorités n'avaient pas tort : le soir même la bombe a explosé...

L'explosion avait été programmée en vue de notre passage, c'était gentil de penser à nous ! Mais l'après-midi, quand ceux qui nous ont fait venir s'en sont aperçus, ils ont annulé le concert.

**Vous avez vu des choses pas très jolies là-bas ?**

Oui, des choses dramatiques. Beaucoup de gestes de représailles. Pour un gamin blanc pied-noir égorgé dans je ne sais quel quartier, en représailles trois petits Arabes étaient tués au hasard. C'était très dur. Et cela conditionnait à revenir au rock'n'roll et à des choses plus légères. À l'époque, le général de Gaulle distillait les informations qui évoquaient un « léger incident en Afrique du Nord » ou mieux « dans notre département ».

**Justement revenons à des choses plus légères comme certaines chansons emblématiques de ces années-là. « Daniela » ?**

Je l'avais enregistrée pour faire plaisir à Eddie Barclay et à Georges Garvarentz, le compositeur de Charles Aznavour. La chanson illustrait un film de réputation nullissime *De quoi tu te mêles Daniela ?*, que je n'ai jamais vu. Il était réalisé par le non moins talentueux Max Pecas qui de mémoire cinéphilique restera dans les annales comme le maître suprême du nanar.

**« Toujours un coin qui me rappelle »…**

C'est une adaptation de Lou Johnson. Une chanson géniale qui avait été un four aux États-Unis, signée sur un petit label obscur. Quand je l'ai enregistrée en Angleterre, le preneur de son anglais, un certain John Barry, était ébloui. Il a décidé de l'enregistrer en anglais et c'est sa fiancée, ancienne vendeuse de pompes, qui l'a chantée. La fameuse Sandy Show...

**« Perspective 66 »...**

Je me souviens surtout de ma rencontre avec la légende de Led Zeppelin, Jimmy Page en personne, qui figurait comme guitariste sur ce disque. Il avait été amené en studio par Big Jim Sullivan, autre super guitariste à qui je vouais une admiration sans bornes car Gene Vincent l'avait embauché. L'avoir en séance était un rêve. Il m'avait demandé si cela ne me dérangerait pas de rencontrer un jeune mec de dix-sept ans marrant et audacieux. J'ai alors vu pour la première fois un gars prendre sa guitare et faire du larsen avec son ampli.

**« S'il n'en reste qu'un »...**

C'est un manifeste curieux. Au moment où la puissance du rock anglais arrivait, ma chanson a été comprise comme une dénonciation des crooners yéyés symbolisés par Hervé Vilard, Christophe et Adamo. Tout le monde a pris cette chanson extrêmement au sérieux alors que je l'avais écrite en une heure comme une farce. C'était pour moi un titre de fin d'album, comme on dit. La chanson en laquelle nous avions placé nos espoirs était celle de Mort Shuman « Tu pleureras ». Les programmateurs ont choisi la face B.

**Sur le moment, donc en 1966, avez-vous conscience que *Seul* est un cap artistique pour vous ?**

Non, pas du tout. Je n'avais pas conscience non plus que c'était soi-disant un grand disque. Il y avait deux ou trois chansons que j'adorais. Mais le reste… Je suis très content du son des cuivres. Je mets alors un peu de James Brown dans ma musique. C'est surtout l'album où apparaissent les premières compositions de Pierre Papadiamandis. Pierre était mon pianiste depuis 1964, mais il a mis deux ans à me dire qu'il composait. La première chanson qu'il m'a présentée est « J'ai oublié de l'oublier ». Je l'ai invité à vite recommencer…

**« De Londres à Memphis », c'est la découverte des studios de Muscle Shoals…**

À l'époque c'était une rue. On se serait cru dans un dessin de Morris pour *Lucky Luke*. Du bitume et de l'herbe verte. Le studio n'avait pas de signal rouge pour indiquer si l'on enregistrait ou non. Il y avait un marchand de hamburgers qui sortait et entrait pendant les prises de son. Tout cela n'était pas très grave. La première fois que je suis entré dans le studio, il y avait B.B. King qui enregistrait « What is soul » ! Pendant qu'il chantait il m'avait lancé un petit coucou de bienvenue tout en envoyant la sauce, c'était marrant. J'ai voulu aller dans ce studio en particulier parce qu'Aretha Franklin y avait enregistré. J'ignorais qu'elle en était partie effrayée par la vision de ce trou paumé. C'était certes rudimentaire mais il y avait un vrai son.

Celui de la soul music que j'adorais. Un son gras, qui sent bien l'humidité… C'est la rythmique qui donnait ça, David Hood et Roger Hawkins jouant comme des métronomes. Il n'y avait pas d'enjolivure ni de démonstration. Si vous donnez un tempo à Roger Hawkins, il ne vous le rendra jamais…

**Comment ces musiciens américains vous ont-ils regardé ?**

Comme un martien. Ils murmuraient : « Qu'est-ce qu'il vient faire ici ? Pourquoi il chante en français ? » Pour le fameux *Rock in Nashville* en 1974, nous avions bien préparé en amont l'album à Paris et avions envoyé les titres à Charlie McCoy. Lorsque nous lui avons dit que nous avions réservé une semaine de studio, il nous a rigolé au nez… L'album, tenez-vous bien, a été enregistré en une journée. On a commencé à 9 h du matin et terminé à 1 h du matin… Le lendemain on ne savait plus quoi faire. Alors nous avons enregistré un autre album. Pour ces musiciens il s'agissait de standards qu'ils jouaient depuis l'âge de quatorze ans. C'était jouissif après une traversée du désert.

**À quoi ressemble une traversée du désert pour un chanteur ?**

Ça ressemble à quelque chose de difficile. D'abord on ne comprend pas. Au début des années 70, nous étions en pleine vague nostalgique. Moi, j'avais du mal à supporter ce revival. Les disques des années 60 ressortaient, et de fait je vendais plus ceux de mes débuts que les récents. Je m'étais alors dit : « Je suis passé de l'autre côté. » Financièrement ça allait encore, parce qu'il y avait des tournées dans les pays de l'Est. On mangeait très mal bien sûr, mais c'était lucratif… On ne peut pas prendre le pognon et l'assiette.

J'ai commencé la tournée par la Roumanie, puis j'ai enchaîné avec la Hongrie. J'ai particulièrement été touché par le spectacle de désolation qu'offraient ces deux pays, surtout la patrie de Ceaucescu. Bucarest à l'époque, c'était si triste ! Nous avions vraiment l'impression de basculer dans un monde encore exclusivement en noir et blanc, où le temps semblait s'être arrêté au XIX^e^ siècle. Pas de sourires sur les visages, qui étaient tous fermés et qui ne voulaient surtout rien exprimer. C'était le règne assourdissant du silence. Ce silence qui finit par s'entendre et qui révélait aussi une peur lancinante, rampante… La pauvreté était là, partout. Cela m'arrachait le cœur. Il n'y avait pas de camion d'éboueurs, et l'on voyait des petits vieux et des petites vieilles qui poussaient péniblement leur petite carriole avec le balai pour nettoyer ce qu'ils pouvaient. C'était comme un retour en arrière, avec en supplément le chou farci partout et à tout moment !

Nous étions logés dans l'hôtel le plus luxueux de la ville, qui devait être un vieux palace laissé quasiment à l'abandon, et notre séjour avait très mal démarré. Dans la chambre où j'étais installé, rien n'avait été entretenu. C'était très joli de voir ces vieux téléphones en faux marbre qui étaient tous cassés et qui ne vous permettaient pas de donner de vos nouvelles à vos

proches. Comme s'il était préférable de ne pas communiquer à l'extérieur...
Je suis finalement parvenu tant bien que mal à utiliser le téléphone pour joindre Paris et, quelques instants plus tard, lorsque je descends à la réception, le concierge m'apostrophe pour m'informer que je viens de le casser... Et vive la dénonciation et la suspicion érigées en système. Comme nous étions en permanence suivis par des flics – la réplique exacte des Dupondt de *Tintin* avec leurs moustaches –, je ne m'étonnais guère. Ils nous pistaient partout, et j'ai donc finalement essayé d'entrer en contact avec eux pour leur expliquer l'inutilité de leur mission, mais aussi pour tenter de sympathiser avec eux. Ils n'avaient pas le droit de s'asseoir à notre table...
Un soir, nous décidons de nous amuser enfin. Nous sommes conduits dans une boîte de nuit étrange où se produisait un groupe engagé pour faire danser les gens. Le chanteur était bon, les musiciens corrects, mais bizarrement il ne chantait que du Tom Jones... Un répertoire super limité ! Et le mec a fini par me faire des signes pour que je le rejoigne. Il terminait son tour de chant et visiblement il n'en pouvait plus :
« Vous n'auriez pas amené des disques par hasard ? De vous ou de n'importe qui d'autre ? »
Le gars était à cran... Je lui réponds qu'il suffit que je repasse par mon hôtel pour lui donner quelques exemplaires que j'avais emportés avec moi. Il a semblé si heureux et en même temps toujours gêné. Je finis par lui demander :
« Pourquoi vous ne chantez que du Tom Jones ? »

Je sais bien qu'en 1970 tout le monde aimait bien Tom Jones, mais quand même… Il m'a répondu penaud : « C'est un ordre, l'État a décidé que le meilleur chanteur du moment est Tom Jones, donc dans tous les endroits où il y a du live, on se doit de chanter Tom Jones. » Sinon il adorait Wilson Pickett ou James Brown, pourtant il n'avait pas le droit de les interpréter. C'était ça les pays de l'Est, du chou farci et Tom Jones. *(Rires.)* Ces tournées ont vraiment été une expérience en soi. C'était suffisamment lucratif car les autorités payaient en dollars, avant même que vous repartiez en France. Elles étaient réglo pour ça… Autre singularité, je jouais certes devant un vrai public, qui n'avait pas été sélectionné au préalable, mais celui-ci était bien surveillé. Ces jeunes gens de la police nous le gardaient bien gentil ce public, le doigt sur la couture du pantalon ! Pas de risque de débordements… Les gens connaissaient parfaitement mes chansons, probablement par la radio. Certains soirs, je pensais pourtant que le concert ne marchait pas très fort ; en réalité les spectateurs avaient le droit d'applaudir, pas de se lever… Ils ne pouvaient pas non plus attendre le chanteur à la sortie pour lui demander des autographes. Ainsi lorsque vous quittiez les lieux c'était le désert.

Et dans ce contexte réjouissant nous avons fini par provoquer nous-mêmes des emmerdes. J'étais alors accompagné par le grand orchestre d'Ivan Julien qui était constitué à l'époque d'une sacrée bande de soiffards. Chaque soir, on finissait toujours par aller voir les flics parce qu'évidemment, l'alcool aidant, cela tournait souvent au vinaigre à chaque fin de concert… J'avais

engagé cet orchestre que j'ai écarté ensuite, car il me coûtait trop cher en bibine... Mais Ivan était très bon musicien, il le reste d'ailleurs.
Le mec qui organisait ces tournées ressemblait à l'acteur anglais Christopher Lee dans la série de films autour de Dracula. Aussi grand, le même faciès, il ne lui manquait que les dents de vampire... Je balançais des plaisanteries sur *Le Cauchemar de Dracula* et je lui disais : « Quelle chance j'ai d'être accueilli au pays de Dracula ! » Le type ne comprenait pas. C'était très triste, à tel point que je me souviens, que lorsque je suis arrivé là-bas j'ai découvert ahuri qu'on y passait pour la première fois *Autant en emporte le vent*, et l'événement provoquait des files d'attente impressionnantes devant le cinéma...

**On analyse le manque de succès de ses chansons ?**

C'est comme une maladie que l'on n'arrive pas à localiser. On est suffisamment obstiné pour être dans une forme de déni artistique. On n'écoute pas ceux qui vous disent pourtant que votre chanson est incompréhensible. Là je pense à une chanson bien précise « Le faiseur de pluie », inspirée du film éponyme... À un moment je me risque à dire : « Je crie "Davius cumulus" et il pleut. » Bien sûr ! Il y avait en plus un arrangement de Jean-Claude Petit qui était dans une forme insoupçonnable, puisque l'on se demandait s'il l'avait imaginé et produit pour cette chanson ou pour une autre... L'album *Zigzag* n'était pas très accessible non plus, ni dans ses textes ni dans sa réalisation. On devait donner l'impression d'être vraiment à côté de la plaque.

**Vous avez eu peur d'être *has been* ou fini à un moment ?**

Oui, les deux. *Has been* ou « fini », c'est pareil. Je me souviens qu'en 1972 je n'avais pas le moral... Ou plutôt il était dans les chaussettes, si je puis dire... Et c'est là que l'on m'a dit :
« Tu devrais remonter les Chaussettes Noires.
– Oh la vache... Quelle horreur !
– Alors réenregistre des nouvelles versions de tes chansons des années 60 !
– Non, pas question.
– Alors fais du rock'n'roll ! »
J'ai fini par lâcher : « Ça oui ! Mais avec des gens qui savent vraiment ce qu'est le rock'n'roll. »
Et là je suis parti à Nashville et c'était reparti.

**Une chanson s'appelle « Faut faire avec moi », est-ce qu'elle vous caractérise bien ? *« Il y a des hauts / je connais surtout les bas / j'ai passé l'âge d'être pris en otage / par tous les mirages de la vie / je ne suis plus en rodage ni en repérage c'est fini / je ne fais plus de compromis. »* Vous avez fait des compromis un jour Eddy ?**

Oui, j'ai fait des compromis, mais qui n'étaient pas méchants... Pour faire plaisir à mon ami Eddie Barclay, qui était donc le P-DG de la maison de disques pour laquelle j'enregistrais, j'ai partagé un duo avec Maurice Chevalier ! Il trouvait que l'idée était géniale, j'étais consterné parce que Maurice Chevalier était quelqu'un d'important mais à des années-lumière de moi et de ma musique ! Donc j'y suis allé à reculons. Ça s'est très bien passé, et ce disque a même été une grosse vente. C'était un compromis. Il fallait le tenter « Le Twist du canotier » ! Je me souviens aussi d'un titre que tout le monde trouvait formidable, sauf moi, mais bon… C'était une charmante chanson d'Éric Charden qui s'appelait « Je n'ai pas besoin de docteur » et on me serinait : « Charden, il est dans le coup ! » Personne ne l'a achetée. C'était donc en partie de ma faute et de celle des gens avec qui je travaillais.

**Si je comprends bien Chuck Berry a été votre sauveur puisque c'est à lui que l'on doit les chansons originales de l'album *Rock in Nashville*…**

Chuck Berry est un grand escroc… *(Rires.)* Quel mec, quel guitariste, quel chanteur, quel parolier, quel musicien ! Et quel escroc… Je ne l'ai vu qu'une seule fois sur scène accompagné magistralement, c'était à Nashville où il recevait le prix de la Meilleure chanson country pour « Maybellene », trente ans plus tard… Et il était au garde-à-vous, vraiment formidable. Il avait mon équipe derrière : Charlie McCoy, Kenny Buttrey, Wayne Moss à la basse ; et croyez-moi là au moins il fermait sa gueule. Et il assurait. Mais combien de fois il a pris un orchestre de baloche du coin, des mecs qui ne savaient pas où ils étaient et ce qu'ils devaient jouer ! Et lui leur annonçait les titres qu'il allait interpréter une seconde avant…

**J'imagine qu'il a bien aimé vous connaître ?**

Oui, il était bien content… Surtout dans les années 70 quand j'ai cartonné avec *Rocking Nashville*. Je l'avais présenté la première fois qu'il est venu en France. C'était en 1963 lorsqu'il passait à l'Olympia. C'est tout d'abord un type qui a impressionné de nombreux guitaristes, qui a trouvé des tas d'idées musicales. Il a notamment inspiré Keith Richards des Rolling Stones au point que ce dernier lui a consacré un film qu'il a d'ailleurs produit. Avec des textes souvent marrants. Et c'est lui que j'ai eu le plus de plaisir à adapter. D'ailleurs il est très au courant des rentrées d'argent, il s'intéresse beaucoup au pognon. Et fatalement il m'aime bien ! C'est également un des auteurs chanteurs interprètes les plus repris de l'histoire du rock'n'roll. Que ce soit les Beatles, les Stones, Elvis Presley, Tom Jones, tout le monde l'a chanté. Je l'adore mais il abuse. Chuck reste malgré tout un sacré personnage…

À l'inverse Little Richard, lui, fait toujours bien son boulot, même s'il a du mal à marcher : il a de bons musiciens avec lui et ça le fait, il ne ressemble pas à un escroc. The Queen of rock'n'roll ! Une voix incroyable aussi. Je l'ai rencontré à Los Angeles quand j'enregistrais l'album *Frenchie*. Son bassiste jouait dans ma séance, à un moment il m'a demandé :

« Cela ne vous dérange de prendre la pause à telle heure ? Parce que mon patron va passer et doit me donner ma feuille de route. »

Le patron, c'était la patronne qui arrivait avec les valets !

Il sortait de chez lui, portant une perruque, maquillé... pour traverser la rue et amener la feuille de route à son chef d'orchestre ! Il était là devant moi, se tortillant en roucoulant : « Oh Eddy ! Quelle voix merveilleuse ! » Plus tard on l'a contacté pour un trio avec Johnny sur sa chanson « Elle est terrible ». Il avait donc répondu à l'appel sans problème. Il en a malgré tout profité pour essayer de draguer Chiquito mon directeur artistique qu'il invitait quand il voulait dans sa suite. Ah, voyez on ne fait pas tous les jours un métier facile ! On a d'ailleurs filmé cet enregistrement mais nous avons été obligés de couper au montage parce qu'il voulait en plus de son pourcentage normal 25 000 dollars d'avance. Tout de suite en cash et sans signature. On a préparé les émoluments de Madame et il a mis ça dans ses bottes ! Rock'n'roll, quoi ! Les gens l'ont toujours accepté tel qu'il est. En plus, au moment où cela n'allait pas bien pour lui, il passait dans toutes les boîtes d'homos et il cartonnait. Avec des faux Little Richard dans la salle ! Un peu comme les mecs travestis en Mireille Mathieu dans les boîtes gays ici...

**À propos de boîte, comment était le monde de la nuit dans les années 60 ?**

Le circuit habituel. Régine, Castel et le Saint Hilaire, ensuite il y a eu les boîtes tenues par Sam Bernett. À cette époque-là la nuit était pour moi forcément reliée à la bouffe... Parce que l'on ne se couchait pas avant 3 h du matin et que l'on sortait souvent pour aller dîner tard après minuit. On ne se posait pas de ques-

tion, on allait au cinéma et, à la sortie à minuit, tous les restaurants étaient ouverts ! Il y avait les Halles aussi, un quartier pittoresque au petit matin. Mais je n'étais pas forcément un oiseau de nuit...
C'est à Londres qu'il existait des endroits inimaginables. Je me souviens d'une boîte à Leicester Square, en haut d'un immeuble, dont le dernier étage appartenait au milliardaire Howard Hughes, qui ne venait jamais. Le club était juste en dessous de chez lui et les mecs pouvaient faire tout le bruit qu'ils voulaient... C'était la première fois que j'allais dans une boîte de nuit située au cinquième étage ! L'orchestre était assuré par les serveurs. Donc si vous aviez faim il vous fallait attendre la fin du set ! Pendant qu'ils servaient on pouvait demander un petit « What I say », par exemple, et ils s'exécutaient... sans sourciller et plutôt bien car ils étaient de bons musiciens. Et vous pouviez y voir tout le gratin anglais : les Beatles, les Stones, pas forcément le même jour mais bon... Il y avait également l'immeuble où *Playboy* avait ouvert une boîte. Vous y étiez servi par les Bunnies, ce qui n'était pas mal... Toutes les chambres étaient de grands duplex et cela marchait 24 h/24. On pouvait entrer à n'importe quelle heure et commander à bouffer, à boire ! Maintenant dans les chambres d'hôtel vous avez des minibars qui ne contiennent jamais rien.

**Est-ce que la drogue circulait dans les années 60 ?**

Oui, principalement le pétard. Surtout l'herbe, pas trop le shit. Tout le monde ne fumait pas, c'était une minorité. Cela détendait mais bon ce n'était pas trop mon truc... La coke ? Elle est venue dans les années 70. Dans les années 60 l'alcool faisait beaucoup plus de ravages. On dit maintenant que les jeunes boivent énormément, je crois que les générations anciennes n'ont pas manqué non plus leur rendez-vous avec l'alcool. Cela déglinguait sec quand même. C'était une autre façon de boire. Aujourd'hui on boit pour être bourré tout de suite. Alors qu'avant cela prenait un peu de temps. C'était un peu plus « ludique ». On buvait ce que l'on appelait le « Mazout », à savoir le whisky-coca, c'était l'alcool un peu standard. Il y avait aussi le martini rouge gin... C'est bon mais je le préfère sec. Et la bière bien sûr. Et le pinard. Et les cocktails avec champagne qui plaisaient bien chez les bourgeois. Chez les prolos il y avait le « Rémillon », le « Stomach Velvet » comme on l'appelait (le « velours de l'estomac »), et les vins du Postillon. C'était énorme ! Vous pouviez faire vos carreaux avec ce vin, ils étaient impeccables... Le lundi, vous pouviez même faire les cuivres, c'était bien également ! Et vous aviez les petits vins de marques qui n'existent plus, comme le Goulet-Turpin qui était le Félix Potin du pauvre. C'était dramatique. Sans oublier le calva qui nous a ouvert les oreilles. Long Chris était pote avec des officiers américains du SHAPE : on leur filait du calva de bas étage et, en échange, ils nous offraient des disques. Qui sentaient des pieds, parce qu'ils mettaient les 45 tours dans des conteneurs à fromages ! Et donc on les appelait « des disques qui sentent le fromage ».

**Qu'est-ce qui vous a touché dans la musique noire ?**

Les voix surtout. Et le feeling derrière. Le rock blanc s'inspirait surtout du rockabilly. Gene Vincent, c'est le mixage entre le rockabilly et la musique black. Un savant mélange d'ailleurs, mais cela n'a rien du rhythm'n'blues finalement, c'est très blanc.

**Aujourd'hui votre voix fait partie de votre identité. Vous aimez chanter ?**

Oui, pour autant je ne me surprends jamais en train de chanter sous la douche ou en me rasant. J'aime chanter, c'est vrai, mais je ne travaille pas spécialement la voix.

**Vous n'êtes pas un crooner ?**

Ça peut m'arriver selon les thèmes harmoniques abordés. Crooner c'est une étiquette. Mais pour moi le seul vrai crooner c'est Dean Martin. Lorsqu'on l'écoute c'est comme lorsque l'on regarde Fred Astaire danser, ça paraît aisé. Alors que c'est très compliqué. Dean Martin était un des rares qui ne donnaient jamais la pleine voix mais qui tenaient les notes. La pleine voix est plus facile. Si vous susurrez, pour tenir les notes il faut avoir du souffle. Quand Dean chantait c'était naturel. Et quand vous essayez de l'imiter, vous vous essoufflez. Vous ne comprenez pas pourquoi avec lui ça sort tout seul. C'est dire qu'il faut non pas lâcher les chiens mais les retenir ! Les retenir sans donner ni élever la voix... Sinatra est un crooner mais, pardonnez-moi, très souvent il donne de la voix. Dean Martin jamais. Ou tout au moins on n'a pas du tout l'impression qu'il la donne. Et c'est ça pour moi le vrai crooner. Il y a lui et Nat King Cole.

**Est-ce que votre façon de chanter a évolué ?**

Un petit verre de vin avant de chanter... *(Rires.)* Je n'ai jamais travaillé la voix. Sardou l'a entretenue avec Mlle Charlot, cette professeur de chant extraordinaire qui a pris en main tous les chanteurs français. J'ai essayé une fois avec elle. Elle était énervée parce qu'elle me faisait rire. Elle disait que j'avais une mauvaise prononciation, des limites dans ma diction. Elle n'avait pas tort d'ailleurs. Elle m'a prescrit comme traitement d'apprendre et de chanter la chanson de Gilbert Bécaud « Le petit oiseau de toutes les couleurs » avec un crayon entre les dents pour l'articulation.
Je lui ai dit en riant que je ne pouvais pas me retrouver sur scène avec un crayon entre les dents. Et elle m'a envoyé balader. Mais attention ! Bien chanter pour moi est important si on parle d'inné et non d'acquis. Chanter ne doit pas être une souffrance, un effort ou même un travail. Quelqu'un qui chante bien, c'est quelqu'un qui chante juste et en mesure.

**Il y a un souffle dans votre voix qui est apparu sur le dernier album, c'est volontaire ou c'est l'âge ?**

Ce doit être l'âge parce que je n'ai pas cherché à mettre un voile sur ma voix...

**Est-ce qu'il y a un plaisir organique du chanteur en studio ou devant le public ?**

Le plaisir du chanteur est beaucoup plus jouissif aujourd'hui, à condition de supporter les « ears » – ces espèces d'oreillettes affreuses avec lesquelles on peut faire soi-même le mix de sa voix. On n'a pas le droit à l'erreur parce que ce n'est pas le retour de scène habituel, donc le truc est jouissif car il faut attraper la note juste tout le temps. C'est une bulle confortable. C'est mieux que le bain de pieds ou, si vous préférez, les retours ordinaires, installés de part et d'autre du micro sur le devant de la scène. Mais attention ! On est obligé de s'écouter donc de se surveiller, et ça c'est très bien. En revanche ça isole du public et de son énergie.

**Surtout que vous êtes connu pour ne pas chanter le bottin… Vous êtes un auteur de chansons que le public aime aussi pour ses mots.**

Cela reste de la chanson. Ce n'est pas non plus de la poésie…

# 4

# « Rien qu'un seul mot »

**J'aimerais que l'on parle un peu de l'écriture de vos chansons. Une chanson est-elle l'équivalent d'un plan-séquence ?**

C'est plutôt un story-board qui se transforme en mini-scénario avec un début, un milieu et une fin...

**C'est-à-dire ?**

Il doit y avoir comme un générique qui fait office de bande-annonce. Un générique intégrant une action, puis un développement assez resserré, qui amorce assez vite une autre action, puis une fin. Bonne ou mauvaise, mais cela doit obligatoirement se finir. J'aime bien que les chansons possèdent leur chute. Et avant tout je cherche la plupart du temps à raconter une petite histoire. Il existe par ailleurs quelques titres qui peuvent effectivement être assimilées à des plans-séquence... « Sur la route de Memphis », par exemple, ou « La fille du motel » avec l'impression que là c'est LA séquence précisément qui est un plan... J'ai cette influence cinéma en moi, c'est vrai, et je ne sais pas écrire autrement, je ne m'en cache pas.

**On dit souvent que vous avez une écriture cinématographique. Une sorte de technique d'écriture avec des mots qui suscitent tout de suite des images et non pas des métaphores...**

Oui, vous avez raison. C'est une écriture qui est proche du script, où la concision est le maître mot. Dans un script, on ne peut pas en faire trop, ni en dire beaucoup. Un de mes auteurs de chevet s'appelle Céline. Voilà un écrivain qui assène une gifle magistrale à la littérature. En une phrase, il vous raconte ce qu'un autre mettrait deux chapitres à écrire... Si vous prenez le passage sur l'Amérique de Céline dans *Voyage au bout de la nuit*, dès la première phrase, on y est... Il arrive à New York et il écrit : « New York est une ville qui se tient debout. » Voilà, tout est dit, c'est extraordinaire. Et je ne dis pas que je m'en inspire, mais j'essaie d'être dans une forme de précision, de ne pas m'étendre, d'éviter surtout de tomber dans la joliesse. Il existe des modèles tout aussi écrasants dans la chanson française. Certains textes de Georges Brassens ou de Jacques Brel par exemple possèdent parfois ce côté un peu définitif. Si on y prête trop attention, on peut penser qu'il sera difficile de passer après eux sur quelques-uns de leurs thèmes de prédilection, il faut donc savoir s'en affranchir.

**Comment avez-vous découvert que vous saviez écrire des chansons ?**

Je n'ai pas eu réellement la sensation de savoir écrire. Lorsque j'ai commencé à enregistrer, tous les catalogues éditoriaux du rock'n'roll étaient entre les mains de gens qui n'en avaient rien à foutre. Je m'explique : le système consistait pour un éditeur à obtenir coûte que coûte des textes français, qui puissent être adaptés sur des titres anglais ou américains, pour avoir l'exclusivité des droits en France. C'était d'un compliqué... Et évidemment une affaire de gros sous. C'était du négoce, ni plus ni moins. Donc, parfois, un auteur souvent très bon écrivait n'importe quoi sur une chanson du moment qu'il l'adaptait pour avoir la main dessus. Même si la chanson n'était pas enregistrée, la partition existait... Je me souviens du gros tube de Little Richard « Rip it up », qui adapté en français était devenu « Vas-y donc mon vieux canasson ». Bon, c'est intéressant mais ce n'est pas facile à chanter voyez-vous... Et, surtout, difficile à faire passer... Un type comme Georges Aber, grand spécialiste de cet exercice de l'adaptation, avait souvent la plume très inspirée, parfois plus fantasque. Pensant qu'il serait difficile pour moi d'écrire aussi mal, je m'étais dit : « Pourquoi pas moi ! » Le défi était de parvenir à faire un peu mieux... ou pas plus mal.

**Vous avez également été adaptateur lorsque vous repreniez des standards américains. On à l'habitude de dire que le rock et la langue française ne peuvent pas faire de bons amis.**

C'est évident que l'exercice est périlleux. Il y a des stylistiques musicales plus agréables à adapter que d'autres. Je pense notamment à la country. Historiquement c'est un genre qui a toujours été adapté chez nous, et qui a généré de grandes chansons, même dans les années 50, dont le public pensait qu'elles étaient françaises parce que leurs textes collaient bien à la mélodie. Je pense à Line Renaud avec « Toi ma petite folie », qui à l'origine est quand même une chanson country… Mais oui, monsieur ! Celle du film *Visage pâle* aussi. « Jambalaya » que j'ai chantée en anglais a été adaptée par Jacques Helian et interprétée par… Mireille Mathieu avec également des paroles merveilleuses…

*« Jambalaya crie le sorcier qui saute et qui danse / Jambalaya crient les guerriers devant leurs lances / Et devant les totems et les idoles / C'est tout à coup mille clameurs qui s'envolent. »*

Cela ne s'invente pas ! Et puis si l'on veut s'énerver un peu on en revient fatalement à la sentence de John Lennon qui disait : « Il n'y a pas de rock français comme il n'y a pas de vin anglais. » C'est une opinion qui a le mérite d'être claire mais qui révèle que le rock n'est pas naturellement dans nos gènes. C'est vrai comme de prétendre finalement qu'il y a eu très peu d'interprètes rock'n'roll français intéressants lorsqu'il s'agit de juger strictement le phrasé et l'écriture. Avant l'arrivée de Johnny et moi qui assumions sans broncher notre côté premier degré, il faut se souvenir qu'en France le rock, pour être considéré, devait être tourné en dérision. C'est ce qu'avait parfaitement compris Henri Salvador ou encore l'inénarrable Mac-Kac qui chantait « J'ai j'té ma clef (dans un tonneau de goudron) » avec toujours des textes très marrants.

**À quoi sert d'écrire des chansons ?**

Ah, cela fait passer le temps et voyez-vous c'est très agréable ! J'écris et tout à coup je suis comme dans une bulle. Vous pouvez passer des heures et des heures à chercher le bon mot, l'image qui pourra faire mouche... Et ça c'est génial. Dans cet exercice vertigineux, le résultat peut souvent terminer à la poubelle ; ce n'est pas grave. En définitive je suis plutôt un urgentiste dans l'écriture. Écrire une chanson me prend beaucoup de temps mais c'est toujours dans l'urgence que je la finalise.

**Vous cassez un peu le mythe de l'auteur avec son crayon et son calepin qui prend des notes à droite, à gauche, sans cesse en alerte.**

Eh bien oui. Si Pierre Papadiamandis n'a pas pondu sa musique, je ne peux rien écrire. Je n'ai aucun texte d'avance. Je n'écris pas sur commande et sans musique. Donc je suis toujours tributaire de Pierre ou de quelqu'un d'autre. C'est la musique qui me suggère des idées. C'est elle qui est le moteur de l'imaginaire. Écrire pour être mis en musique ensuite, j'en suis incapable... J'aurais l'impression tout à coup d'avoir de longs cheveux, d'être un poète avec une grande plume, et ça me fait rire... La poésie, selon moi, n'a rien à voir avec la chanson. Même si je peux l'aimer, elle doit pour moi rester une création sans musique. Les auteurs de chansons qui s'estiment être des poètes, ça me fait doucement rigoler.

**Vous devez savoir que c'est grâce à votre écriture, à vos textes, que Monsieur Eddy occupe une place à part dans la chanson, et particulièrement dans le rock'n'roll ?**

C'est un heureux hasard et mariage entre le chanteur et l'auteur... Et comme le chanteur n'est pas très difficile il s'entend très bien avec l'auteur... Le fait d'écrire mes chansons me donne une liberté supplémentaire par rapport à ce métier. Mais il m'arrive aussi d'en demander à des auteurs que j'aime bien et dont je respecte le travail. Souvent il s'agit pour moi de prendre des titres que je serais incapable d'écrire moi-même. Je pense notamment à une chanson comme « Paloma dort » : de par l'intimité du thème, par pudeur c'est un texte qui ne me serait pas venu à l'esprit. Et c'est une femme, Marie Nimier, qui a écrit ces mots, donc c'est doublement intéressant... De même pour « L'esprit Grande prairie » signée et composée par Alain « Sushi » et Laurent « Voulzon ». Cette chanson est charmante, et si juste. Certes, Alain a imaginé un texte qui serait dans mes cordes, mais si je l'écrivais tout à coup j'aurais l'air d'un ramenard. Limite prétentieux, narcissique.

**Tel Souchon qui possède sa propre stylistique, il y a des mots, des expressions, des techniques d'écriture qui n'appartiennent qu'à vous...**

Peut-être, mais voyez-vous on ne le fait pas exprès. On ne peut pas réellement justifier ou expliquer un style. Ce qui est sûr c'est que je raconte le plus souvent des petites histoires assez concrètes, comme de petites brèves, de là à parler de style… La seule chose qui caractérise mon écriture est toujours cette même sensation de la peur de la feuille blanche. Je suis très vite mécontent de moi-même, donc j'ai souvent à mes côtés une poubelle bien pleine… Et le public ne doit pas le savoir, en toute logique. On ne doit pas sentir le travail derrière une chanson. On a toujours l'impression qu'elle est sortie d'un jet, c'est souvent faux. On peut passer trois mois sur une phrase. C'est le mystère de notre cuisine et nul n'a besoin d'y entrer.

**Peut-on tout dire en chanson ?**

Je crois. L'important est de ne blesser personne. Personnellement je n'aime pas du tout les chansons qui politisent un propos, qui ont des messages…

**C'est marrant, car souvent on dit de vous : « Eddy Mitchell est le meilleur explorateur de notre société » !**

Il ne faut pas exagérer. Cela reste de la chanson qui peut être de l'ordre du constat. Le message, c'est autre chose… Je suis chanteur, je ne suis pas postier ! Le constat équivaut à exprimer une situation, à essayer de la décrire au mieux sans y accorder une quelconque morale.

**Il faut être très observateur…**

Oui mais c'est le lot, je crois, de tous ceux qui écrivent des chansons. Nous sommes comme des éponges. Toujours à l'affût. Sans entrer dans les gènes de la société, nous sommes très à l'écoute de tout ce qu'elle exprime. Que ce soit avec les journaux, ce que nous entendons à la radio, les gens qui parlent dans la rue… Tout à coup on retient une expression, une idée, une situation. Nous sommes souvent comme les acteurs qui piquent des tics à des gens de la rue pour les reconstituer ensuite dans une scène. Quand je suis sorti du studio d'enregistrement de Los Angeles où j'enregistrais l'album *Frenchy*, j'ai tout d'un coup été saisi par cette idée de l'interdit qui était partout. Cette image m'a sauté à la figure et j'ai écrit dans la foulée « J'aime les interdits ». La chanson a souvent un côté très épidermique dans son inspiration. Mais c'est vrai que nous avons certainement un autre œil que ceux qui ne font pas de musique…

**C'est donc cet œil qui vous permet de dessiner des portraits comme celui de « La fille du motel » ou bien de celle qui a les yeux « couleur menthe à l'eau » ?**

Ce sont effectivement des chansons d'observation. La tournée d'un chanteur n'a rien de romanesque en soi. C'est même une répétition quotidienne de scènes et d'actions similaires. C'est aussi le moment où nous sommes en contact avec cette réalité ordinaire, une forme de banalité, celle des gens qui hantent le quotidien des hôtels par exemple. « La fille du motel » est inspirée par ces demoiselles que l'on croise sur la route dans nos haltes. Toujours impeccables, le sourire presque mécanique, les gestes qui ont la précision d'un automate. C'est un hommage à ces vies que l'on croit banales et à ces femmes qui parfois rêveraient de pouvoir partager, ne serait-ce que quelques heures, la vie supposée extravagante des musiciens de tournées. « Couleur menthe à l'eau » met en scène une jeune nana qui pourrait effectivement être le prolongement de « La fille du motel ». Sauf qu'elle n'obéit plus aussi machinalement à la routine d'un boulot. Elle a basculé, elle est paumée, mais prête à tourner dans un porno...

**On dit souvent que « Société Anonyme » est une sorte de borne, la première chanson sociétale et visionnaire d'Eddy Mitchell, alors que ce n'est pas vous qui l'avez écrite...**

C'est Ralph Bernett qui a signé le texte sur une musique de Guy Magenta. Les gens l'ont interprété un peu comme ils le voulaient alors que nous avions juste envie de nous marrer... Sincèrement on trouvait que cette idée sonnait et avait l'efficacité du pavé dans la mare... *« Rien n'est à toi, tout appartient à la Société Anonyme »*, c'était dérisoire comme texte et beaucoup l'ont pris au premier degré... On enfonçait un peu le clou grossièrement... Et je vais peut-être vous décevoir encore plus si je vous avoue que j'étais uniquement branché sur l'arrangement. Je voulais un son à la Nancy Sinatra. C'était la musique qui m'intéressait.

**En revanche, il y a dans « À crédit et en stéréo » non seulement une longue observation mais aussi un petit côté visionnaire...**

Oui, il est sûr que c'est toujours d'actualité. Parce que la société nous a enseigné qu'il fallait vivre à crédit. Et aujourd'hui nous vivons tous à crédit, qui que l'on soit et quels que soient nos moyens. J'ai peut-être un drôle de rapport à la société de consommation mais je ne suis pas le seul. Je fais comme tout le monde. Je subis sans complexe cette situation même si je ne suis pas un acheteur compulsif. Il n'y a pas de honte à vouloir faire de l'argent, ni à le dépenser surtout ! Après tout il sert à ça.

Ce que j'aimais dans le texte, c'était l'image forte que représente pour tout le monde la voiture. Lorsque j'étais gamin, avoir sa voiture était synonyme de réussite. Et dans les années 70, ce qui l'était devenu était de pouvoir y ajouter l'air conditionné. Maintenant tout le monde possède son petit GPS, le téléphone... Le curseur de la société de consommation se déplace de plus en plus vite.

**Est-ce que vous vous souvenez de la manière dont vous avez écrit la chanson « Il ne rentrera pas ce soir » ?**

Oui. Là encore je voulais grossir le trait. C'est comme ça qu'une chanson d'observation peut marcher d'ailleurs. Il faut qu'il y ait un effet loupe. C'était l'époque où les affaires d'Eddie Barclay ne marchaient pas très fort. En particulier sa compagnie de disques, qui avait été rachetée par Philips. C'était un vrai sac d'embrouilles au sein des cadres de sa société ; pour la première fois on entendait des gens dire : « Mais comment je vais faire pour payer ma bagnole ? » Jusque-là ce syndrome était propre aux ouvriers et là, bing, on découvrait que les cadres pouvaient également se retrouver dans la même situation. Et au moment où j'écris ma chanson, j'en rajoute une couche, dans le ton et dans l'intention. Comme si cette description était valable parce qu'exceptionnelle. Je ne savais pas qu'elle allait devenir le lot commun de toute cette classe sociale.
Et je me souviens qu'il y avait des bourreaux pris à leur propre piège, des mecs payés pour virer les autres, avant d'être très vite dégagés à leur tour. C'était le début d'un système qui est courant aujourd'hui. Cette chanson justement est très cinoche. Il y a un générique : « Il écrase une cigarette, puis repousse le cendrier, se dirige vers les toilettes, la démarche mal assurée. Il revient régler ses bières, le sandwich et son café. Fin du générique. Titre du film : *Il ne rentrera pas ce soir*. »

Ce sont des images arrêtées qui se succèdent avec pour chacune une action précise.

**Est-ce que vous connaissez Philippe Corcuff ?**

Oui, il est de Lyon et c'est un intellectuel qui, je crois, est l'un des chantres de l'altermondialisme. Il a rédigé une thèse sur mes chansons. C'est un gauchiste, un « sale gauchiste » ! *(Rires.)* J'ai même dîné avec lui un soir sur ma tournée. Et il se tient à table, il mange très bien ! Je l'ai écouté mais c'est un langage que je ne pratique pas, que je ne comprends pas très bien. Son analyse est pesante pour le petit faiseur de chansons que je suis. J'ai tout à coup l'impression d'être une statue et qu'un pigeon va me chier dessus dans la seconde. C'est prendre très au sérieux ce qui a été dit légèrement le plus souvent. Ce type est formidable et je le remercie de cette admiration. Pourtant je pense aux mômes qui sont peut-être contraints d'étudier ça, ils doivent me détester en plus... L'essentiel, c'est le rock'n'roll. Ça oui... Cette musique a balayé la société corsetée des années 50, elle a fait péter les tabous bien au-delà du music-hall, et ça c'est bien.

> « *Des années Giscard aux années Chirac, en passant par les années Mitterrand et les années Jospin, les chansons d'Eddy Mitchell ont accompagné les crises et les mutations de notre société dite "libérale", dénomination ambiguë qui amalgame les avancées des libertés individuelles (libéralisme politique et culturel) et la domination grandissante de la sphère marchande sur les activités humaines (libéralisme économique). Dans les portraits ou les mini-scénarios esquissés par ses*

*textes, les individus, moins lestés qu'avant par des repères traditionnels, sont ballottés par des circonstances indépendantes d'eux, déboussolés par le cours pris par le monde et, partant, par leur vie, écorchés sentimentalement*[1]. »

1. Extrait de la thèse sur Eddy Mitchell, parue dans une revue de philosophie politique en 2004 autour du problème du scepticisme dans le contexte des sociétés néolibérales : *Cités – Philosophie Politique Histoire*, n° 19, « Que dit la chanson ? », PUF, 2004, p. 93-102 ; sous le titre « Le cimetière des éléphants. La philosophie sauvage d'Eddy Mitchell ».

# 5

# « La dernière séance »

**Qu'est-ce qu'une salle de cinéma vous procure comme émotion ?**

Je ne vais pas vous le cacher, aujourd'hui, je ne vais plus beaucoup au cinéma... En premier lieu parce que j'ai à ma disposition les DVD et que, comme vous le savez, je me suis fait installer ma salle de cinéma personnelle... C'est un petit luxe que je me suis octroyé. Ma petite salle à moi dans laquelle j'ai pris mes petites habitudes qui, je vous l'avoue, seraient gênantes dans un cinéma public. Et oui, je regarde les films allongé, cool, et souvent vautré ! Mais moi, en revanche, je ne mange pas de pop-corn. Regarder et tenter d'écouter une roucoulade d'amour avec en fond sonore continu un spectateur qui rumine des pop-corn, ce n'est pas terrible. Pareil lorsque la scène d'action est perturbée par votre voisin qui s'acharne sur son esquimau. *(Rires.)* J'ai l'impression que le cinéma est devenu un lieu de friandises et de consommation avant d'être un sanctuaire où l'on vient s'évader.

Ces grands complexes n'ont aucune âme, et même si l'on n'est pas obligé de regretter la petite pépète qui circulait avec son panier de bonbons et d'esquimaux, on peut dire qu'aujourd'hui on s'achemine vers une autre vision du cinéma. Beaucoup de jeunes ont une carte d'abonnement qui leur permet de se balader d'une salle à l'autre... Je trouve étrange d'aller voir un film – bon ou mauvais – et de changer de salle pour arriver au milieu de la projection d'un autre. Je ne comprends pas cette mode du zapping appliquée au rituel de la sortie cinéma. En revanche je suis heureux de savoir que le grand écran continue à drainer des foules, que les gens aiment l'idée de la sortie au cinoche... C'est extrêmement rassurant d'autant que le public peut également profiter des dernières avancées technologiques, que ce soit la 3D ou dans le domaine du son, où l'on a fait des progrès hallucinants.

**À quoi ressemblait réellement ce cinéma que vous avez connu ?**

Il ressemblait vraiment au Trianon de Romainville où je tournais « La dernière séance ». En moins propre ! Une grande salle avec un balcon. Les cinémas de quartier proposaient aussi beaucoup de music-hall, soit en attraction, soit en spectacle. Un soir vous pouviez voir Aznavour et la semaine suivante un film... Quoi qu'il en soit, c'était un spectacle « familial », on n'allait pas voir seulement un film. Il y avait les actualités, le documentaire, le dessin animé, l'entracte, des attractions, puis la présentation d'un petit film d'une durée d'environ une heure en général, et enfin le grand film. Une sortie au cinéma vous prenait au moins trois heures, voire quatre. C'était vraiment réjouissant de vivre pleinement votre sortie. Rendez-vous compte que j'ai pu voir en même temps que les grands films tous les Zorro, les Flash Gordon, les Dick Tracy... C'était génial !

**Quel est le premier film que vous avez vu en salle ?**

Je m'en souviens très bien. C'était au cinéma Le Paradis, qui évidemment n'existe plus aujourd'hui. Il était situé juste avant Le Théâtre de Belleville, qui n'existe plus lui non plus. Mon père m'avait emmené voir *Le Fantôme du cirque*, je me demande bien pourquoi d'ailleurs. J'avais alors six ou sept ans et j'avais eu une frousse terrible. Outre la peur j'ai encore le souvenir des effluves. Un souvenir précis d'odeur de détergents. Pour nettoyer les salles, ils forçaient sur les doses...

**À partir de quelle époque êtes-vous devenu cinéphile ?**

Très tôt grâce à mon père qui travaillait de nuit. Lorsqu'il rentrait en fin de matinée ou en début d'après-midi, il faisait une petite sieste puis venait me chercher à l'école pour aller au cinéma direct. C'était bien. Le soir, quand mon frère rentrait de son boulot, on y retournait. J'ai ainsi connu la chance de pouvoir y passer une partie de mon enfance. Deux films par jour en moyenne. C'est incroyable mais vrai. J'étais éclectique dans mes goûts même s'ils étaient avant tout motivés par le charme des actrices. Gamin, je les adorais toutes. En sortant de la salle je les avais déjà oubliées, pourtant je peux vous dire que pendant la séance, j'étais ébloui. J'étais surtout passionné par les westerns et

les films de pirates. J'adorais ça. Les policiers moins. Comme les films français qui généralement à l'époque m'attiraient beaucoup moins. On les voyait, mais ils n'avaient pas du tout la même saveur.
Pourtant c'est une belle période pour le cinéma tricolore, j'étais peut-être trop jeune pour vraiment l'apprécier. Une période d'acteurs et d'auteurs qui accordait peu de place à l'espace et où il n'y avait pas beaucoup d'aventures. Ce sont les grandes heures de Jean Gabin et pour un gosse comme moi, la plupart du temps, ces films-là ne faisaient pas fantasmer… Et puis je n'aimais guère la couleur française employée dans notre cinéma. Certes elle était plus naturelle, plus juste, mais je ne venais pas y chercher le réalisme. Je plongeais dans l'obscurité pour y trouver ma part de rêve. Quand je vous disais que les filles étaient géniales dans les films d'aventures américains, c'était aussi dû précisément au rendu singulier du technicolor américain. Quand une actrice était rousse, sa chevelure était rouge, flamboyante, et ses taches de rousseur vous sautaient au visage. Je pense à Maureen O'Hara qui irradiait l'écran par sa couleur. Enfin, entre autres talents…

**Quel a été votre premier acteur fétiche ?**

Gary Cooper. J'étais fasciné par l'ensemble du personnage. De sa dégaine à sa façon de parler, puisque j'aimais même l'acteur qui le doublait. Il avait son air embarrassé, le mec qui s'excuse d'être trop grand, de ne pas savoir où se mettre.

**Et l'acteur que vous n'aimiez pas ?**

Au tout départ sincèrement je n'étais pas un fou de Humphrey Bogart... Alors que tout le monde se pâmait devant lui. Et en premier lieu mon père, qui l'adorait. Il était évidemment pétri de cette culture des films des années 40 qui étaient excellents, mais que je n'avais pas visionnés. Je pense notamment à des films comme *Le Port de l'angoisse* ou *Le Grand sommeil.* Dans l'écriture et la réalisation, ce sont des films qui servent cette allure singulière... Son imperméable, son feutre mou, sa tronche avec ce regard profond qui tranchait et cette expression de dérision perpétuelle... J'étais trop jeune pour pouvoir profiter de cette inventivité dans la présence cinématographique. Quand je suis allé au cinéma au début des années 50, il était à l'affiche de films vraiment pas très bons, comme *Sahara* ou *Sirocco*. Et franchement il n'était pas au meilleur de sa forme. Votre question est marrante parce qu'effectivement à l'époque seuls les acteurs avaient tendance à nous intéresser, nous attirer. On disait qu'on allait voir un film de Gary Cooper...

**Quel est l'acteur que vous avez le plus suivi à ce jour ?**

Au bout du compte, Robert Mitchum ! Mais contrairement à la légende, mon nom d'artiste « Mitchell » ne vient pas de là. C'est mon directeur artistique chez Barclay, Jean Fernandez, qui m'a dégoté ce patronyme facile à retenir. Heureusement j'ai pu choisir mon prénom...

Mitchum, c'est un comédien rare, exceptionnel. Avec une façon unique de jouer. Avec un air de je-m'en-foutisme qui m'a toujours réjoui… Alors que c'était un professionnel de premier ordre, il donnait l'impression que jouer était un truc superbement facile. Doté d'un naturel déconcertant, il possédait une voix dont il pouvait faire ce qu'il voulait. S'il avait décidé de marmonner, il le faisait. Parfois jusqu'à l'extrême. Ce n'est pas pour autant ce que l'on croit dénommer de l'anti-jeu. C'est l'« underplaying ». Jouer en-dessous… mais jouer vraiment ! C'est toute la difficulté. L'art qui ne se voit pas finalement. C'est cela que j'aime en toutes choses. En plus cet acteur avait des trouvailles simples qui donnaient à son personnage une force incroyable. La première fois que je l'ai vu, il était à l'affiche dans *Pendez-moi haut et court*, au côté de Kirk Douglas qui débute alors avec son ancien nez. *(Rires.)* Il y a ce monologue interminable où il engueule Mitchum, il en fait des tonnes parce que le rôle l'exige. Kirk Douglas joue avec un briquet tout en débitant son texte, sûrement pour se donner une contenance. Mitchum se contente de le regarder, puis d'un seul coup il chope le briquet et lui claque le baigneur. Une seule réplique en guise de réponse au monologue : « Maintenant ça suffit ! » Et le tour est joué. Ça marche, c'est du pur Mitchum qui a eu sur le moment ce coup de génie, qui n'était pas prévu dans la mise en scène.

**J'aimerais savoir pourquoi vous aimez tant les westerns ?**

Les cartes y sont données tout de suite. Bien sûr il y a des bons et des méchants. Si on y regarde de plus près, cette dualité est présente dans la majorité des films puisqu'elle fait partie de la vie. Mais dans le western l'antagonisme est caricatural et donne toute sa sève à l'histoire. Chacun fait son travail, chaque personnage a un rôle bien précis et n'a pas l'obligation d'en sortir. Et tout ce petit monde se retrouve à la fin. Et là on compte les points, si j'ose dire. On verra à ce moment-là si on peut être ami ou pas. C'est simple, direct et fort en même temps. J'aime les personnages, parce qu'ils sont entiers. Il n'y a rien à gratter pour faire basculer le spectateur dans une fausse psychologie... Et il y a l'espace. Une sensation qui manque terriblement à l'être humain, surtout à l'homme d'aujourd'hui. Le western est la combinaison parfaite entre le son et l'espace, les couleurs, les odeurs, les rencontres que l'on peut éventuellement y faire... Ces dernières sont rares, on ne se cogne pas dans les gens et du même coup elles deviennent précieuses.

**Comment est venue cette idée de « La dernière séance » ?**

Nous étions au mois d'août 1980, j'étais resté à Paris et je m'ennuyais profondément. J'avais un ami, grand collectionneur d'affiches, qui était par ailleurs le responsable du cinéma L'Ermitage sur les Champs-Élysées. Je lui disais souvent à quel point je ne comprenais pas pourquoi nous ne pouvions plus revoir les films qui avaient marqué notre enfance. Et l'idée est vraiment venue de là. Je ne faisais rien cet été-là et je pense que cela fut le moteur et le prétexte pour simplement passer du bon temps. Nous sommes allés voir ensemble la direction d'UGC qui ne comprenait pas très bien où nous voulions en venir exactement. Ce que l'on désirait était simple. Nous leur avons proposé de nous laisser une de leurs salles une fois par semaine à partir de minuit et de nous donner carte blanche pour la programmation. Ils ont accepté sans trop y croire et sans comprendre nos motivations profondes. Nous avons donc fabriqué nous-mêmes une petite affiche que nous avons placardée à l'entrée du cinéma.

Je me souviens de la fameuse première séance. Coluche était venu assurer la promotion de nos soirées entre les bandes-annonces et les publicités. C'était hilarant. Nous avions imaginé en double programme : *Scaramouche* de George Sydney, un film de 1952, et *La Blonde et moi* de Frank Tashlin, en 1956, qui nous a révélé la plantureuse Jayne Mansfield. Mais ce n'était pas tout. Nous avions choisi un florilège d'actualités de l'époque, des pubs et quelques documentaires essentiels du genre « L'influence boréale sur le comportement sexuel des fourmis rouges en Amérique du Nord ». Nous avons fait un carton. Nous pensions nous retrouver avec une vingtaine d'accrocs qui s'ennuyaient ferme à Paris, le résultat de notre manœuvre fut un cinéma plein. Nous avons continué toutes les semaines et, franchement, nous nous amusions beaucoup.

C'est alors que Serge Moati, directeur de France 3, m'a

contacté et m'a tout de suite demandé de le transposer pour la télévision. Comme je n'ai pas une passion terrible pour ce média, j'ai dit oui mais sans conviction aucune. Puis j'en ai parlé à mon complice Gérard Jourd'hui qui s'est chargé de monter toute l'affaire. Nous avons commencé à tourner en province, avant de nous installer au cinéma de Romainville. Donc comme vous pouvez le constater, ce n'était aucunement une idée réfléchie à l'avance.

La première émission de « La dernière séance » s'est déroulée le 19 janvier 1982 avec deux films présentés : *Le Corsaire rouge* et *Bandido Caballero*. Je me souviens que les actualités des années 50 et 60 ont beaucoup marqué les téléspectateurs mais ce sont surtout les bandes-annonces absolument délicieuses qui ont provoqué de vraies passions. Elles étaient presque aussi longues que les films et le public les a redécouvertes à cette occasion. Et nous pouvions malgré tout y déceler un vrai sens de l'écriture, une utilisation du dithyrambe ma foi très décomplexée si j'ose dire... On présentait évidemment toujours « La plus grande actrice du monde au monde et le plus incroyable comédien de l'univers ». Avec un sens de la mesure pour nous promettre des choses alléchantes : de la violence, du sexe, de l'action... Sans oublier la typographie des lettres du générique qui vous fusillaient le regard. Avec souvent des scènes qui ne figuraient pas dans le film... C'est grandiose. D'ailleurs il y avait à Hollywood des spécialistes de la bande-annonce qui coupaient et remontaient sans scrupule des bouts du film pour en réaliser un autre...

Je garde vraiment un très beau souvenir de cette aventure qui a duré seize ans. C'était une activité énorme mais un travail d'équipe formidable à une époque où la télévision ne nous emmerdait pas. En tant que producteurs nous étions autonomes et libres dans nos choix. Nous livrions au diffuseur une émission que l'on avait rêvé de réaliser sans avoir à subir le droit de regard d'un responsable d'unité de programmes qui, de toute façon, n'aurait rien compris. Je n'ai jamais reçu une quelconque remontrance au niveau de l'audience qui pouvait être variable, sans remettre en cause le principe et l'existence de l'émission.

**Cette culture du film que vous avez développée avec « La dernière séance » signifie-t-elle que vous n'avez aucune attirance pour le cinéma d'auteur ?**

Selon moi le « cinéma d'auteur » ne veut rien dire. Ou alors John Ford, Raoul Walsh et Howard Hawks sont des auteurs. Or si vous lisez les considérations d'un public de critiques cinéphiliques, Hawks est un faiseur, Ford un instrument lié à la machine hollywoodienne et Walsh seulement un cinéaste d'action. Mais, en réalité, ce n'est pas vrai. Ce sont des auteurs, avec un vrai rapport au monde qui transpire par l'image, par le choix des comédiens, par leur éclectisme, qui ont l'envie de se confronter à plusieurs genres. Je ne crois pas à cette fracture entre deux cinémas. Une spécificité bien française qui est l'apanage d'une intelligentsia restreinte. La rupture entre *Les Cahiers du cinéma* et le cinéma dit populaire peut s'expliquer.

Jean Aurenche, qui a écrit l'adaptation remarquable du livre *Coup de torchon* de Jim Thompson, m'a raconté par exemple que François Truffaut, avant d'être cinéaste, était critique aux *Cahiers* et déglinguait tout le monde, et lui en particulier, qui avait le malheur d'être le scénariste des films de Claude Autant-Lara, véritable bête noire des *Cahiers*. Le journal leur reprochait de n'être vulgairement que des « adaptateurs d'œuvres littéraires » déjà existantes. Autant-Lara incarnait aux yeux du futur réalisateur des *Quatre Cents Coups* un cinéma bourgeois, opportuniste, dirigé par un « père courage » réactionnaire du grand écran.
Jean Aurenche a fini par lui écrire une petite lettre dans laquelle il lui exprimait son incompréhension : « Qu'avez-vous contre moi ? Vous ne m'aimez pas, soit, mais pourquoi être si virulent ? » Truffaut lui avait alors répondu : « Vous êtes très connu, moi il faut bien que je me fasse connaître ! » Cela ne s'invente pas... C'est assez cocasse de la part d'un cinéaste qui va réaliser des films majoritairement populaires. Franchement, *Le Dernier Métro* c'est « Au théâtre ce soir »... pas de quoi la ramener ! Je l'avoue humblement, j'ai toujours eu beaucoup de mal avec ce cinéma qui montre qu'il veut bien faire. Pour moi, l'académisme, il est là. À l'exception de *La Peau douce* qui est un joli film intimiste avec des personnages formidables, touchants, palpables, sensibles, notamment incarnés par Françoise Dorléac qui est magnifique et Jean Desailly d'une justesse incroyable.

**Je n'ose vous parler de Jean-Luc Godard…**

Mais si, vous pouvez ! Godard, c'est simplement un compte en banque en Suisse. Ce n'est pas si méchant que cela finalement. Son grand fait d'armes est d'avoir en quelque sorte inventé l'ellipse. Je m'explique. Avant Godard, si dans un film français normal le scénario mettait en scène un mec partant à Marseille, les humbles spectateurs que nous étions découvraient à l'image une pancarte indiquant « Marseille », avec par exemple le nombre de kilomètres. Eh bien Jean-Luc a enlevé tout ça ! Pas de temps à perdre finalement ! C'est imparable.

**Quel cinéma peut allier l'ambition d'un auteur avec la dimension populaire ?**

Il y en a beaucoup ! Le cinéma italien avait cette vertu première. Je suis heureux d'ailleurs car j'ai été contacté par un jeune réalisateur de trente ans qui souhaite renouer avec les grandes comédies italiennes des années 50 et 60. Une ambiance très proche de *Mes chers amis*, le film de Mario Monicelli. Trois vieux cons décident d'aller faire les imbéciles, de revivre leur jeunesse. Tout ce que j'aime. Les films italiens de cette époque pouvaient raconter de très belles choses, profondes, tout en nous faisant marrer. J'aime les comédies incisives, dérangeantes mais qui n'excluent personne. Un film comme *Nous nous sommes tant aimés* d'Ettore Scola est un modèle du genre. Ou encore une œuvre peut-être moins majeure comme *Parlons femmes* du même réalisateur, un film à sketches extraordinaire. C'est au départ une parodie d'un western italien. La scène

du mec à cheval avec son béret, l'œil incroyablement torve, le fusil en bandoulière, qui tourne autour d'une maison au milieu d'un désert total avec en fond une pauvre musique de western spaghetti est un must. Avec cette pauvre dame seule à l'intérieur de sa pauvre baraque qui se barricade et qui a peur. Finalement, le mec, dans un suspense insoutenable, descend de son cheval. La femme lui ouvre dans un silence abyssal et lui demande :
« Vous voulez quoi, monsieur ? »
Et l'autre, il ne répond pas. Elle dit :
« Entrez. »
Il entre. Elle lui donne à boire, à manger… Elle a peur. Et soudain après un long moment elle finit par lui dire :
« Vous voulez me violer ? Allons-y ! »
Il la tire jusque dans le lit, lui ouvre la bouche et sort la réplique qui tue :
« Tu diras à ton mari que je lui rapporte son fusil. »
C'est génial ! *(Rires.)*

**Vous n'avez jamais été tenté par les comédies musicales, vous qui êtes justement chanteur ?**

Pour moi la comédie musicale s'arrête à Gene Kelly et Fred Astaire et cela suffit amplement. J'ai une passion pour Fred Astaire parce qu'il sait tout faire. Outre ses qualités de danseur, il était également un excellent chanteur et un séduisant comédien. Gene Kelly aussi. Alors qu'en France, si vous prenez Jacques Demy, dont les scénarios relèvent à peine du certificat d'études, vous êtes obligés de vous taper des acteurs qui jouent mais qui sont doublés lorsqu'ils chantent. C'est affreux de savoir que c'est Jacques Revaux, le compositeur de Michel Sardou, qui double Jacques Perrin dans *Les Demoiselles de Rochefort*, un film culte aujourd'hui alors qu'il a cumulé deux entrées au moment de sa sortie. Christophe Honoré m'avait proposé de jouer dans son film *Les Biens aimés* avec Catherine Deneuve et Milos Forman. Je devais camper le rôle du mari de Catherine Deneuve, le seul qui a la chance de ne pas chanter. Pour des raisons de planning je n'ai pas pu le faire. C'est Michel Delpech qui l'a finalement interprété. C'était peut-être une bonne idée finalement...

# 6

# « Grand écran »

**Vous parliez de Robert Mitchum comme l'archétype du comédien qui sait vous séduire avec son jeu en-dessous. Vous en êtes-vous inspiré ?**

Très franchement non et ceci pour une raison simple. On ne propose pas ou très rarement ce type de rôle aux acteurs français. De toute évidence je ne suis pas un acteur qui joue sur la démonstration. Mais de là à m'inspirer de l'« underplaying », il y a une marge. Je n'ai pas de technique de jeu. Je n'ai jamais pris de cours de comédie. J'essaye d'abord de connaître mon texte sur le bout des ongles. C'est une condition pour pouvoir se libérer et être dans une invention de jeu. Je suis un autodidacte instinctif pour ce qui concerne la comédie. Je trouve les idées qui vont donner la substance à mon personnage sur le terrain, au moment de jouer. Rarement en lisant le scénario. Le plateau, le décor, l'énergie du tournage, les autres comédiens constituent une matière formidable pour nourrir un personnage et donc un rôle. Je me considère comme un acteur plutôt qu'un comédien. Un comédien doit savoir tout faire. L'acteur, comme son nom l'indique, joue l'acte. C'est tout et franchement c'est déjà beaucoup ! Je serais incapable de jouer Shakespeare alors qu'un vrai comédien peut passer de n'importe quel personnage à un autre.

Lorsque je dis que je suis un acteur, je peux répondre à certains critères objectifs : savoir parfaitement mon texte, être convaincu que je peux tenir le rôle, être en accord avec moi-même et le personnage que je vais incarner, et ne pas arriver trop tard sur le plateau pour trouver mes marques. Ce n'est pas plus compliqué que cela. Je dois néanmoins vous avouer que je me suis tout de même découvert et surpris... Je pensais avoir la mémoire du texte, acquise par la scène, mais je n'imaginais pas réussir à en ingurgiter autant pour un rôle... « Tiens, je sais le faire ça ? » C'était donc un exercice nouveau pour moi. Le personnage, on l'habite à partir du moment où l'on va jouer. Je n'ai jamais eu la tentation de prendre des cours de comédie ou de suivre les cours d'un coaching d'acteur. Les coachs sont d'ailleurs souvent des acteurs ratés. Je me considère comme un acteur qui trouve sa réalité dans l'instant.

Dans le film de Bertrand Tavernier *Coup de torchon*, j'ai proposé quelques intentions qui sont devenues des idées au moment de tourner. Notamment pour une scène où j'étais dans le champ tout en étant censé ne rien faire. Je devais être là et subir passivement le dialogue intense entre Stéphane Audran et Isabelle Huppert. Pendant tout leur échange, plutôt que de me tourner les pouces, j'ai instinctivement pris dans le décor une boule à neige avec une petite tour Eiffel et je me suis mis à jouer avec, en la retournant machinalement. Comme je suis l'idiot du village, il n'y a pas de raison que je ne joue pas avec cet accessoire. Et même si je ne suis pas l'acteur principal de cette scène, je suis là et je joue l'étonnement que la neige suscite... Tavernier l'a gardée. C'est l'exemple type de la proposition qu'il faut tenter. Mais c'est indélicat de l'imposer. Il aurait pu penser que cela risquait de parasiter l'échange entre les deux comédiennes.

**Il y a tout de même une forme d'identité dans votre jeu...**

Oui, mais c'est le personnage qui la construit. Dans ce film j'incarnais un caractère formidable, suffisamment riche pour pouvoir être nourri par ce type de jeu. Dans *Cuisine américaine*, le film de Jean-Yves Pitoun, j'avais aussi un rôle avec une psychologie bien marquée, idéal pour pouvoir être nourri de mes suggestions. C'est le personnage qui a façonné l'identité de mon jeu. Celui-ci était un sanguin, très nerveux, tout le temps dans la retenue, une forme de volcan qui gronde. Et quand il éclatait c'était une irruption terrible. Pour moi la matière était si bien dessinée qu'il était aisé de donner de l'intensité et de la singularité au personnage. De toutes les façons, j'ai beaucoup de mal à parler de technique de jeu ou même d'école.
Le syndrome de l'Actors Studio, par exemple, ne m'a jamais fasciné. Lee Strasberg était sûrement quelqu'un de très bien mais de là à en faire un maître étalon pour définir une méthode de jeu, excusez-moi... En faire des tonnes avec sa petite voix intérieure, ça me fait doucement rigoler ! Et faire croire aux acteurs qu'en

disant simplement bonjour dans une scène ils ont le devoir de parvenir à montrer au spectateur qu'ils ont une vie intérieure intense, quelle blague ! De même qu'avoir un avis définitif sur le jeu de James Dean, qui n'a enchaîné que trois films, c'est aller un peu vite en besogne. La plupart des archétypes des acteurs sortis de l'Actors Studio sont d'ailleurs très datés. Aujourd'hui, franchement, il n'y a que Robert De Niro ou Al Pacino qui peuvent le reproduire ! Sinon cela ne passe plus… Tout ça c'est encore la faute de ce bon vieux Tennessee Williams qui continue de régner, obligeant les élèves des cours de théâtre à se coltiner avec l'Actors Studio… Imaginez une seconde où nous serions rendus si Tennessee Williams avait fait de la mise en scène ! *(Rires.)* Cela aurait été encore plus grave. C'est un théâtre qui m'est totalement étranger. Je suis bien trop latin pour cela. Il ne parle que de problèmes purement américains, ceux d'une Amérique précise, celle des petites gens du Sud ou de la fausse aristocratie de cette région. Avec des soucis, des questionnements que je ne comprends absolument pas. À chaque fois que je regarde *Soudain l'été dernier* je m'endors au même moment. Et s'il s'agit d'*Un tramway nommé désir* j'ai du mal à garder mon sérieux. Excusez-moi mais quand même, ce n'est pas très raisonnable…
C'est du théâtre écrit exclusivement pour les acteurs, qui sont ainsi ravis, et je les comprends parce qu'ils peuvent être formidables et qu'ils ont du taf à justifier. Mais si l'on y regarde d'un peu plus près c'est totalement indéfendable : la pauvre vieille amoureuse du maillot de corps de Brando, ça va cinq minutes, de

là à en faire deux plombes… Cela n'enlève sûrement rien au talent de Tennessee Williams. Disons que ce n'est pas mon genre de beauté. *(Rires.)* Enfin je crois…

**Votre première apparition au cinéma, c'était en 1962 ?**

C'est même avant ! En 1961, dans le film *Une grosse tête* réalisé par Claude de Givray, dont ce cher François Truffaut avait d'ailleurs coécrit le scénario et les dialogues. C'est un très grand souvenir pour moi car j'y ai rencontré l'une des mes idoles qui y tenait le rôle principal : Eddie Constantine, dont j'étais un inconditionnel fan de la première heure. La proposition est venue naturellement. Les Chaussettes Noires ont été sollicitées, nous avons dit oui. Je chantais alors à Juan-les-Pins et le film se tournait en grande banlieue de Paris, à Arpajon, autour d'une piste de karting. La musique était composée par Michel Legrand, mais comme il n'avait pas écrit de chanson pour cette commande, on nous a demandé d'en écrire une. Et comme de bien entendu elle lui sera créditée alors qu'il n'y est pour rien, ce qui évidemment ne pouvait pas lui faire de mal financièrement !

On l'a enregistrée dans la cantine du film, Eddie Constantine étant là pour faire en sorte que tout se passe au mieux. Il était heureux de nous avoir sur le plateau. Il fermait lui-même les portes du studio pour que la prise de son soit bonne, s'occupant également des micros. C'est lui qui a joué le *road manager* sur le coup. J'atterrissais soudain au paradis parce que j'étais avec Eddie Constantine qui m'avait fait rêver toute ma jeunesse. J'adorais la façon dont il chantait et je bavais devant les textes un peu cucul de ses chansons. Je trouvais ça formidable parce que selon moi, il avait une démarche complètement hors du temps. Il était une telle star à l'époque ! Et le seul capable de chanter un titre sur lui en se marrant. Et puis au cinéma, même s'il a joué dans des films certes faciles, il a imposé des trucs incroyables.

Prenez *La Môme vert-de-gris* qui est un peu son grand fait d'armes puisqu'il y incarne le fameux agent secret Lemmy Caution. Le film démarre en anglais avec des sous-titres. Soi-disant l'action doit se situer à New York. On voit très bien que nous sommes dans un bureau avec juste une photo de la ville. Et voici Eddie Constantine, avec la dégaine qu'on lui connaît, qui dispense cette réplique définitive : « On va continuer en français parce que vous détestez les sous-titres. » C'est absolument grandiose. Les gens dans la salle riaient parce que c'était dingue, vrai et nouveau. Même si cela paraît désuet aujourd'hui, voire un peu crétin, moi cela me faisait rire. J'étais pétri d'admiration pour lui, même si la fin de notre histoire commune est un peu triste. Au crépuscule de sa vie il était en dépression totale. Nous devions participer à une émission de télévision ensemble et malheureusement il n'a pas accepté parce qu'il avait l'impression qu'il ne serait pas à la hauteur. Il était fatigué. Il savait tout de même que j'avais choisi mon nom d'artiste Eddy grâce à lui, pour lui rendre hommage. C'était l'essentiel.

**Vous avez eu votre période acteur qui consistait pour la plupart du temps à enchaîner des petites participations dans des films à idoles… Cela vous plaisait ?**

Non, c'était souvent un peu lourd, mais attention, c'était deux jours de tournage et puis « au revoir » avec à la clé un cachet assez somptueux ! C'est Maurice Chevalier qui m'a appris ça : « Quand tu t'emmerdes dans ce métier, pense au chèque. »

**Cela vous est arrivé souvent ?**

Pas souvent, mais c'est arrivé.

**Aviez-vous conscience de jouer dans des films de série Z ?**

Nous savions que nous étions dans de sacrés « nanars ». Il suffisait de lire le scénario, quand il y en avait un… L'idée de départ était toujours de nous faire jouer notre propre rôle. Eddy Mitchell et les Chaussettes Noires arrivaient comme un cheveu sur la soupe, mais nous étions un ressort scénaristique à nous tout seuls… Souvent nous chantions notre tube et puis nous partions.
Dans *Comment réussir en amour*, en revanche, c'était un peu particulier. Il y a une scène savoureuse qui, d'ailleurs, pue l'époque d'alors : imaginez l'immense Jean Poiret qui vient me voir, tandis que je suis en train de répéter sur scène, et qui s'ingénie à vouloir m'habiller en parfait twister, et surtout à me montrer

comment je dois faire pour être juste dans le rôle du chanteur de rock. Cela ne s'invente pas ! C'est à cette occasion que Claude François avait été engagé comme chorégraphe... Une sacrée distribution, illuminée également par la présence de Noël Roquevert. Dans le film, il jouait le père de Dany Saval. Il nous étonnait tous avec son physique incroyable. On peut le dire maintenant puisqu'il y a prescription : Noël était accro aux gonzesses, et là sur le tournage, il tombe il faut bien le dire sur un vrai nid ! Avec plein de jeunes pépées partout... Il était venu avec sa femme, qui traînait toujours par là avec le poireau et la baguette qui dépassaient de son filet à provisions ! Une scène surréaliste. Le contraste était saisissant avec toute cette faune de jeunes gens branchés de l'époque. Noël, lui, ne s'occupait pas des commissions, il préférait montrer des photos cochonnes aux filles ! Et sa femme ne comprenait rien, se contentant de hurler sur le plateau :
« Mais pourquoi tu montres les photos du chien ? »
*(Rires.)*
C'est également sur ce film que j'ai connu Michel Serrault qui avait un petit rôle. Dans un autre registre, il était déjà lui aussi, si j'ose dire, très bizarre. Comme Michel était très attaché aux quartiers de Paris, il m'a eu à la bonne tout de suite. Il savait que j'habitais au métro Pré-Saint-Gervais. Lui résidait à Danube. Alors selon lui cela ne faisait pas un pli, nous étions faits pour nous entendre.
« Tu as habité au métro Pré-Saint-Gervais ? Moi, Danube. Enchanté ! »

**À partir de quel film êtes-vous devenu acteur ?**

Avec *Coup de torchon* de Bertrand Tavernier bien sûr, ensuite avec Georges Lautner pour *Une femme peut en cacher une autre*. Ces deux films ont été importants, ils m'ont donné confiance et m'ont imposé comme un acteur crédible et peut-être pas simplement de passage. Le personnage de Nono dans *Coup de torchon* a été un cadeau. Avec ce film j'ai également pris un immense plaisir à regarder la mise en scène, le processus de fabrication de la déco et le travail avec des acteurs. J'avais autour de moi une brochette de comédiens impressionnante, dont Philippe Noiret qui n'était pas des moindres. Et tous ces grands noms m'ont accepté avec une belle gentillesse et beaucoup de tendresse. Mais franchement je n'avais pas l'obsession du chanteur qui veut réussir à l'écran. Je n'avais aucun fantasme de la double carrière. Le modèle Montand : chanteur, acteur, music-hall. On ne mélange pas les militaires et les héros que je sache… *(Rires.)* J'ai eu aussi beaucoup de chance dans le choix des films que j'ai pu opérer. Parfois on s'entiche d'un scénario et on se trompe. Dans la chanson, on s'aperçoit tout de suite que l'on a pris la mauvaise décision. On peut donc rectifier le tir.

Avec le cinéma, si un film ne tient pas la route, on s'en aperçoit toujours trop tard. Être acteur est sûrement moins éreintant qu'être chanteur mais c'est évidemment plus difficile parce que l'on maîtrise moins son destin. Un chanteur reste quand même le patron de sa petite entreprise artistique. Maître de la scène et de ses musiciens, qu'on le veuille ou non. C'est lui qui dirige et donne ses indications. Si un soir une chanson ne vous plaît plus, vous pouvez la supprimer de votre tour de chant et illico en choisir une autre à la place. Au cinéma vous n'allez pas changer les dialogues d'un film ou un élément du scénario, vous n'allez pas soudainement modifier la fin parce que cela vous arrange. Quand vous y êtes, vous y êtes. Point final. Et il y a cette indicible alchimie sur un tournage, très propre au cinéma, qui peut faire la différence.

**Lorsque vous avez tourné *Coup de torchon*, est-ce qu'il n'y a pas eu un moment où vous vous êtes dit, « C'est un putain de film » ?**

Quand Bertrand Tavernier m'a proposé le rôle, spontanément je n'ai pas voulu m'y coller. Je lui ai tout de suite expliqué que ce n'était pas un personnage pour moi. Je connaissais le roman de Jim Thompson. Cet homme est un épileptique qui se roule par terre, bave, s'accroche aux robes des filles... Précisément comme je vous l'expliquais précédemment, voilà un profil de personnage qu'il me semblait difficile à incarner avec ce que je suis. Je ne me voyais pas jouer ces actions comme ça, sur commande. Je pouvais éventuellement l'effectuer une fois mais pas sur dix prises. Je m'en sentais incapable. Bertrand Tavernier a insisté, m'expliquant qu'il allait réviser le scénario en réadaptant notamment la situation et en délocalisant l'histoire des États-Unis vers l'Afrique. Et lorsque j'ai eu le scénario entre les mains, j'ai été ébloui, impressionné. J'ai accepté, pensant que je ne pouvais pas passer à côté d'un tel film.

Le personnage de Nono est un bas du plafond, mais ce qui était intéressant pour moi tout à coup, ce fut d'appréhender que ce demeuré pouvait être aussi capable de sursauts. Car, comme beaucoup de gens prétendument analphabètes, il est doté d'un bon sens énorme. C'est précisément ce qui se joue dans la séquence avec Philippe Noiret où il lui explique avec ses mots à lui pourquoi il ne veut pas aller à la guerre. C'est un moment fort parce que très juste !

Pour l'incarner, j'ai eu peur de ne pas être à la hauteur. Surtout au démarrage du tournage. Je me souviens notamment d'une des premières fois où j'assistais au visionnage des rushes. En premier lieu il y a le fait de se voir à l'écran. Je ne supporte pas ça. Et donc là je me retrouve confronté à mon image, je suis allé vomir directement. J'ai appelé Bertrand tout de suite pour lui demander de pouvoir retourner une scène dans laquelle je me trouvais vraiment très mauvais. Il m'a regardé interloqué et m'a expliqué que la scène était bonne et qu'il allait la garder. Devant mon insistance le ton a subitement monté :

« Puisque je te dis que je suis mauvais... »

Bertrand résistait, il tentait de m'expliquer que tout baignait. Devant son incompréhension je suis sorti de mes gonds :

« Puisque c'est comme ça, maintenant tu vas m'écouter. C'est moi le plus riche de ce plateau, alors cette scène on va la refaire et c'est moi qui paye ! Je vous emmerde tous ! »

Il s'en est suivi une certaine consternation et une grosse crainte sur le plateau. Tout à coup ils ont eu peur pour

le planning de tournage et pour mes finances… Ils ont tout de même résisté en m'expliquant qu'au vu de cette réaction injustifiée, je me préparais probablement à payer tous les jours pour toutes les prises qui me concernaient… Donc je me suis abstenu. J'étais encore très énervé. Depuis je ne suis plus jamais allé voir de rushes de ma vie. Se voir au cinéma ou à l'image est insupportable. Je ne conçois pas ce narcissisme de l'acteur. Et je ne parle pas de l'image que notre tronche nous renvoie. Pour cela le miroir a déjà fait son sale boulot depuis l'enfance. Au cinéma la première fois où l'on se découvre de dos… Imaginez, on se voit rarement marcher de dos ! Et lorsque vous vous découvrez, c'est d'une violence ! *(Rires.)*
« C'est quoi ce machin qui marche comme un canard, qui marche si mal ? Oh la la, attention, il va perdre l'équilibre ! »

**Lorsque l'on sort d'un film pareil, encensé par la critique et le public, comment se dirige-t-on sur *Une femme peut en cacher une autre* ?**

On y va naturellement parce qu'il s'agit d'un bon sujet. *Une femme peut en cacher une autre*, au départ, c'est un excellent scénario, jouissif à lire. De plus, vous y êtes dirigé par Georges Lautner, personnage que j'admire et que j'aime. Cet homme, voyez-vous, est un amour. Pour couronner le tout, vous donnez la réplique à Miou-Miou qui est géniale aussi. Que demander de plus ?
Sur le tournage il y a eu des anecdotes amusantes. Grâce notamment à Roger Hanin, le beau-frère de François

Mitterrand qui venait d'être élu président de la République. À cette époque il était obligé d'avoir une protection policière. Nous tournions à Deauville en plein hiver, dans un désert total, bloqués par le verglas qui nous empêchait de rentrer à Paris. Dans cette absolue solitude provinciale, il se trimbalait toujours avec ses deux gardes du corps qu'il n'avait pas demandés au demeurant, et c'était d'un ridicule total ! Donc nous aimions bien le charger avec ça.

Pour l'embêter, je lui avais concocté une mauvaise surprise… Lors de la scène où il devait mourir, j'étais chargé de lui faire du bouche-à-bouche. Comme Lautner voulait une certaine lumière, il fallait attendre le lever du soleil. Nous avons donc tourné à 6 heures du matin et j'avais pris soin de manger du Boursin et du saucisson à l'ail ! Roger s'est marré… Lautner possède un monde bien à lui qui est très mignon et très beau. C'est un vrai gentil dans la véritable acception du terme. Qui ne versera jamais dans le cynisme ou dans la méchanceté et qui se régale dans la vie. Je lui souhaite de vivre encore très longtemps, parce que c'est quelqu'un de rare.

**À quel moment avez-vous pris conscience que la personnalité du réalisateur était importante dans le tournage d'un film ?**

Tout de suite. C'est une chose que vous sentez dès le premier jour. Si les gens de la régie technique sont chiants et cons vous avez toutes les chances pour que le metteur en scène le soit aussi. C'est lui qui déteint sur toute l'équipe. Si un acteur est nerveux et subitement

se met à envoyer balader tout le monde, cela signifie que le metteur en scène ne sait pas le comprendre et donc l'appréhender comme il se doit. Il m'est arrivé quelquefois de tourner avec des caractères très forts, où ma relation avec le réalisateur n'était pas très bonne, mais j'ai toujours réussi à aller au bout des films. On peut aimer les caractères affirmés et avoir envie que tout se passe bien. Même si le réalisateur est le patron sur son tournage, on peut ressentir le besoin de discuter, d'échanger sur une scène ou de parler d'une intention de jeu. D'autant qu'aujourd'hui vous devez subir cette nouvelle dictature, dite du combo : juste après avoir fini de tourner une scène, vous pouvez la regarder sur un petit récepteur.
Moi, je fais confiance à la mise en scène ! C'est un drame parce que tout le monde aujourd'hui vient regarder : le directeur de la photo (ce qui est encore normal), mais également le chef déco, les acteurs, le directeur de la lumière... Pourquoi pas la cantinière et les figurants, on ne s'en sort plus ! Le réalisateur est le patron de toute manière, donc il ne faut pas se raconter d'histoires.
J'ai une belle connivence avec Étienne Chatiliez, nous n'avons pas besoin de nous prendre la tête et de faire comme si l'Actors Studio était au bout de chaque réplique ! Si je remarque que je suis mal installé devant la caméra, je n'ai pas besoin d'aller lui dire. Je prends mes dispositions moi-même. De même pour lui. Il va me dire que je me suis gouré sur le texte ou dans un déplacement, mais en se marrant et en souriant, sans piquer une crise. Très souvent lors d'une prise un acteur

déclame des conneries dans son texte... Souvent des conneries très graves. Dans le film que je viens de tourner avec lui, *L'Oncle Charles*, j'ai sorti une belle énormité. Au début du film, mon personnage est complètement cintré, alcoolique ; il communique par mails avec la famille qu'il croit être la sienne, et il s'énerve tout seul :
« J'ai la solution ! Sauvons les baleines et enculons les phoques ! »...
Ce n'était évidemment pas dans le texte... *(Rires.)* J'étais tellement énervé d'avoir un trou de mémoire que je me suis mis à déclamer n'importe quoi.

**Il y a eu aussi *Ronde de nuit*, un film un peu oublié...**

*Ronde de nuit* était davantage un film de copains. Une aventure où l'amitié a déclenché le désir de faire le film, avec Gérard Lanvin et Philippe Sarde que je connaissais un peu tous les deux. L'histoire de deux flics incarnés par Gérard et moi qui découvrent le cadavre d'un député influent et tentent de résoudre l'enquête. Il y avait vingt pages écrites autour d'une table et nous avons accepté d'y participer sur cette amorce de scénario. C'est un bon film un peu méconnu qui a retrouvé une nouvelle vie en DVD.
Gérard Lanvin n'en a pas l'air comme ça, mais c'est un bosseur d'enfer. Avec lui chaque mot du scénario doit être suivi au cordeau. Il ne tombe jamais dans l'improvisation, alors que je suis plutôt l'inverse. Il n'y a pas eu de friction mais il m'a poussé à respecter mon texte. Je me souviens que nous tournions dans un grand

immeuble à côté de la Maison de la Radio. L'endroit était complètement désert et cet immeuble me foutait les foies. C'est vrai que je suis grand mais quand même... Les balcons m'arrivaient aux genoux et comme je suis un peu sujet au vertige j'évitais de faire le con. Un soir, avec Gérard Lanvin, nous arrivons en voiture, habillés en flics avec les brassards, et nous découvrons, interloqués, que de vrais flics ont débarqué sur le tournage. En réalité, un cambriolage s'était produit dans l'appartement à côté de celui de l'acteur Martin Lamotte, chez qui nous tournions notre séquence ! L'histoire s'est révélé trop drôle, car subitement les vrais et les faux policiers se sont mélangés dans une confusion extrême. Et pendant ce temps-là de vrais cambrioleurs habillés avec des blouses bleues bousculaient tout le monde en restant très polis :
« Pardon messieurs, pardon... » Et, le sourire aux lèvres, ils emmenaient tout ! Avec une double protection policière et un certain aplomb puisqu'ils nous balançaient :
« Dépêchez-vous, on n'a pas que ça à foutre ! »

## Qu'est-ce qu'un bon ou une bonne partenaire ?

Quelqu'un avec qui vous vous entendez bien et qui aime bien boire des coups. Oui, c'est toujours mieux de jouir d'une belle connivence sur un plateau de tournage. Sur le film de Chatiliez par exemple, je suis totalement en phase avec ma camarade, cette sacrée madame Dujardin, la belle Alexandra Lamy. Elle avait entendu parler d'un cocktail qui s'appelle le « Bloody Mary » et la coquine savait évidemment que je le faisais très bien.

Alors va pour la découverte du Bloody Mary ! C'est vrai que c'est bon pour faire la fête, hein ? Moi j'ai baissé pavillon à minuit, elle à... ? Eh bien pour moi, voyez-vous, ce genre de comportement ça compte ! Elle est une belle femme, une comédienne magnifique et en plus de tout cela elle est conviviale, elle aime la vie et se marrer.

Et plus d'une fois elle m'a tué avec ses histoires. Nous étions à Saint-Jean-de-Monts, où la saison s'arrête le 14 août. Nous avons débarqué là-bas le 16. C'était mort de chez mort et... elle a quand même trouvé une boîte ! Je n'y suis pas allé mais après coup je le regrette un peu... Je peux vous le dire, cet établissement s'appelait Le Cagibi ! Son patron n'en revenait pas : il y avait trois pelés et un tondu et, soudain, il a vu débarquer Alexandra Lamy... Le Graal. Aussitôt il a fait venir plein de journalistes pour réaliser des photos ! Et dès le lendemain le mec avait acheté un encart de publicité dans la presse locale, où il était écrit en gras : « Avec la présence d'Alexandra Lamy qui viendra tous les samedis avec ses amis » ! *(Rires.)* Voilà une vraie partenaire... C'est joli !

**Avez-vous eu des partenaires avec qui cela s'est moins bien passé ?**

En règle générale, j'ai de bonnes relations. En revanche, ma rencontre avec William Hurt sur le film de Wim Wenders restera un mauvais souvenir, même si cela n'a duré que douze jours. Ce mec, il est tombé du train... Vraiment ! C'était un gros film, le genre de coproduc-

tion américaine, japonaise, allemande et française. Sur le tournage il y avait une cantine extraordinaire, tenue par Madame Henriette qui était réputée pour diriger l'une des meilleures de cinéma. Je l'avais d'ailleurs connue sur le film de Bertrand Tavernier où j'avais pu prendre la mesure de son talent puisqu'elle était capable de préparer des paris-brest sous 35 degrés de chaleur ! Cette femme avait cuisiné pour trois cents personnes du saumon en papillote avec un petit écrasé de tomates et sa légère pointe de menthe. J'étais avec l'équipe française et voilà que l'on nous sert en boisson d'accompagnement de l'Orangina. Je n'ai pas l'habitude de sortir de ma réserve naturelle mais devant un tel blasphème j'ai tout de suite voulu intervenir :
« Pardon ? Là, il va me falloir un petit coup de blanc ! C'est obligatoire ! »
C'est alors que William Hurt est venu me voir en essayant de m'expliquer que ce n'était pas bien de boire du vin blanc. Je lui ai dit illico :
« Écoute mon grand, tu fais ce que tu veux, mais moi je bois du vin blanc. »
Il m'a rétorqué dans la seconde :
« Mais au fait on ne t'a pas vu ce matin à la messe… »
C'était ça William Hurt, le mec qui organisait une messe tous les matins… et servait de l'Orangina aux repas.
Ce film était d'ailleurs assez barré. Lorsque je suis allé le voir en salle je suis parti avant la fin, je m'endormais… Pourtant à la base, tourner avec Wim Wenders c'était quelque chose… En plus le mec est vachement agréable, adorable. Je me souviens que je jouais un gangster en cavale et blessé, qui va mourir et arrive dans un hôtel

avec son sbire. Nous tournions dans le trou du cul de la France, là où l'on tripote les moutons, le Larzac... Un désert total. Il y avait surtout Rémy Julienne qui réalisait des cascades extraordinaires. Rien que pour lui je ne regrette pas d'avoir participé à ce film ! J'ai compris comment on reconstituait les accidents de voiture sur grand écran. J'ai adoré voir le travail de précision que nécessite ce type d'acrobatie. Rémy, avec qui j'étais devenu pote, a monté ensuite ce spectacle extraordinaire à Eurodisney, qui a été arrêté parce qu'il y a eu un mort. C'était trop dangereux mais c'était inouï ! J'avais emmené mon petit-fils voir le spectacle, Rémy Julienne l'avait fait grimper sur scène en lui disant : « Tu vas diriger la cascade. » Il appuyait sur le bouton alors que c'étaient les cascadeurs qui menaient la danse. Il se prenait pour le roi du monde et il m'en a voulu de lui faire croire qu'il en était le chef d'orchestre... *(Rires.)*

**Le film de Jean-Pierre Mocky *À mort l'arbitre* est important et pourtant j'ai l'impression que là non plus le tournage ne s'est pas toujours bien passé...**

Avant tout chose cela reste un bon film de Mocky, qui a beaucoup compté pour moi en tant qu'acteur. Mais le tournage fut très éprouvant, se déroulant essentiellement de nuit, ce qui n'est pas toujours très agréable parce que les heures supplémentaires vous emmènent jusqu'à 5 heures du matin et fatalement à cette heure-ci on est un peu chiffon et pas très beau à voir. Alors quand il s'agit de vous filmer... Il y avait une ambiance à couper au couteau sur le plateau, la faute à un Mocky qui, déchaîné, mettait beaucoup de conviction pour tendre les relations entre les protagonistes du film. Il était par moment totalement fou ! Certes, cela peut avoir son charme, mais c'était quand même assez étrange.

C'est mon ami Michel Serrault qui m'avait embarqué dans cette aventure. Il avait pourtant trouvé le moyen de nous faire un caprice. La faute à une mauvaise interprétation, si j'ose dire, du scénario. Le film racontait la traque d'un arbitre que j'incarnais qui, à la suite d'un penalty sifflé contre l'équipe locale, la faisait perdre. L'homme en noir est poursuivi par une bande de supporters excités avec, à leur tête, un certain Rico, raciste et très énervé, joué par Michel Serrault.

Il était prévu, qu'après moult poursuites infernales et cauchemardesques, je tue Michel à la toute fin du film. Nous tournons donc la scène comme telle. Et voyez-vous, tout à coup cela ne se passait plus comme prévu. Malgré tous mes efforts de comédien je n'arrivais pas à venir à bout de cette scène. J'étais censé avoir un bras cassé et je devais l'étrangler. Et, lui, il courait dans tous les sens, m'évitait sciemment, grimpait partout en prenant bien soin de tout faire pour que je ne puisse pas l'attraper. Il m'était franchement impossible d'être crédible avec mon bras dans le plâtre, à la chasse au Serrault qui savait s'y prendre pour me rendre chèvre et, par la même occasion, le mec à la caméra qui essayait de le suivre tant bien que mal...

Le lendemain le producteur a visionné les rushes de la scène, il était consterné. Michel et moi avons donc

été convoqués dans son bureau. Je m'attendais au pire. Plus d'argent ? Le film s'arrête ? Ce qui pouvait aisément s'entendre dans un film de Mocky… Là, visiblement un peu gêné, le producteur me dit que Michel souhaite me parler de la scène que nous avions tournée la veille. Michel, au sommet de son art, tel le meilleur tragédien compassé, finit par m'avouer, penaud, en regardant ses souliers :
« Je ne veux pas mourir… »
Je lui ai donc rétorqué :
« Ah bon, mais qu'est-ce que tu veux alors ? »
Et Serrault de lâcher en s'agitant :
« Je veux te tuer… »
J'ai explosé de rire. Franchement. Tout ça pour ça.
« Mais fallait le dire avant mon petit Michel ! »
Et nous avons donc retourné la scène et là, c'est bien lui qui me tue… Comme vous pouvez le constater, le niveau n'était pas haut. Un petit retour à l'école maternelle avec de grands enfants très cabotins tout de même.
De façon générale Jean-Pierre Mocky est un mec particulier qui réalise son film en pensant déjà au prochain qu'il fera. Certes il improvise mais ce n'est pas pour l'amour du risque que sollicite l'art. Il n'a pas que ça à faire. Et du même coup cela ne facilite pas les rapports sur le tournage. Dans *Ville à vendre* je jouais aux côtés de Michel Serrault et de Richard Bohringer qui devaient m'assassiner. Bon, là pas de problème de lecture de scénario puisque c'est moi qui meurs. *(Rires.)* Je me retrouve donc sur le ventre avec un couteau planté dans le dos. Dans la foulée

ils doivent tous les deux enlever le cadavre. J'étais par terre depuis un bon moment, lorsque Serrault a lancé à la cantonade :
« Vous faites comme vous voulez mais moi, je ne soulève pas Eddy, il est trop lourd et j'ai mal au dos. »
Je demande :
« Attendez les mecs, je fais quoi moi maintenant ? »
Et Mocky, fidèle à sa réputation, lâche plus bougon que jamais :
« Mais dépêchez-vous ! On n'a pas que ça à faire ! »
C'est alors que je leur ai trouvé la solution. Économie de temps, d'argent et de santé pour Michel. Je leur ai tout simplement suggéré de réaliser un plan américain où ils font semblant de me soulever. Ensuite je me suis levé avec mon couteau dans le dos et l'affaire était dans le sac. Mocky était content. Dans le même registre je me souviens que le film se terminait avec le maire de la ville, qui de fait organisait les meurtres pour toucher des primes dans une histoire bien sordide. Depuis le début nous savions que Mocky voulait Bruno Cremer pour incarner le maire qui avait deux jours de tournage. Nous l'attendions donc tous, quand subitement nous avons vu partir Jean-Pierre au maquillage. On l'a aperçu avec un peu de rouge à lèvres... Nous nous sommes regardés dubitatifs. Il nous a expliqué que pour lui le maire qu'il avait imaginé était comme ça. Finalement il avait décidé de camper lui-même le rôle : « Je fais le maire, Bruno Cremer est trop cher. »

**Est-il malgré tout un bon réalisateur ?**

Je ne pense pas. C'est un type doté de beaucoup de bonnes idées, mais qui est destructeur, d'abord envers lui-même. Je me souviens des premières séquences d'*À mort l'arbitre*, elles étaient remarquables... parce que le producteur était encore là ! Dès qu'il est parti, Mocky a commencé à vouloir accélérer le rythme de tournage pour ne pas perdre de temps. Il pensait déjà à son prochain film. C'est pathologique... Il bousille lui-même son travail. *À mort l'arbitre* reste malgré tout un bon film, et plus jeune il a réalisé des petites merveilles comme *Les Compagnons de la Marguerite* ou *Snobs !* Il est aussi typiquement le réalisateur qui se laisse dépasser. *Le Miraculé* aurait pu être un chef-d'œuvre. Mais Mocky a laissé libre cours à la folie de Serrault et à la démesure de Poiret, sûrement en anticipant là encore la suite. Il est comme ça, râleur, pingre, et il vous pousse dans vos retranchements. Je lui ai quand même interdit d'être sur le plateau, ce qui est embêtant pour un metteur en scène...

Il aimait bien me tester. Pour une scène d'*À mort l'arbitre*, nous tournions à Noisy-le-Grand dans ce très grand ensemble architectural très bizarre, conçu par l'architecte Roland Castro, une sorte de HLM de luxe avec – encore une fois – des balcons qui m'arrivaient aux genoux... Mocky m'explique que pour les besoins de la scène je dois passer par l'extérieur d'un appartement à un autre :

« On va vous mettre une passerelle et vous allez dans l'appartement en face. »

Sauf qu'en dessous des deux appartements se trouvait le vide ! Normal. Et j'essaye tant bien que mal d'expliquer que je ne veux pas risquer ma peau. Après tout je suis acteur, pas cascadeur... Nous discutons longtemps, et l'assistante finit par nous préciser que des matelas ont été installés, au cas où je ferais une chute... Je décide donc d'aller au charbon. Et à ce moment-là j'entends Mocky hurler :
« Je l'ai eue l'ordure ! »
Illico, je me dirige jusqu'à lui :
« Comment vous m'avez appelé ? Maintenant c'est simple : si vous restez sur le plateau, je vous casse la tête. Donc pour vous éviter un léger désagrément je vous conseille de ne plus venir. »
Le plus drôle est qu'il a immédiatement appelé ma femme au téléphone, en pleine nuit, pour se plaindre :
« Il est impossible votre homme... D'abord il boit beaucoup, ensuite il m'insulte ! »
Des histoires comme ça, avec lui on n'en manque pas. Un jour, sur ce même tournage, il avait décidé de supprimer une scène à Carole Laure, qui jouait ma fiancée. Une scène importante, cruciale même, car elle se vengeait sauvagement de la brutalité virile que je subissais. Pour cela, elle n'hésitait pas à donner des coups de poing et de lattes dans les couilles d'un mec. C'est cet aspect de son personnage qui l'avait convaincue de signer pour ce film et qui allait dans le sens de ses aspirations féministes. Sinon, il faut bien le dire, son rôle se résumait à incarner plus ou moins une fille potiche. Un pot de fleurs joli mais qui ne sert à rien, ce qui était contraire

aux convictions de la belle Carole qui, par ailleurs, venait d'un cinéma assez expérimental et jugé d'avant-garde. Et finalement elle découvre sur le tournage que nous ne tournerions pas cette scène. Elle craque et demande à voir Jean-Pierre immédiatement, le menaçant de quitter le projet si elle ne tournait pas cette séquence importante à ses yeux pour nourrir son personnage. Mocky est arrivé dans sa loge on ne peut plus détendu : « Mais qu'est-ce qu'il se passe ma petite Carole ? Écoutez, je tourne avec Michel Serrault qui est un comique et là il est dans un rôle dramatique. Serrault est méchant et il tue. Je ne sais pas si vous vous rendez bien compte du risque. Si ça se trouve ce film ne va pas marcher du tout. Vous, Eddy Mitchell, vous êtes peut-être une star de la chanson mais au cinéma on ne sait pas encore ce que cela peut donner. Quant à vous Carole Laure, vous n'êtes rien du tout. Alors au revoir » !

Nous sommes restés comme deux cons, figés devant ce culot démentiel. Totalement éberlués. Nous prenions tout cela en pleine gueule et nous n'avions même pas de réaction. Et nous n'avions pas réalisé que ce jour-là Serrault n'était pas là pour entendre tout ça… Comme par hasard…

Sans être masochiste, c'est aussi pour cela que j'aime bien Mocky. Avec lui, il se passe tout le temps quelque chose. Il est capable de dire « moteur » sans qu'il y ait de bobine dans sa caméra ! D'ailleurs je l'ai pastiché dans le clip de « La peau d'une autre » que j'ai réalisé. Lorsque je dis « moteur » au… parquet, cela vient de là ! Mocky a, comme Serrault d'ailleurs, ce côté capricieux voire parfois histrion, souvent le meilleur comédien de

la mauvaise foi, la plupart du temps pour un rien. Un jour où il s'était pris un décor sur le nez et avait une petite éraflure, il avait fallu le transporter tout de suite aux urgences. On avait fini par l'emmener à l'hôpital de Noisy-le-Grand. En arrivant, il s'était exclamé :
« Ah non, pas ici, c'est là que Michel Simon est mort ! »
C'est finalement un urgentiste avec une gueule hydrocéphale assez singulière qui a bien voulu lui réaliser sa petite couture. *(Rires.)* Au moment de payer, il lui dit :
« Vous savez que vous avez un physique pour faire du cinéma ? »
Le lendemain, dans le film, j'avais une scène dans laquelle un journaliste sportif m'interviewait. Et qui ai-je retrouvé en face de moi pour me donner la réplique ? Le type des urgences ! C'est horrible mais à l'image ça passe. Et pour Mocky cela lui a évité de payer les dix francs de l'hosto...

**Si je vous parle de Marco Ferreri...**

Le réalisateur du film *Le Concert*, Radu Mihaileanu, s'est présenté à moi l'autre jour. Je ne le connaissais pas, il m'a raconté qu'il avait été mon chauffeur sur le film de Marco Ferreri *I love you*. Je lui ai dit :
« Ah bon, quoi de neuf depuis ? »
Il m'a donc répondu qu'il avait réalisé *Le Concert*. Je l'ai félicité même si j'avais bien dormi pendant son film, parce que franchement c'est un somnifère terrible ! Pour revenir à Marco Ferreri, il était le genre de réalisateur qui savait ce qu'il voulait mais qui pou-

vait être pénible dans la mesure où d'un seul coup il n'aimait plus du tout ce qu'il avait écrit ou fait écrire. Sur *I love you* j'avais pour une seule petite scène trois pages de texte compact, très difficile à mémoriser. J'étais allé le voir légèrement inquiet :
« On va pouvoir monter, couper dedans non ? » En espérant que j'allais pouvoir reprendre mon texte si je me plantais ou si je savonnais. Il m'avait dit :
« Non Coco, c'est un plan travelling et toi tu sors tout ton texte comme ça jusqu'au bout ! »
Je m'exécute donc, j'apprends tout mon texte et je finis par être prêt. Nous tournons une fois, deux fois, trois fois, et à la quatrième il vient me voir et me prévient :
« Maintenant tu dis ce que tu veux parce que finalement ce texte est chiant. » *(Rires.)*
C'était tout lui. Un mec capable d'avoir de la dérision sur ses propres dérives intellectuelles et d'inventer un personnage qui parle à son porte-clés qui, en plus, lui répond... À Rome, il m'avait emmené dans un restaurant dont nous nous sommes plus ou moins fait virer. Le mec lui avait amené son plat en le prévenant :
« Tu ne mangeras que ça ! »
Ferreri lui avait demandé pourquoi.
« Parce que je n'ai pas envie que tu meures ici ! »... C'était un hommage à peine déguisé au film *La Grande Bouffe* bien sûr et apparemment à ces déjeuners qui n'en finissaient jamais avec Ugo Tognazzi.

**Évidemment il y a *Le bonheur est dans le pré* où vous êtes consacré par « les professionnels de la profession », comme disait votre ami Godard…**

J'aime beaucoup ce film. C'était un bonheur de retrouver Michel Serrault et de rencontrer Sabine Azéma. L'histoire était assez cocasse et la relation entre cet entrepreneur d'une usine de lunettes de WC et le garagiste que je jouais était jubilatoire. Et je ne serai sans doute pas le premier à dire que le tournage d'une comédie est souvent plus difficile que celui d'un drame. C'est d'ailleurs aussi vrai pour le résultat. Combien de comédies sont réussies ? C'est un genre à part que les Français ont par ailleurs beaucoup de mal à maîtriser. Pour un acteur comme moi, le plus compliqué est de parvenir à rester juste dans toutes les situations. Là encore, la comédie est souvent beaucoup plus difficile pour l'acteur que le registre dramatique. Et puis, dans ce cas précis, il y avait ce drôle de canard qui nous enquiquinait la vie. Nous tournions du côté de Auch et, grâce à ce film, j'ai tout appris sur le volatile… Quand deux cents canards dégueulasses tournent autour de vous, s'ébrouent sans demander la permission, ils vous envoient des toutes petites pustules absolument imperceptibles qui se structurent en petits nuages et entrent dans votre peau. C'est absolument charmant. À la fin du tournage, j'en avais plein les yeux et j'ai dû me faire opérer. D'où le port du masque obligatoire lorsque les gens travaillent le canard, notamment pour le gaver. Ainsi vous trouvez à Auch trois cabinets d'ophtalmologie ouverts jusqu'à 22 heures tous les soirs. On se croirait à Hollywood avec du marbre partout… C'est impeccable, ces gens-là ont un sacré pognon. Forcément, tout le monde là-bas tombe malade ! Ils peuvent remercier les chalazions. C'est le charmant nom de cette petite maladie.

**Est-ce que cette fameuse scène de cul avec Sabine Azéma était difficile à tourner ?**

Difficile non, drôle oui. Et puis il ne faut pas exagérer, nous n'étions pas dans un remake de *9 semaines et demie*. Pour ne pas perdre de temps on nous a fait venir sur le tournage au dernier moment… Les techniciens nous avaient bien préparé la bagnole et avaient répété, si j'ose dire, les positions de caméra assez longuement et minutieusement… Malheureusement ils avaient oublié un détail d'importance. L'assistant et l'assistante qui étaient nos doublures n'étaient pas aussi grands que nous… Et lorsqu'il a fallu que je m'allonge, j'avais le nez dans la caméra et non dans le décolleté de Sabine. Donc crise de rire et tour de reins au final… Les risques du métier !

**Est-ce que cela vous gêne de tourner des scènes de cul ?**

Oui, mais pour moi c'est quand même intéressant… Les scènes de cul me font gagner une journée de tournage. Car, voyez-vous, je ne les tourne pas. C'est écrit dans mon contrat. Si l'on doit voir le cul de mon personnage à l'écran ce ne sera pas le mien, mais celui d'une doublure. Et pendant ce temps-là je me la coule douce… C'est bien ça !

**Comment vous définiriez-vous comme acteur ?**

Un acteur qui peut tourner n'importe où. J'ai tous mes vaccins... Pourtant je crois définitivement que mon registre est le comique... Malgré mon apparence de personnage plutôt ombrageux, voire taciturne. C'est aux metteurs en scène qui pensent à moi qu'il faudrait poser cette question. À priori je ne me sens pas tellement à l'aise à l'idée de jouer dans un film dramatique. J'aurais peur de ne pas pouvoir y croire moi-même. Ou alors il faudrait que ce soit une histoire extraordinaire qui m'embarque tout à coup. Mais *Le Dialogue des Carmélites*, très peu pour moi. Il m'arrive souvent de recevoir des rôles qui me paraissent improbables à jouer. Comme lorsque l'on m'a proposé de jouer un travelo... Venir me chercher pour ça, il faut en avoir de l'imagination ! Remarquez bien que je n'ai rien contre cette catégorie professionnelle. Au contraire, l'incarner serait sûrement lui faire injure. C'est davantage de la bienveillance. Comme si, dans un autre registre, je jouais Richard III. En plus il faut être bossu...

Non, j'insiste, au risque peut-être de vous décevoir. Je suis acteur. Pas comédien. Ce qui fait aussi que je n'ai pas beaucoup de regrets dans ma carrière de cinéma. Je n'ai pas eu cette sensation d'avoir raté des grands rôles pour des raisons de planning par exemple. Mis à part peut-être *Lucky Luke*. Même si le film n'a pas été une grande réussite, j'aurais aimé y jouer pour être avec mon pote Jean Dujardin. Mon personnage a d'ailleurs été éliminé du scénario. Cela devait être une aventure de Lucky

Luke contre Joss Jamon. De mon point de vue le film n'a pas su choisir son genre. Entre le dessin animé et le western spaghetti, le spectateur ne sait pas où donner de la tête. Dujardin y est superbe et crédible. Mais, à la décharge du réalisateur James Huth, il est très difficile d'adapter une bande dessinée sur grand écran.

**Est-ce que l'on peut dire qu'Étienne Chatiliez est votre grande rencontre au cinéma ?**

Oui. Étienne et moi nous sentons assez proches parce que nous avons en commun un sens de la dérision qui s'applique un peu à tout, y compris à nous-mêmes. Il est normal de faire sérieusement les choses qui ne le sont pas et surtout de ne pas prendre au sérieux ce qui mérite de l'être. Il entretient également un rapport à la politique extraordinaire. Il s'en contrefout à un point ! Même si je ne suis pas féru de politique, je m'y intéresse un minimum. Lui, ça l'emmerde ! À chaque fois qu'il voit un homme politique à la télévision, il le casse directement : « C'est un mauvais acteur ! » Il n'a pas tort mais j'essaie de le convaincre que malgré tout les hommes politiques dirigent aussi un peu notre sort. Il est un vrai républicain qui assume de payer ses amendes et surtout ses impôts, qui ne pique pas dans le sac des vieilles dames, tout en refusant de croire que la politique puisse rassembler des fidèles. Tourner à nouveau avec lui m'a fait beaucoup de bien à la tête. J'ai en effet arrêté ma tournée le 14 août, et j'ai commencé le film deux jours après. Le 30 août, j'ai quitté le tournage pour ces dix derniers jours où je faisais mes

adieux à l'Olympia. Et trois jours après, je retrouvais l'équipe du film, donc je n'ai pas eu le temps d'avoir le blues. Par ailleurs, Étienne est un bon directeur d'acteurs. Contrairement aux apparences qui pourraient le faire passer pour un type un brin mollasson, il se comporte avec une vraie intelligence dans sa relation à ses comédiens. Il possède la qualité de faire mine de disparaître tout en étant d'une acuité rare. J'aime les gens qui parlent doucement, qui suggèrent plus qu'ils ne démontrent. Je me suis toujours méfié des excités sur un plateau, les mecs qui vous mettent une « tête au carré » au bout de deux heures avec leurs indications et leurs incantations. Étienne vous dit lentement et doucement :
« Moteur. Vas-y. Action. »
Il sait mettre de l'intensité dans l'action. Vous vous lancez dans un monologue, un moment jamais agréable où vous prenez forcément un peu sur vous, et lui à ce moment précis donne le change. Il vous rend ce que vous lui avez offert. Il fait de vous un acteur à la fois détendu et concentré. Pourtant cette apparente douceur n'empêche pas la fermeté. C'est un réalisateur qui obtiendra toujours ce qu'il veut. Lorsqu'il vous arrive de l'amener vers une autre intention, il ne se cabre pas. Il déclare avec sa magnanimité naturelle :
« Elle est excellente, mais on va la refaire. »
Et il a raison. Il faut d'abord lui donner ce que lui désire.

**Comment est Eddy Mitchell sur un tournage ?**

Je dis toujours : « Acteur à chier, mais à l'heure ! » Je ne m'ennuie pas trop sur les tournages et j'apprécie le

temps qui s'étire parce que j'ai l'avantage de connaître la vie de chanteur où là, au contraire, l'intensité du travail est accrue. Quand vous êtes chanteur, en dehors des semaines de répétition, le spectacle représente deux heures et quart sur scène, plus une demi-heure avant et une petite demi-heure après, puis c'est fini ! Et avec des horaires que vous imposez aux autres et que vous maîtrisez. Alors qu'au cinéma vous pouvez vous lever à 6 heures du matin pour tourner à 9 heures. Dans le pire des cas à 11 heures vous attendez encore. Alors que vous auriez pu aussi bien rester au lit. Mais c'est une contrainte qui ne me dérange pas, parce que je n'ai pas d'autre souci que de savoir mon texte et bien jouer ma scène. Le reste du temps je dors ou je glande et, en échange, on me chouchoute, ce qui n'est pas le cas dans le showbiz. On vient me demander régulièrement si je vais bien et parfois je me marre en leur disant justement : « Cela ne va pas très bien, alors qu'est-ce que vous allez faire ? » *(Rires.)*
Pour moi, être Eddy Mitchell – qui parle donc à la troisième personne pour la première fois *(rires)* – est assurément un métier beaucoup plus confortable. Et surtout j'ai soudain un avantage extraordinaire : le droit à l'erreur. Si je me plante je recommence. La preuve : « Sauvons les baleines et enculons les phoques »...
Aujourd'hui encore le cinéma reste et restera toujours pour moi un plaisir secondaire par rapport à la chanson qui demeure ma passion première. D'ailleurs mes adieux à la scène ne signifient aucunement que j'arrête la chanson. D'ici deux ans, je vais me remettre en route pour écrire un album. Je ne remplace pas

un métier par un autre. Mais ma disponibilité pour le cinéma va changer. Je vais pouvoir m'amuser à accepter des rôles plus souvent.

Là j'enchaîne avec *Populaire*, un film de Régis Roinsard dans lequel j'ai un petit rôle, et j'adore également ce type de participation. Les apparitions qui comptent comme dans le cinéma français des années 50. Son scénario tient la route et le mec est formidable. J'ai quatre jours de tournage dans le film mais quatre jours importants. C'est l'histoire d'un concours de sténodactylos en 1959, donc vous imaginez bien que j'aime beaucoup. *(Rires.)* Je joue le père de Romain Duris, amoureux d'une fille qui va passer son concours de sténo, ce qui à l'époque était déjà une chose que les parents ne comprenaient pas forcément. Et j'ai une scène où je dois danser le cha-cha-cha. Le réalisateur avait mis un chorégraphe sur le coup. Je lui ai dit d'économiser un cachet, moi je sais danser le cha-cha-cha !

Et puis je vais reprendre de façon plus intensive ma collaboration avec Gérard Jourd'hui sur les productions pour la télévision. Gérard vient de terminer un téléfilm formidable avec Chevallier et Laspalès, *Au siècle de Maupassant*. On adapte petit à petit tous les grands auteurs du début du siècle. Au regard du succès qu'a rencontré la série Maupassant, nous pensons que nous pouvons faire aussi bien. Je reconnais d'ailleurs qu'au démarrage de l'histoire en 2007, je n'y croyais absolument pas. C'était une idée de Gérard ; il était convaincu qu'il y avait un public pour aller à la découverte de cet auteur. Il est vrai que j'adore l'auteur de *Bel ami* mais je ne voyais pas comment nous pouvions faire face à la concurrence des séries américaines, de la télé-réalité ou du foot. Depuis le démarrage nous avons réalisé une bonne trentaine d'adaptations. C'est une anthologie basée sur plus de trois cents textes de Maupassant. Tous ont la même force. Ce sont des histoires, avec des lieux et un style. Comme quelques-uns de ces grands écrivains français, Maupassant est un journaliste. Il écrit sur l'instant et décrypte parfaitement la société de son époque. En très peu de lignes, mais avec une belle langue, vous avez un contexte et une histoire. C'est du scénario littéraire. Cela signifie qu'il est un auteur inspiré et riche ! Il y a aussi une forme d'anarchie libertaire très singulière. Cette sorte de regret du temps passé et cette suspicion envers l'ère capitaliste qui est en train de s'imposer. Sans parler évidemment du côté anti-calotin qui fait toujours merveille. Gérard Jourd'hui dit à propos de ces auteurs du XIX$^{e}$ siècle qu'ils ont une attitude cynique qui correspond tout à fait à sa vision de la société et de la vie. Moi, ce qui m'a tout de suite attiré, c'est que Maupassant a été adapté par John Ford. C'est mon côté un peu obsessionnel qui ressort. *(Rires.) Stagecoach*, c'est *Boule de suif*. Sauf que dans *Boule de suif* ils traversent les lignes allemandes avec des soldats prussiens. Dans le western ce sont des Indiens ! Mais c'est la même chose : tu as la pute, le banquier, tous les personnages sont là. Il ne s'en est pas caché d'ailleurs.

**Quel est votre rôle exact dans cette production ?**

Je suis lecteur. Lorsque les scénarios m'arrivent, ils sont déjà adaptés. Je préconise des améliorations, des coupes ou des rajouts, c'est selon. On appelle cela « docteur »… Claude Sautet, avant d'être metteur en scène, était un grand docteur de scripts. Il a d'ailleurs continué après, mais il était souvent trop cher pour les producteurs. Là encore, dans cette série, je souhaite davantage m'investir en tant que comédien qu'en tant que docteur. Et j'espère y parvenir. En plus c'est tellement éclatant d'avoir à jouer de beaux textes ! Dans la bouche ce n'est pas désagréable ! Généralement je préfère incarner un rôle d'idiot. Parce que dans ces textes tous les idiots parlent comme des gens intelligents. C'est merveilleux. Ils lancent des affirmations graves. Dans *La Cagnotte*, l'un des personnages déclare : « Je ne vais jamais à Paris, il y pleut. » Et son partenaire lui répond : « Mais ici aussi il pleut de temps en temps. » Avec de tels échanges comment ne pas vouloir être acteur, franchement ! (*Rires.*)

**Et que retenez-vous de votre expérience théâtrale dans *Le Temps des cerises* au côté de Cécile de France ?**

Ce fut une expérience intéressante mais qui ne m'a pas donné envie d'aller au-delà. Je suis sorti de cette aventure avec un étrange sentiment de frustration. Pourtant, la pièce écrite par Niels Arestrup était vraiment superbe, portée par un très beau texte à défendre et la mise en scène de Stéphane Hillel nous a joliment servis. C'était un pari risqué de mettre face à face deux acteurs qui font leurs débuts sur scène. Cécile de France a été une partenaire délicieuse. Tous ces argu-

ments on ne peut plus positifs n'ont pas suffi à me donner le feu sacré pour cet exercice. C'est ainsi, et je le regrette, mais je ne brûle pas les planches.
Il me semble que cette sensation en demi-teinte vient aussi de mon expérience de chanteur. Je me suis très vite rendu compte que le théâtre en France est encore à l'âge de pierre par comparaison avec le music-hall. J'ai donc réalisé que j'avais été gâté avec le showbiz. En effet, le théâtre est un environnement poussiéreux, où c'est un fait vous ne disposez pas des mêmes moyens que dans la musique. Tout semble plus petit. Et lorsque vous partez en tournée, à la découverte des théâtres de province, c'est encore pire. Parfois, c'est même un peu glauque. Contrairement à ce que l'on pouvait croire autour de moi, cela n'a pas été si compliqué de mémoriser tout ce texte. Cela rendait fou mon producteur de spectacle qui me disait :
« Pour un texte original, pas de problème de mémoire, en revanche pour tes propres textes de chansons dont tu es l'auteur, il te faut un prompteur… »
Il a fait passer cela sur le compte de ma mauvaise foi légendaire, alors que cela s'explique. Lorsque je chante, j'ai aussi un orchestre derrière moi, j'ai besoin d'être totalement libéré par rapport aux angoisses d'éventuels trous de mémoire. C'est une sécurité. C'est quand même dur de se souvenir des paroles de « Couleur menthe à l'eau ». *(Rires.)*

# 7

# « Sur la route 66 »

**D'une certaine façon, le cinéma comme la chanson ont porté votre rêve d'Amérique. Avant de revenir plus en profondeur sur votre relation à ce grand pays, pourriez-vous me raconter votre première fois sur les terres de l'oncle Sam ?**

C'était avec Jean-Marie Périer, le photographe de *Salut les copains*, qui m'avait proposé une séance là-bas. Au début des années 60, l'Amérique était encore un pays inaccessible pour la plupart des gens. Vous imaginez, tout à coup le rêve devient une réalité. Un voyage en terre promise simplement pour les besoins d'une séance photo... Bien sûr je savais que tôt ou tard j'irais à la découverte de cet eldorado, mais c'est Jean-Marie qui m'a forcé la main. J'étais alors programmé à l'Olympia et j'avais prévu de prendre ensuite quinze bons jours de vacances n'importe où. Un soir je l'ai vu débarquer assez survolté dans la loge avec l'œil qui brillait. Il m'a demandé :
« Tu as quelque chose de prévu demain ? »
Devant mon sourire interrogateur, il a simplement sorti deux billets d'avion :
« Allez viens, on se casse ! »

Et j'ai dit oui. Évidemment. Ce fut un voyage inoubliable. Nous avons commencé notre périple par Dallas. Pour moi, c'était vraiment un rêve de gosse ! Dallas, c'était la ville qui sonnait western par excellence pour le gamin que je redevenais à ce moment précis. Nous avons atterri là-bas et j'étais littéralement ébloui par l'architecture. C'était comme la découverte d'un monde qui n'existait pas. À l'image de ces immeubles qui face à nous ressemblaient à des vagues géantes. Une structure démente, avec cet effet de mouvement sur un building dont j'avais la sensation qu'il était mobile... Avec cette couleur incroyable sur les façades, un mauve qui donnait encore plus de grandeur à ces 45 étages...

Et, là, le petit Français que j'étais restait sans voix, presque effrayé par une telle majesté des volumes, des formes et des couleurs. Je me souviens du premier grand hôtel que je voyais de ma vie. Quand je dis « grand », c'était en fait « immense ». Pour moi à l'époque il aurait fallu inventer un mot. C'était comme si vous entriez dans un dessin de Sempé. Vous étiez petit et le plafond était à deux cents mètres ! Ce qui m'avait le plus impressionné était le centre du hall où se trouvait une grande statue d'un cow-boy à cheval. Un géant, probablement un sauveur de l'Amérique supposais-je... J'avais beau être tout à coup un nain je voulais savoir qui était ce grand homme. On m'a répondu : « C'est le patron de l'hôtel. » *(Rires.)*

Bienvenue en Amérique où les géants sont des entrepreneurs et donc des bienfaiteurs absolus. Cela n'a pas changé depuis, voyez le statut d'un Steve Jobs aujourd'hui...

Ensuite nous avons traversé le Grand Canyon. C'était l'autre conquête dont je rêvais. Nous avions décidé de louer une bagnole pour vivre le « road trip » dans sa plus grande vérité, nous voulions voir ces routes qui transpercent l'infini. Eh bien quand vous traversez le Texas en voiture, vous êtes servis à hauteur du fantasme ! Ce sont des plaines sans fin qui se succèdent avec pas une âme qui vive. Quand soudain nous dépassions une pancarte nous indiquant enfin la propriété d'un exploitant, nous avions encore au moins cent bornes pour y arriver. Et là ce n'était pas franchement le grand accueil... Nous étions arrivés en pleine nuit au Grand Canyon, ce qui nous a valu une petite mésaventure assez drôle. Nous nous étions arrêtés dans un hôtel qui ressemblait bizarrement à un grand chalet suisse avec des horloges à coucou partout... Nous étions contents d'être reçus par des gonzesses habillées en peaux de cuir avec des grandes nattes et je m'étais alors dit que l'ambiance western allait être garantie. Comme nous étions au bout du rouleau, nous sommes allés nous coucher sans tarder.

Le lendemain matin, nous nous sommes rendus sur la terrasse et là nous nous sommes pris le paysage qui nous faisait face en pleine gueule. Nous étions dans un décor de cinéma. C'était sublime, mais ma contemplation de cette immensité était sans cesse brouillée par un type qui n'arrêtait pas de tousser à côté de moi... Au bout d'un moment je me suis retourné vers les tables de la terrasse et j'ai réalisé que j'étais encerclé de tubards, prenant leur petit déjeuner en respirant le grand air. *(Rires.)* Nous avions débarqué dans un établissement de tuberculeux qui crachaient leurs poumons. C'était le climat idéal pour eux... Nous n'avions pas choisi le bon hôtel et du coup nous n'étions pas exactement dans le bon western *(Rires.)* Ensuite nous avons trouvé d'autres lieux plus conformes à mon paysage mental de gosse qui avait construit son histoire dans les salles obscures. Nous sommes restés quinze jours et nous avons conclu notre voyage par New York. J'ai tout de suite adoré cette ville. Surtout que j'avais un pote là-bas, un tueur qui s'appelait Johnny Kirsch. Grand copain de mon directeur artistique Jean Fernandez, il possédait une agence de voyages qui lui servait de couverture... Un Alsacien de descendance française, maniant très bien la langue de Molière d'ailleurs. C'était un type insondable car on n'a jamais vraiment su quels étaient ses activités et ses réseaux. Quand il venait me chercher à l'aéroport il n'attendait pas après le passage des douanes et des contrôles d'identité, il venait directement sur le tarmac, à la sortie de l'avion, avec sa limousine... Tout le monde lui distribuait du « Monsieur, Monsieur » en veux-tu en voilà. Et il les arrosait généreusement. Il appartenait évidemment à la mafia mais je n'en savais pas plus.

On ne s'est jamais perdus de vue et plus tard il est devenu un très bon ami, ainsi que de Muriel ma seconde femme, à condition évidemment que je ne connaisse jamais le fond réel de son activité. Il arrangeait tellement de coups que de toute évidence il avait un business on ne peut plus bizarre... J'avais toujours la crainte qu'un

jour il finisse par exiger un service en retour, même si je n'imaginais pas quoi. Lorsque nous allions dans un restaurant avec ma femme et des amis, il n'ignorait rien de mon itinéraire et de l'identité de mes convives comme si nous étions suivis. C'était assez inquiétant et intrigant en même temps. Ainsi au moment de payer je demandais la note et, là, le serveur me disait :
« Non, c'est pour monsieur Johnny Kirsch. »
Un jour nous arrivons dans un hôtel et le réceptionniste nous prévient :
« On vous a changé d'établissement, on vous a réservé une chambre dans un autre endroit beaucoup plus confortable. C'est Monsieur Johnny Kirsch qui nous l'a demandé, ne vous inquiétez pas ! »
Il habitait Coney Island. Il y a quelques années, il nous a fait venir chez lui pour passer le week-end. Nous étions d'ailleurs avec Jean Fernandez. Le séjour était plutôt sympa. Le premier soir, Kirsch nous demande si nous serions gênés par la présence d'un convive qui n'était apparemment pas prévu au programme. Sa formulation avait toujours beaucoup d'élégance et de prévenance à notre égard :
« Si cela ne vous dérange pas, j'ai un ami qui vient dîner. »
Le soir nous avons vu débarquer un drôle de type. Un vieux gars avec une gueule de parchemin, excessivement hâlé, habillé de la tête au pied en jeans. On aurait presque pu le prendre pour *Little Big Man*. Comment vous dire ? Nous n'étions pas très rassurés. D'autant que lorsque le mec s'est assis à côté de moi j'ai aperçu deux crosses qui dépassaient de son blouson...

Il est allé dans la cuisine pour enlever les flingues discrètement et nous l'avons vu revenir en chemise. Je ne pouvais pas m'empêcher de le fixer même s'il fallait garder une attitude normale. Lorsque le téléphone s'est mis à sonner, un silence de mort s'est abattu sur notre tablée. Nous étions dans un film assurément. Johnny s'est tourné vers lui :
« C'est pour toi. »
Nous l'entendions parler, mais nous ne comprenions évidemment pas. Lorsqu'il a raccroché il nous a simplement dit :
« Excusez-moi, je dois m'absenter. »
Nous avons compris plus tard que nous avions été instrumentalisés par ce mec qui appartenait au syndicat des dockers. Il avait fait tuer ou disparaître des types, mais il disposait d'un alibi en béton puisqu'il dînait ce soir-là avec des amis français chez son pote...

**Il vous a fait découvrir des clubs à New York ?**

Oui, mais c'était précisément des endroits où nous ne voulions pas aller. C'était sordide. Vous aviez la boîte L'Hippopotamus qui n'existe plus. C'était un lieu qui marchait d'enfer au milieu des années 70. Le patron, Olivier Coquelin, était français, et lui aussi était un mec assez original, très généreux, fantasque mais gentil. Il souffrait d'une curieuse manie : dès que l'une de ses affaires marchait il s'ennuyait ferme. Et pourtant il avait un don pour créer des lieux qui attiraient chaque fois de nouvelles clientèles. Il lançait un club et dès que le monde affluait il se demandait ce qu'il

pourrait inventer qui ne marche pas. Véridique ! C'est tout de même singulier comme démarche ! Je lui avais donc conseillé pour déconner de prendre Serge Davri à L'Hippopotamus ! Ce comédien s'est illustré dans des films inoubliables, tels que *Minute papillon* de Jean Lefèvre ou *Dans l'eau qui fait des bulles* de Maurice Delbez ; son registre a également séduit François Truffaut, Jean-Luc Godard, Claude De Givray, Jean Girault et Max Pecas… Un large éventail ! Eh bien mon copain l'a engagé et ça a quand même marché ! *(Rires.)* Imaginez, dans un club à New York, un mec inconnu de tous qui ne parle pas un mot d'anglais et qui chante « Je suis le gardien des catacombes », ou qui se casse des assiettes sur la tête… Ou, mieux, se fait péter dans un tonneau ! Je me disais que je lui avais trouvé, à coup sûr, le numéro improbable pour qu'il se plante ; cela n'allait pas plaire… Eh bien si ! C'est ce qui s'appelle avoir une chance de cocu ! Lorsque nous étions de passage il nous invitait souvent pour déjeuner dans son établissement. C'était surréaliste d'aller manger dans une boîte de nuit à midi en plein Manhattan, avec le personnel qui passait l'aspirateur. Avant de passer à table, il nous installait au bar pour prendre un verre, et là tranquillement il nous assénait :
« Tiens c'est marrant, hier soir, exactement là où tu es assis, il y avait un type qui s'est fait dégommer… Un mec est entré par je ne sais où, probablement l'entrée de service, il l'a bousillé et il est reparti ! »
Je découvrais alors effectivement une tache de sang séché sur le sol… Je n'en menais pas large avec mon

Bloody Mary. Et lui, doué d'une placidité de grande facture, enchaînait :
« À part ça, les cœurs de palmier vous aimez ? » *(Rires.)*
Il avait également monté la chaîne des « Sheetah » aux États-Unis. Dans les années 60 il y en avait un à New York, Chicago et Miami. Le principe était incroyable. Il achetait de grands garages ou des remises qu'il réaménageait en boîtes de nuit. Aujourd'hui cela peut paraître banal mais à l'époque c'était réellement nouveau. Toutes les passerelles étaient occupées par les techniciens qui s'occupaient des spots. Dès votre entrée on vous mettait un numéro dans le dos et lorsque vous dansiez, les spots vous suivaient pour bien vous identifier et mettre en lumière, ou non, vos talents de danseur. Le meilleur repartait avec 2 000 dollars. Dans ces années-là, c'était une révolution dans le monde de la nuit aux États-Unis. Et cela a commencé à dégringoler lorsque Philippe a voulu substituer à son grand orchestre, qui assurait vraiment, des stars comme James Brown ou Wilson Pickett. Les cachets lui ont évidemment coûté très cher. Et, du jour au lendemain, cela ne l'a plus intéressé.
Si bien qu'il a racheté, tenez-vous bien, l'hôtel le plus cher du monde dans l'endroit le plus pauvre, à Haïti. La résidence, connue sous le nom de L'habitation Leclerq, avait appartenu à la sœur de Napoléon qui y avait vécu une vie de luxe, d'hédonisme et d'excès. Il l'a réhabilitée en hôtel de luxe avec une piscine privée pour chaque chambre. Cette initiative pouvait paraître indécente et une pure folie dans cette île de Haïti où les gens mouraient de faim devant l'entrée de l'hôtel. Olivier Coquelin

expliquait qu'il avait réussi à monter son projet parce qu'il s'était acoquiné avec la CIA. Haïti étant une plaque tournante pour les États-Unis, les services secrets lui avaient donné du pognon. Il était ainsi devenu une véritable idole à Haïti faisant vivre l'île pendant toute la période des travaux. Il n'y avait rien là-bas, donc il avait fait construire un pont aérien avec Miami pour amener le ciment et les matériaux nécessaires à l'aménagement de l'hôtel. Les pauvres ouvriers travaillaient la nuit à la torche, mais pour les Haïtiens c'est comme s'il avait réalisé *Les Dix Commandements* chez eux... Il passait pour le nouveau Cecil B. DeMille ! *(Rires.)*
Un jour évidemment la CIA, qui n'est pas une entreprise caritative, lui a demandé des comptes. Ou plus exactement de l'argent. Il ne s'est pas démonté et a sorti son flingue :
« Je ne vous donnerai rien. »
Et les mecs se sont barrés. Puis il a finalement revendu son hôtel ! Je l'ai retrouvé plus tard à New York. Il y habitait une maison normande au milieu des buildings et avait toujours son léopard avec lui... En fait Johnny Kirsch et Olivier Coquelin étaient tous les deux des copains de mon directeur artistique Jean Fernandez. Ils s'étaient connus pendant la guerre 1939-1945 ayant travaillé tous les trois pour le général américain Douglas McArthur. Ce n'est pas banal ! Ils étaient français et avaient voulu s'engager au côté de celui qui avait incarné les grandes batailles de la Première Guerre mondiale et restait une figure de l'héroïsme américain, même si elle était contestée. Sans se démonter ils étaient allés le voir directement. Pas de chance, cela

n'avait pas duré longtemps. McArthur les avait foutus dehors assez vite, prétextant qu'il avait déjà ce qu'il fallait chez lui… *(Rires.)*

Pour l'anecdote, Jean fut au cours du conflit l'interprète de George Patton, grand général de l'US Army pendant la Seconde Guerre mondiale. Lorsque Patton est arrivé à Paris, il se trimballait comme d'habitude avec ses flingues bien sûr mais aussi avec une petite cargaison personnelle de caisses mystérieuses. Les gens imaginaient tout et son contraire. On pensait au trésor de guerre du général. On supposait qu'il allait repartir aux États-Unis avec du pognon qu'il aurait plus ou moins honnêtement obtenu. Ou encore qu'il avait fait un achat de toiles de maîtres qu'il voulait ramener chez lui. Un soir où Patton était absent, Jean a ouvert son coffre. Et qu'est-ce qu'il a découvert ? Un accordéon ! Un mythe s'effondrait… Oui, le grand général Patton jouait de l'accordéon !

**Pour rester dans les images d'Épinal de cette Amérique que vous découvriez peu à peu, quelle image avait pour vous le président Kennedy ? Elvis Presley et lui étaient les deux icônes des États-Unis !**

JFK sortait d'une famille d'ordures quand même… Il a été élevé comme cela, « à l'ordure », comme on pourrait dire « à la dure »… Donc j'ai toujours éprouvé vis-à-vis de lui une méfiance globale. Lorsque l'on s'intéresse un peu à l'histoire de cette dynastie, on apprend que le père Kennedy était un gangster. Ce type avait

réussi dans la société américaine pendant la prohibition grâce au trafic d'alcool et une grande partie de sa fortune en provenait ! Alors forcément le fils ne pouvait pas être totalement étranger à cela. En revanche comme à peu près tout le monde j'aimais son physique, ce qu'il dégageait, son sourire bien blanc et sa raie sur le côté. Et avec toujours des belles gonzesses à ses côtés. C'était un tireur et nous on aimait bien ça ! Il vaut mieux baiser Marilyn que madame de Gaulle ! Enfin si je peux me permettre...
On peut tout de même saluer son engagement contre la ségrégation raciale. En recevant officiellement Martin Luther King, après la grande marche sur Washington, il a marqué un pas décisif vers la reconnaissance des droits civiques des Noirs aux États-Unis. Ce mouvement d'émancipation m'a aussi touché parce qu'il était également défendu par de grandes figures blanches, qui avaient tout à perdre dans ce combat, au regard de la mentalité réactionnaire de l'Amérique profonde. Je pense à Humphrey Bogart, Burt Lancaster, Danny Kaye, Lauren Bacall, tous ces grands acteurs qui étaient aux avant-postes de cette lutte et qui se sont mouillés. Lors de cette fameuse marche de Washington les cinq ou six stars blanches ont été montrées du doigt, surtout dans le Sud. Être confronté à la réalité du racisme dans la plus grande nation du monde occidental, donc supposée être la plus progressiste, vous donne très vite une autre vision de l'Amérique. Le rêve s'évanouit d'un coup d'un seul.
D'ailleurs la première fois que je suis allé à Muscle Shoals j'ai tout de suite compris ce que signifiait la loi instau-

rant la ségrégation raciale entre les Noirs et les Blancs. Muscle Shoals comptait deux restaurants à l'époque… Après les séances en studio, nous étions morts de faim et nous étions entrés sans faire gaffe dans l'un des deux rades. Nous patientions au bar, personne ne semblait vouloir s'occuper de nous. Et lorsque nous nous sommes installés à la seule table libre, le serveur est venu nous expliquer qu'il fallait que l'on dégage, nous étions à la table des Noirs et, de ce fait, nous étions en train de nous comporter comme des sous-hommes…

Je me souviens aussi de cette incroyable histoire de Quinn Ivy, le producteur de Percy Sledge. Il était le directeur des studios où j'enregistrais à Muscle Shoals. Un soir, il m'invite à dîner chez lui avec sa femme. Il m'a alors raconté une histoire fantastique. Il nous a confié qu'il avait réussi dans la vie grâce à Percy Sledge. Avant de le rencontrer, Quinn Ivy réalisait pour faire vivre sa famille des enregistrements comme ingénieur du son pour des communions et des mariages. Un soir par hasard, dans une boîte, il est tombé sur Percy Sledge qui chantait. Il a pris la claque de sa vie. Il l'a trouvé si extraordinaire que, sans hésiter, il est tout de suite allé lui parler :

« Je vais m'occuper de toi. On va commencer par te faire défriser les cheveux, et je vais t'acheter des costumes. Mais je te préviens je n'ai pas un rond. »

La femme de Quinn Ivy ne travaillait plus depuis longtemps. Elle était infirmière et, sur l'insistance de son mari, elle est retournée travailler pour gagner de l'argent. Lui, il est reparti enregistrer ses communions. Simplement pour payer des costumes à Percy Sledge. C'est en

fait l'histoire peu commune d'un mec qui s'est saigné aux quatre veines pour pouvoir aider un artiste en devenir. Il nous a ainsi raconté toute la genèse de « When a man loves a woman » : comment il a payé les séances d'enregistrement alors qu'il n'avait toujours pas un rond. Après bien des galères, il a fini par envoyer au directeur artistique Jerry Wexler du label Atlantic le master de l'enregistrement du titre. Celui-ci lui a répondu que la chanson était vraiment formidable mais qu'il fallait absolument rajouter une séance de violon pour donner plus d'efficacité au morceau. Malheureusement une telle session coûtait bien trop cher pour lui. Comme il n'avait plus un dollar en poche, il a laissé passer quinze jours. Puis il a renvoyé la bande telle quelle et, au final, Atlantic a trouvé cela beaucoup mieux, alors qu'il n'y avait pas un violon de plus. *(Rires.)* Eh bien malgré toute cette belle histoire qui aurait pu faire un beau roman du showbiz, Quinn Ivy m'a avoué avec fatalisme :
« Percy Sledge n'est jamais entré ici... chez moi ! »
C'était un aveu irrationnel. Il ne pouvait pas m'expliquer pourquoi un Black ne pouvait pas entrer chez lui, alors qu'il avait changé sa vie pour lui. Et ce soir-là je réalisai forcément que le problème de la ségrégation était bien plus complexe qu'une affreuse histoire de racisme. Comment appréhender ce pays que j'admirais, alors qu'il y avait cette fracture raciale... C'est ce qui faisait la force de Martin Luther King, qui avait bien saisi la globalité de cette réalité. C'était un sacré bonhomme. Courageux, indigné, charismatique et concret dans un engagement pour la dignité humaine.

**Si je comprends bien, votre Amérique à vous est une utopie ?**

C'est le rêve américain qui forge l'utopie. L'Amérique est purement et simplement un pays qui, comme tous les autres, possède ses forces et ses faiblesses. Et l'une de ses plus grandes prouesses reste d'avoir réussi justement à faire naître un rêve qui ne se réalise pas. Mon Amérique à moi, c'est celle de mon enfance, essentiellement fondée sur le cinéma et la musique. Et cinquante ans plus tard, c'est toujours cette Amérique que j'aime et qui me parle. Pourtant je suis convaincu que jamais je ne pourrais vivre aux États-Unis parce que je suis trop latin. Je n'aime pas la discipline des Américains. J'ai beaucoup de mal avec leur mode de vie, leur obsession du principe de précaution, leur difficulté à accepter une vraie contestation, leur conservatisme qui est dans leur ADN.

**Dans « Pauvre Baby Doll », vous avez tout de même écrit : *« Même si c'est bien loin l'Amérique, partir c'est l'approcher, il y a bien une Californie, quelque part où aller. »* Si ce n'est pas une définition de l'utopie magnifique que sollicite l'Amérique…**

Mais vous oubliez que je parle du rêve d'une jeune fille ! Celui d'une pauvre Baby Doll, pas le mien ! La chanson exprimait ce mal de vivre que l'on peut parfois ressentir chez soi et tout à coup l'Amérique c'est comme le verbe « partir », il y a cette idée de « Go West, Young Man ! » Parfois il m'arrive encore de croire à cette idée de la Californie comme métaphore de l'Éden suprême.

Je suis européen et lorsque je vais au Mexique, au bord de la mer, avec ces paysages fabuleux j'ai la sensation d'un idéal paradisiaque. Je vois tous ces gens qui ne possèdent rien et qui ont l'air de s'éclater toute la journée. Pendant un court moment je me dis :
« C'est peut-être ici la vie idéale ! »
Tous ceux qui ont voyagé ont eu le doute à un moment, cette vague impression que la vraie vie est ailleurs. Mais ce sentiment ne dure jamais. Je sais bien que je ne pourrais pas vivre 365 jours par an à faire la fête et à pêcher du poisson ! Il ne faut pas oublier l'origine de ce rêve américain, directement issu de la naissance du concept de l'adolescence encore inexistant après la Seconde Guerre mondiale. La grande Amérique libératrice et libérée a également renforcé sa propre domination à la fin des années 50, avec l'explosion du rock'n'roll bien sûr et avec le mythe de la route. Le roman éponyme de Kerouac, la *Beat Generation*...
Moi ma route était différente. C'était la « route 66 » qui traverse les États-Unis au rythme d'une bande son musicale qui évolue du rock au rythm'n'blues en passant par la country. C'est un fantasme, aujourd'hui évanoui, comme je le dis dans ma chanson « Sur la route 66 ».

*Sur la route 66*
*Personne ne t'attend là-bas*
*Plus d'musique, bars désertiques,*
*Y a qu' des fantômes que tu n' vois pas.*
*Route légendaire*
*Croisée des mystères*
*Mais maintenant sans vie*

*Dans l'oubli.*
*Au bout du rêve*
*La magie s'achève*
*Sur la route 66-66*

Pour ma génération c'était un rêve qui s'est construit peu à peu au contact d'un cinéma alors très naïf. C'est cette Amérique qui me fascinait : avec toujours un sens moral, du bien faire, du respect du voisin. On l'a compris très vite, ce n'était que du cinéma. Il suffit d'observer ce qui se passe socialement aux États-Unis pour immédiatement préférer vivre en France. J'ai toujours aimé aller en Amérique pour y travailler ou pour me balader dans des lieux, des régions qui souvent ne font pas vibrer les gens. Je parle de l'Arizona, du Colorado, ou du Nouveau-Mexique. Mais ce n'est pas la vie américaine, celle que l'on connaît à Los Angeles ou à New York qui fait vraiment rêver.

**Aujourd'hui l'Amérique, c'est Obama. Il est plus fréquentable ?**

Bien sûr. Depuis qu'il a été élu, j'ai remis mes bottes ! Que j'avais volontairement mises au placard parce que le président Bush en portait. Ce grand président qui a mis trois jours à interrompre ses petites vacances pour intervenir avec son administration suite aux ravages de l'ouragan Katrina. Ou qui a montré sa grande réactivité dans les heures qui ont suivi les attentats du 11-Septembre. Et lui, chaque fois qu'il réfléchissait, il fallait se méfier. En général il déclenchait une guerre !

Il y a quatre ans, l'élection de Barack Obama paraissait impensable. C'est là aussi l'illustration de ce pays où tout est possible. C'est peut-être ça au fond le rêve américain. Mais ce champ des possibles ne dit pas que cela en fera un grand président pour autant. Il a encore et toujours beaucoup de boulot pour convaincre et se faire réélire cette année, y compris de ses propres « amis » démocrates, surtout quand il propose courageusement la création d'un État palestinien.

**Vous avez été ému quand il a été élu ?**

Oui ! Parce que le jour de son investiture, Aretha Franklin chantait pour lui et pour le monde. Cela m'a fait beaucoup de bien. Nous en France, lorsque Sarkozy a été élu, nous avons eu Mireille Mathieu. C'était autre chose. *(Rires.)* Le rêve français est bien loin.

# 8

# « Votez pour moi »

**Nicolas Sarkozy nous ramène forcément à la politique. Vos parents avaient-ils une conscience politique ?**

Non, pas du tout. Ma mère comme mon père étaient sûrement considérés comme de petits employés selon l'organisation sociale de l'époque. Ils étaient heureux de travailler pour nourrir leurs enfants, mais ils n'avaient pas la conscience de la classe ouvrière. Mon père, surtout, n'avait qu'une philosophie : ni Dieu ni maître, sans pour autant être anarchiste. Je tiens sûrement un peu de lui.

Malgré une profonde aversion pour la calotte, il était très ami avec le curé du quartier qui venait manger à la maison de temps en temps. Il fallait les voir tous les deux boire des coups ensemble : mon père lui disait qu'il rejettait l'Église mais que lui, il l'aimait bien. C'était marrant. Mes parents étaient des gens très dignes, qui ne se plaignaient jamais. Ils allaient au charbon. Sans renoncement ni résignation. À l'époque les horaires et le rythme de travail étaient différents. Les journées étaient monstrueusement longues et épuisantes. On commençait à 8 h 15 le matin, on avait une pause d'une heure pour manger puis on quittait son lieu de travail à 18 h 15, sans oublier que l'on bossait le samedi matin ! Cela n'offrait qu'un jour et demi de repos, le samedi après-midi et le dimanche. C'était tout. Mais nous vivions dans un immeuble et un quartier où tous les habitants partageaient la même condition sociale majoritairement ouvrière. Beaucoup d'immigrés. Des Italiens et pas mal d'Antillais, ce qui fait qu'il y avait souvent des fêtes dans notre immeuble !

C'était très agréable, parce que cela créait aussi fatalement une vie de quartier. Les mômes jouaient tous dans la rue. C'était notre terrain de jeu favori. Il y avait le square de la Butte rouge juste à côté de chez moi, où tous les gosses passaient leur temps libre. Et puis bien sûr, y avait les fortifs. C'était notre place forte, le lieu de toutes les premières expériences, avec le samedi des courses de motocross qui étaient devenues l'attraction majeure. Sans angélisme aucun, la vie était assez paisible. Bien sûr on parlait déjà de racisme mais au bout du compte tout ce petit monde faisait en sorte de bien s'entendre. La discrimination était surtout verbale et n'était finalement motivée que par des modes de vie différents :

« Encore ces Noirs qui nous font chier, ils font tout le temps la fête ! »

Avant tous de reconnaître finalement :

« Oui, mais ils la font bien ! »

Puis les Italiens disaient dans une sorte d'émulation positive :

« Allez venez, on a fait une pizza. » Et ils en offraient à tous leurs voisins.

Les bagarres ou les rixes entre communautés relevaient davantage du règlement de comptes. C'était presque un problème de partage de territoire si j'ose dire. Les Corses étaient partout dans le nord de Paris, à Pigalle bien sûr, mais également à Belleville. Et comme je vous l'ai déjà expliqué, les Arabes, notamment les Juifs tunisiens, sont arrivés en masse et ont subtilement poussé les Corses hors de leur territoire.

**Vous m'avez raconté ce que vous avez vu en Algérie. Avez-vous un souvenir par exemple des événements du métro Charonne, le 8 février 1962 ?**

Il était difficile de connaître la vérité dans cette période dramatique de la guerre d'Algérie. En octobre 1961, Maurice Papon avait décidé d'instaurer un couvre-feu visant uniquement les Algériens, à qui il était interdit de sortir entre 20 heures et 5 h 30, et ordonné de fermer les bars à 19 heures. Nous suivions ces événements comme nous le pouvions, à savoir avec énormément de difficultés vu l'époque. Avec une presse majoritairement muselée et une télévision qui n'était pas là pour faire des enquêtes un tant soit peu sérieuses. La France ne connaissait peut-être pas la crise mais elle n'avait pas encore vraiment la liberté de la presse. Ainsi nous ne récoltions de ces événements que des bribes et il n'était jamais fait allusion à cette violence policière exercée à l'encontre des Arabes. Les six ou sept mille Algériens arrêtés et parqués au Palais des Sports ou à Coubertin à la suite des manifestations du 17 octobre 1961, cela rappelait d'insupportables méthodes. Mais les gens parlaient, relataient ce qu'ils avaient vu ou entendu. Pour Charonne, il faut aussi rappeler que la manifestation avait été interdite et que la police avait sûrement envie d'en découdre. Sur le coup nous pensions qu'il ne s'agissait que d'une manifestation comme une autre qui avait mal tourné. Mais c'était beaucoup plus réfléchi que cela. Les forces de l'ordre avaient bien pris soin d'ouvrir la bouche de métro pour mieux enfermer leurs proies. Malgré les manifestations du lendemain il fut extrêmement difficile de connaître la vérité. Parce que le pouvoir tenait l'information. Nous n'avions qu'une seule chaîne de télévision et c'était de Gaulle qui s'y invitait tous les soirs. La France ressemblait à l'Argentine...

**Vous pensez vraiment cela ?**

Oui. Je suis un antigaulliste total et convaincu. Bien sûr, le général de Gaulle était un homme politique honnête qui n'aimait pas mettre les doigts dans la confiture. Donc cela nous paraît incroyable aujourd'hui. Mais c'était un dictateur. Et de surcroît un militaire. Et il ne faut jamais confier le pouvoir à un général. J'ai toujours entendu cette phrase de Georges Clemenceau qui m'a immédiatement séduit : « La guerre est une chose trop grave pour la confier à un militaire. » Et c'est ce que l'on a quand même toléré. Alors, bien sûr, on peut se souvenir de son talent oratoire pour nous convaincre qu'il était un grand démocrate. Il pouvait enfumer tout le monde en déclarant solennellement : « Pourquoi voulez vous qu'à soixante-sept ans je commence une carrière de dictateur ? » Mais il n'empêche qu'il a pris le pouvoir par effraction et a limité la liberté d'expression.

Et lorsqu'il s'est installé à l'Élysée comme l'homme providentiel, le hasard a voulu que je me retrouve mêlé à une manifestation à la Bastille organisée pour protester contre son accession au pouvoir. Les forces de l'ordre ont donné le ton du régime. Je m'en suis pris plein la gueule. Pour moi cela suffit pour dire qu'il fut « le général de Gaulle » ramené au pouvoir par les partisans de l'Algérie française, qu'il va également trahir au nom de la raison d'État. En face de lui, il n'y avait personne. Même si de Gaulle a dû être très vexé de se voir mis en ballottage par son meilleur ennemi, François Mitterrand. Le loup et l'oreille cassée... *(Rires.)* De Gaulle avait fait ratifier par référendum l'élection au suffrage universel du président de la République et, à la première élection, il s'est retrouvé « ballotté ».

Ces années 60 n'ont pas été propices pour faire de moi un citoyen convaincu de la grandeur de la politique. Cette guerre d'Algérie, dont nous n'avons toujours pas achevé le droit d'inventaire, a été terriblement marquante pour moi. Parce que probablement j'y ai échappé de peu et que nous regardions des mômes partir se faire tuer au nom de l'Algérie française, alors même que nous savions qu'elle ne pouvait plus l'être. Et puis, il y avait de la honte de part et d'autre. Ce qu'ont perpétré les Algériens n'était pas joli non plus. Le FLN rackettait d'autres Arabes qui n'étaient pas du tout branchés politique. Tous leurs bistrots devaient participer à la cause. Et je ne pense pas que tout le pognon partait dans les caisses du FLN... Il y avait du gangstérisme à la demande. Et puis les représailles du FLN étant souvent terribles, par voie de conséquence celles de l'OAS l'étaient encore davantage. C'était une guerre sordide. *(Silence.)*

**Vous auriez dû être séduit par la montée du mouvement estudiantin de mai 68, non ?**

Pas davantage. Cohn-Bendit, Sauvageot, tous ces nouveaux leaders se comportaient déjà comme des hommes politiques. Nous le savions. C'étaient des petits bourgeois et leurs discours ne touchaient absolument pas les ouvriers qui n'en avaient rien à foutre. Comment réussir une révolution dirigée par des bourgeois ? Comme la Révolution française, qui a été dirigée par l'élite... D'ailleurs ce ne sont pas les propos qui me gênaient mais plutôt les orateurs, trop bons pour être honnêtes. En revanche, les slogans qui jaillissaient sur les murs ou dans les manifestations comme « Il est interdit d'interdire » ou « Sous les pavés la plage » étaient jolis et on ne pouvait qu'y souscrire.

**N'aviez-vous pas la peur d'être dépassé, de ne pas comprendre ce qui se passait à ce moment-là ?**

C'est une vraie question. De toutes les manières, je ne me sentais pas concerné, les gens engagés étaient des adolescents ou avaient une vingtaine d'années. Moi j'étais déjà trop vieux pour ce soi-disant nouveau monde qu'ils nous proposaient. D'un côté je comprenais très bien ce qu'ils désiraient, ce besoin vital de respirer, de pouvoir être plus libres, de jouir de la liberté d'expression. Les jeunes n'avaient aucun pouvoir, ils ont manifesté le besoin de le prendre.

Avec le recul, c'est probablement pour la condition féminine que ces événements ont eu un vrai impact positif. De ce point de vue les étudiants avaient totalement raison puisque j'ai toujours considéré les femmes comme plus intelligentes que nous. Prenez un gamin de quinze ans et une fille du même âge aujourd'hui, il n'y a pas photo. Je ne suis pas féministe pour autant mais l'évolution de la femme est une des plus belles évolutions qui soit parce qu'elle est juste. Je n'ai jamais compris l'inégalité des sexes. Nos grands-parents étaient vraiment à la ramasse pour accepter qu'une femme ne puisse pas avoir les mêmes droits qu'un homme. Le droit de vote, l'indépendance économique, la liberté de procréer ou non... Pour au moins cela, merci mai 68.

Et puis... L'envie de taper sur un gendarme ou un flic est courante chez les Français ! Cela revient toujours un jour ou l'autre, c'est physique et ce n'est pas si mal, même si je déteste la violence d'où qu'elle vienne. Cette jeunesse était très mobilisée, elle écoutait encore sûrement mes disques mais on sentait qu'elle aspirait aussi à d'autres énergies, à de nouvelles formes musicales.

J'étais donc considéré comme un jaune puisqu'à ce moment-là j'enregistrais aux anciens studios Marcadet. Des mecs qui y bossaient étaient venus nous demander de faire grève. Nous les avions envoyé balader...

Et je ne citerai pas de noms, parce que les personnes qui étaient en grève ne travaillaient pas du tout ; elles avaient débrayé depuis longtemps... *(Rires.)* Plus tard j'étais au Canada lorsque les événements ont vraiment pris de l'ampleur. Je voyais des images qui ne passaient pas en France. On nous montrait vraiment de la castagne, de la violence. En France une fois encore les gens ne voyaient pas grand-chose. « CRS SS. » C'était tout. J'appelais tous les jours chez moi et je demandais ce qu'il se passait. Et on me disait que ça allait bien. Toujours la censure...

**On peut dire que vous êtes totalement dépolitisé dès les années 60 ?**

Oui, la politique me donnait déjà la nausée à cette époque. Je laissais courir et d'ailleurs je refusais de voter. L'idéal serait d'opter pour le vote blanc, à condition qu'il soit réellement comptabilisé dans les résultats électoraux. Un signal politique fort plus responsable que l'abstention.

**Votre seul engagement politique se résume, en fait, à votre antimilitarisme ?**

Ce n'est pas un engagement. C'est viscéral, j'ai toujours été profondément antimilitariste. Et même lorsque j'ai essayé de me soigner je n'y suis pas arrivé. Et c'est la même chose avec l'église. L'épée et le goupillon, ça va ensemble ! C'est ce que l'on disait toujours : « Dans une famille il faut un prêtre et un militaire. » Je ne suis pas un chasseur de corbeaux mais franchement je ne suis pas très proche d'eux. Je ne leur ferai pas de mal, aux militaires non plus, je ne les aime pas, c'est comme ça.

**Vous savez que tout le monde pense que vous êtes de gauche ?**

Les gens pensent ce qu'ils veulent.

**Souvent, dans les papiers vous concernant, on lit à juste titre que vous avez un regard sociétal dans vos chansons, que vous vous situez plutôt du côté des perdants, des loosers ou des antihéros. C'est plutôt une caractéristique de gauche, non ?**

Je ne sais pas. Il est vrai que mon cœur serait plutôt à gauche. Mais quelle gauche ? Aujourd'hui j'en suis revenu. Non pas de tout, mais je suis tout de même désabusé en ce qui concerne la politique. Ce n'est pas « l'ami molette »... Hum pardon François Hollande qui me fait rêver par exemple. Vraiment pas... Je vous rassure tout de suite ce n'est pas non plus « l'ami talonnette »... Moi de toute manière je m'oblige à voter parce qu'il y a toujours le spectre du Front National. Et excusez-moi de le dire, ce parti-là me fait toujours peur. Pourtant ce n'est pas facile de choisir dans le non-choix.
Alors, il faut le reconnaître, j'agis comme au petit bonheur la chance parce qu'au bout du compte tous ces candidats se ressemblent. Tant que l'extrême droite sera puissante, je voterai. Quoi qu'il en soit je ne suis pas un exemple de citoyenneté. J'ai commencé à voter il y

a très peu de temps. Je me faisais même un devoir de ne pas aller aux urnes. Mon sens civique passe par le respect scrupuleux du paiement de mes impôts. Puisque je suis français domicilié en France, je paye toutes mes taxes et je trouve que c'est la meilleure contribution à la solidarité nationale.

Pour revenir à la notion d'antihéros, je ne sais pas si c'est vraiment une caractéristique qui est le privilège de la gauche. Peut-être d'ailleurs ne faut-il pas le croire, car cela signifierait que la gauche est donc à priori destinée à toujours perdre, comme les loosers ou les perdants dont vous me parlez. Il est certain que le discours des gagneurs, des mecs qui veulent tout faire pour bouffer la laine sur le dos de leur voisin n'incite pas à l'inspiration pour écrire de belles chansons. Pour moi un antihéros est souvent, par définition, un personnage qui ne joue pas des coudes pour faire valoir ses talents. Un héros très discret si vous préférez. C'est le type qui travaille dans une banque et qui habite dans sa voiture parce qu'il n'a pas de quoi se loger, mais qui continue à tout prix de bosser. Il ne s'affirme pas comme une victime, il n'accepte pas que la société le rejette pour devenir assisté. Le héros renvoie toujours à la notion de dignité. C'est aussi le Maghrébin soupçonné d'être d'une racaille, qui sauve tout à coup un gamin dans une cité.

Est-ce que ces exemples suffisent au point d'être érigés en modèles de la pensée de gauche ? L'antihéros est inspirant parce qu'il est doué de panache. Il n'a pas la beauté, ni le pouvoir, ni la force et il fait de sa vie un roman. Mais attention, il n'est pas mièvre pour autant.

Je pense même souvent que ce sont les héros qui le sont davantage, parce qu'ils reflètent une image trop parfaite, trop lisse, excepté lorsque c'est Gary Cooper ou Burt Lancaster qui s'y collent.

**Le fait d'être antigaulliste ne vous a-t-il pas conduit du coup à soutenir son opposant le plus farouche, à savoir François Mitterrand ?**

C'est vrai. J'ai eu cette faiblesse de croire beaucoup en Mitterrand. Et ce dès 1965, même si l'on sentait bien que l'animal politique qu'il était déjà n'était pas encore prêt à gagner le combat. Mais lui aussi a déçu. Il reste néanmoins un personnage romanesque et intriguant. Un jour où je tournais je ne sais plus trop quoi, j'avais donné rendez-vous à ma femme après le tournage dans un restaurant des Halles. J'arrive là, je regarde, je repère la table avec ma femme au fond de la salle. Je suis myope mais je la reconnais toujours, même lorsqu'elle est loin. *(Rires.)* Je m'installe au bar pour boire un verre et je vois un type qui n'arrête pas de discuter avec elle. Je finis par la rejoindre, curieux de savoir avec qui elle échangeait depuis si longtemps. Instantanément, l'homme qui lui avait parlé s'est retourné. C'était François Mitterrand qui me dit :
« Excusez-moi, monsieur Eddy Mitchell, mais je parlais avec votre femme. »
Et je lui dis : « Excusez-moi, je ne vous avais pas reconnu. »
Il s'est marré et a tourné les talons. Je l'ai revu deux

ou trois fois. Il était plutôt sympathique, assez mystérieux et finalement doué d'un humour singulier. Je me souviens d'un jour où il remettait une décoration quelconque, le Mérite agricole ou la Légion d'honneur, c'est-à-dire une sacrée connerie. Après la cérémonie nous étions en train de boire un verre lorsque je l'ai vu foncer directement sur moi. Il m'a alors glissé à l'oreille :

« Je ne sais pas si vous y arrivez mais c'est dur. »

Je lui répondis interloqué :

« Mais qu'est-ce qui est dur, monsieur le Président ? »

Et lui de me balancer du tac au tac :

« De se faire comprendre, monsieur Mitchell. » *(Rires.)*

Et il est reparti en dodelinant avec sa petite coupette de champagne à la main. C'était joli... Quoi que l'on puisse penser de lui, il était un président. Un homme qui avait compris la fonction et qui l'incarnait avec une sorte d'intensité, de gravité. Celui qui a fait évoluer la gauche et qui forcément l'a trahie. La Bourse ne s'est jamais aussi bien portée que sous Mitterrand. C'était une autre époque, il y avait moins de fractures sociales comme dirait l'autre. Comme de Gaulle d'ailleurs, ce sont des présidents qui ont été gâtés par le contexte de la vie sociale, moins violente qu'aujourd'hui. Sur le moment, les années Mitterrand nous ont paru des années de récession constante mais, au final, ce n'était pas une si vilaine époque, si l'on compare à aujourd'hui !

**J'ai appris grâce à la quatrième de couverture du quotidien *Libération* que vous aviez voté Nicolas**

**Sarkozy. Je n'en suis pas revenu. Comment est-ce possible lorsque son cœur balance à gauche ?**

Je n'allais pas voter pour l'autre qu'on devrait mettre directement au bûcher... (*Rires.*) Ce n'était pas possible ! Comme les gens ont voté Chirac contre Le Pen, ils ont voté Sarkozy pour éviter le Front National et Miss Poitou. Sarkozy enchaîne bêtise sur bêtise, il se rattrape aux branches, se débat, mais il n'y arrive pas. Et sincèrement, je ne crois pas que Ségolène Royal aurait pu faire mieux. Elle voulait faire raccompagner les gendarmettes chez elles ! *(Rires.)* On n'en finissait plus ! Quoi qu'il en soit, les femmes politiques me dérangent. Je ne sais pas. C'est une contradiction que je ne maîtrise pas, puisque je suis pour l'égalité des sexes. Mais comment bien me faire comprendre ?... Je parle de nature. De capacité de résistance. C'est un boulot qui est trop dur, rude, où il faut savoir cogner, être bas du front. J'ai le sentiment que c'est d'ailleurs un peu la même difficulté que pour les chanteuses. Pour revenir à la pauvre Ségolène qui l'a bien cherché, je pense qu'elle n'est pas seule en cause. Les socialistes n'ont toujours pas trouvé leur programme. Cela fait des années qu'ils cherchent. Je n'ai jamais été passionné, mais aujourd'hui je suis complètement désabusé. J'espère simplement que nos impôts serviront pour une fois à quelque chose. Vous aurez remarqué qu'avec l'ISF, il n'y a plus un seul pauvre dans la rue... *(Rires.)* C'est extraordinaire ! Et pendant ce temps-là Marine Le Pen frôle les 20 %. Elle a au moins le mérite de nous contraindre à voter. C'est un tribun redoutable, méfiance !

**« Artiste » et « engagement », ce sont deux mots qui ne vont pas ensemble ?**

Pour moi ces deux notions sont incompatibles. Un artiste peut avoir ses opinions et faire tout ce qu'il veut dans la sphère privée pour les communiquer, de là à les étaler sur la place publique... Je trouve que cela ressemble à de la promotion à peine déguisée et c'est surtout une forme d'intox très malsaine. Si on est sincère, de quoi se mêle-t-on, bordel ? Selon moi, il ne faut surtout pas se mêler des affaires qui ne nous regardent pas, sauf au moment où nous sommes dans l'isoloir. Qu'est-ce que nous en connaissons de la politique ? Il faut laisser cela aux spécialistes. Lorsque l'homme de la rue s'en mêle, c'est le drame. C'est le pouvoir absolu du café du commerce. Tout le monde peut se mettre à dire :
« Moi, si j'étais président, vous verriez... » *(Rires.)*
Et l'on voit ce que cela donne. Le retour de Gérard Lenorman au Top album ! *(Rires.)* Et le pire c'est qu'il est talonné par Didier Barbelivien... *(Rires.)* Effet de vases communicants : Sarkozy risque de remonter dans les sondages ! *(Rires.)* Bonjour les effets mécaniques ! D'une façon générale je pense que l'on fait trop parler les chanteurs et les artistes. Bien sûr on ne peut pas les empêcher de s'exprimer. Moi-même en ce moment, vous me poussez d'une certaine façon à le faire à travers ce chapitre, ce qui n'est guère raisonnable *(rires)*, mais j'essaye de rester dans mes cordes. La société montre qu'elle a perdu ses repères avec cette tentation

de faire parler tout le monde, du chauffeur de taxi à la fille qui tourne dans un X. Dans un autre genre nous avons eu Bernard-Henri Lévy qui a sauvé la Libye, donc il n'y a pas de raison ! Plus que la défaite de la pensée, c'est celle de la politique. La déroute des hommes d'État qui n'intéressent plus grand monde.

**Dans ce contexte comment imaginez-vous aujourd'hui la promotion ?**

Maintenant la promo commence à être intéressante parce qu'il n'y a plus grand-chose à faire. Il n'y a pour ainsi dire plus du tout d'émissions musicales à la télévision. Les radios passent de moins en moins de disques. Donc nous ne sommes pas très sollicités... Ça va ! *(Rires.)* Quant aux *talk-show* où il faut avoir de la repartie et la verve des brèves de comptoir, je m'y plie si j'y suis obligé. Si je peux éviter, j'évite. Ce n'est pas du tout du snobisme mal placé ou du mépris. C'est simplement que je ne sais pas m'y prendre. Je suis chanteur et acteur, je ne suis pas là pour parler de la cravate de Sarkozy.

**Vous lisez la presse ?**

Oui. Tous les jours. Je lis presque tout. Je finis toujours par *Libération* parce que c'est le plus chiant, mais c'est sûrement le moins con. *(Rires.)* Je commence par *Le Parisien*. Ensuite je faisais il y a peu de temps encore les mots croisés de *France-Soir*, avant qu'il ne disparaisse. Ceci explique cela, les mots croisés étaient le seul intérêt de ce journal. Je parcours ensuite *Le*

*Figaro* dans le taxi et je termine donc par *Libération*. Je suis très attaché au rapport physique avec le papier. C'est une question de génération. Les jeunes gens qui ont aujourd'hui entre vingt et trente ans s'en foutent totalement. On voit souvent dans les avions ou autres transports les gens qui lisent leur journal sur leur petite tablette à bonbons…

**Avez-vous déjà trouvé des idées de chansons suite à la lecture du journal ?**

*Var Matin* pourrait être une source inépuisable… Je me souviens d'une chanson que j'avais écrite, que je voulais essayer de concrétiser mais qui n'a pas abouti. Elle était justement inspirée d'un fait divers qui m'avait fait hurler de rire. Un type avait été transporté d'urgence en pleine nuit à l'hôpital, car il s'était cassé le pied avec son fusil de chasse. Comment peut-on se débrouiller, en pleine nuit, pour s'éclater le pied avec une arme ? Le mec était devant sa télé avec son fusil de chasse – ce qui est bien normal… *(Rires.)* –, il regardait un film d'épouvante et il a eu peur ! *(Rires.)* Et il a tiré mais au lieu d'atteindre la télé, il a tiré dans son pied ! C'est joli et cela faisait un beau sujet pour une chanson, mais je ne l'ai pas finie. Cela commençait par « Je prends mon pied »… J'adore les faits divers. *Var Matin* a le don de me faire beaucoup rire. Et ce sans aucun mépris de ma part. Simplement, ces journalistes nous remettent un peu les pieds sur terre… Quand il y a eu la déclaration de la guerre du Golfe, la fameuse « Tempête du désert », tous les quotidiens titraient en première page : « L'Irak en flammes. » Sauf dans *Var Matin*, où l'information était traitée en tout petit, comme un encadré en bas du journal. En une, plastronnait le mec qui avait trouvé la plus grosse tomate du Var... *(Rires.)* C'est merveilleux.

**Malgré cette « désabusion », expression de Nino Ferrer, vous l'aimez vraiment notre époque ?**

Je la trouve marrante, même passionnante. Maintenant les nouvelles sont extraordinaires parce qu'elles vont très vite. Elles sont souvent naïves et sincères d'ailleurs. Quand vous constatez finalement que l'on n'a pas renvoyé Berlusconi pour son incapacité ni pour ses frasques sexuelles... De même pour Papandréou, dont la façon de diriger n'a pas tant compté que cela. Et puis rebelote quelques semaines plus tard pour Zapatero... Ils ont été congédiés parce que les pays qu'ils dirigent n'ont plus d'argent ! *(Rires.)* Maintenant, cela veut dire que c'est le Crédit Lyonnais qui dirige... J'aurais dû y rester finalement ! *(Rires.)* Non mais c'est vrai, les banques sont les maîtres du monde ! Elles gouvernent sans avoir été élues. Je comprends donc très bien les manifestations des Indignés. Je trouve cela charmant, idéaliste et aussi finalement assez sain. Ils sont très bobo-baba cool mais ils déstabilisent la logique de la suprématie américaine. C'est pas mal ces Indignés qui font tout à coup œuvre de blasphème dans un pays où, il ne faut pas l'oublier, Dieu croit au dollar ! C'est écrit sur les billets...

# 9

# « On veut des légendes »

**Le moment est venu d'évoquer « le temps des copains » et en premier lieu, bien sûr, Johnny Hallyday. Vous l'avez rencontré alors qu'il était encore Jean-Philippe Smet...**

Oui, et moi j'étais Claude Moine... (*Rires.*) Ah non je dis une bêtise, lui était inconnu mais il s'appelait déjà Johnny Hallyday ! Il était une attraction, programmée à L'Astor qui était un cabaret parisien où siégeait entre autres le fan club de Paul Anka. Flanqué d'un bassiste et d'un batteur, il y chantait des tubes de Lonnie Donegan[1], dont « Tom Dooley », une vieille chanson populaire de Caroline du Nord, ou surtout « Dead or Alive », un titre qu'il adorait et que d'ailleurs nous aimons bien reprendre de temps en temps pour se faire plaisir. Tout le monde connaît son histoire, celle d'un enfant de la balle, recueilli par sa tante suite à la séparation de ses parents. Hélène Mar, la sœur aînée de son père, était danseuse. Elle fréquentait donc le monde du spectacle, avec ses deux filles Desta et Menen, et c'est elle qui en

1. Légende britannique du skiffle. Un genre musical qui a largement influencé le rock des années 60.

a donné le virus à Johnny. Ce dernier a même pris des cours de danse, et il a appris à jouer de la guitare dans le cadre de ce petit show familial. Il est monté sur scène très tôt, il a interprété du Brassens et des chansons de cow-boy, style « Davy Crockett ». C'était un vrai saltimbanque formé par son cousin Lee et sa femme Desta et participant à leurs numéros.

**C'est vrai que votre première rencontre s'est scellée autour d'une surprise-partie où il vous a piqué des disques, ou est-ce une légende ?**

C'est vrai. Nous étions tous les deux invités à une surprise-partie qui avait lieu près de la place de la Trinité qui, comme vous le savez, était un haut lieu du rock'n'roll puisque c'était le point de ralliement et de rendez-vous de tous les copains qui allaient ensuite au Golf-Drouot. Ce jour-là, chacun avait apporté des disques. C'était d'ailleurs la tradition. Moi j'avais amené ceux de Gene Vincent qui étaient rares à l'époque. À la fin de la fête chacun avait récupéré les siens, sauf moi. Bizarrement les miens avaient disparu. J'étais évidemment très énervé. Je les cherchais partout. En vain. Dépité, je descendais les escaliers de l'immeuble, toujours à la recherche de mes disques, espérant peut-être rattraper le voleur, et soudain j'ai aperçu Johnny en train de discuter avec la concierge. Il lui disait en douce :
« Je repasserai les prendre demain. »
Et oui… Mes disques de Gene Vincent, il se les était précieusement mis de côté ! L'entame de la conversa-

tion a donc été un peu violente, mais allez savoir pourquoi, nous avons très vite sympathisé :
« Alors comme ça, tu aimes Gene Vincent ? »
Et Johnny, pas fier et tout de même un peu penaud, de me répondre :
« Oui, oui, bien sûr. »
Ce qui nous reliait était plus fort que ce qui pouvait nous séparer. Après tout, nous n'étions pas nombreux à aimer ou à connaître – pour le peu que nous pouvions en connaître – le rock'n'roll. Cette musique débutait à peine, et pour nous autres franchouillards, elle était encore synonyme de révolution ou de plaisirs interdits.... Quelques jours plus tard, il m'a proposé de venir le rencontrer chez lui. Il habitait rue des Martyrs dans le IX^e^ arrondissement de Paris :
« Tu verras j'ai des partoches qui viennent des États-Unis ! »
Et, détail qui m'avait frappé, je me souviens qu'à l'époque sa grand-mère me regardait d'un air suspicieux. Elle lui avait dit :
« Méfie-toi, celui-là, il veut chanter ! »
Johnny avait des 45 tours d'import US, dont notamment celui de *Don't knock the rock* de Bill Haley, le disque Decca américain, qui était une petite rareté et une preuve de qualité ! Et donc je lui avais emprunté. Notre amitié a commencé là. Tout en étant deux personnalités très différentes, nous avons eu ce sentiment d'être unis peut-être par la même passion, et aussi par cette époque qui, paradoxalement, nous regardait comme des benêts. Lui s'est mis à chanter légèrement avant moi, mais lorsque j'ai débuté avec les Chaus-

settes Noires, nous nous rencontrions souvent dans les mêmes lieux, avec les mêmes gens attirés comme nous par cette musique. C'est autour de ces connivences, de ces connections parallèles que notre amitié est ainsi née. Johnny fait partie intégrante de ma vie ! De toute façon il est un ami de plus de cinquante ans... qui ne m'a jamais trahi. *(Rires.)*

**Et peut-on être ami pendant cinquante ans avec quelqu'un de si différent ? Artistiquement vous n'avez pas du tout suivi le même chemin, intellectuellement non plus...**

Non... C'est étrange mais c'est ainsi. Johnny et moi aimons les mêmes choses, même si nous les aimons de façon différente. Lui, lorsqu'il affectionne une musique, un groupe, un film, c'est toujours d'une manière peut-être un peu trop exagérée. C'est un excessif. Pourtant tous les deux, nous défendons le bon rock'n'roll. Cela n'intéresse plus grand monde aujourd'hui mais nous le savons, et finalement ce n'est pas si grave. (*Sourire ému.*) Nous adorons la country, même si tout le monde s'en fiche, nous cela nous fait du bien... Nous apprécions le bon côté des États-Unis. Lui, il est capable d'y vivre, moi pas... Même s'il peut en revenir aussi. Nous avons donc plein de points communs et puis nous nous sommes offert de belles et véritables preuves d'amitié ! Ce sont des sentiments qui ne s'expliquent pas facilement, qui nous paraissent tellement évidents... Je pourrais très bien me fâcher avec lui mais cela ne pourrait pas durer, c'est comme ça ! Et j'avoue que je

suis souvent blessé lorsqu'on le critique. L'amitié qui nous relie est sans faille.
Comme tous les copains, nous avons eu des petits moments de froid. Nous n'étions même pas fâchés, juste agacés l'un et l'autre par des on-dit qui sont la spécialité des entourages dans le showbiz. Ce sont toujours des propos rapportés qui sont censés nous faire du mal et qui paradoxalement ont renforcé notre relation. Parce que nous avons au fond ce que les autres ne peuvent pas avoir. Ce lien qui est le nôtre. Celui de deux très jeunes adolescents qui ont connu une époque incroyable. Je l'ai connu, il avait quatorze ans, moi j'en avais quinze... C'est une sorte d'amitié étrange. Un peu comme celle que j'ai pu nouer avec Eddie Barclay, même si la teneur de l'histoire est encore différente. Nous n'avons pas besoin de beaucoup nous parler pour nous comprendre et pour communiquer d'une façon plus générale. En revanche nous éprouvons le besoin très marqué de nous toucher, c'est tout de suite très physique entre nous... Johnny et moi, on se palpe. En tout bien tout honneur, bien sûr ! Mais lorsqu'on se voit enfin, le plaisir est si fort que l'on doit se le montrer.
Nous faisons tout pour que la relation soit entretenue. Surtout par le biais du téléphone. Aujourd'hui il a une vie qui est assez dispersée au niveau de ses lieux de résidence. Alors je m'adapte. Comme je ne suis pas un grand voyageur, que je n'aime pas l'avion ni le bateau, c'est parfois difficile. Récemment quand il a joué sa pièce de théâtre à Paris, nous nous sommes vus davantage. Tenez, voici encore une fois l'illustration que ce

mec est unique. Il faut être très honnête : si Johnny n'avait pas été la tête d'affiche, la pièce *Paradis sur terre* n'aurait duré que deux jours tellement elle est mauvaise. C'est mon point de vue et, encore une fois, c'est la faute de ce sacré Tennessee Williams.... C'était une pièce vieillotte avant même d'être jouée. Elle n'est toujours pas plus intéressante depuis. Les trois comédiens étaient bons, notamment Johnny qui était franchement épatant. Déjà sa présence sur scène provoque un sentiment indicible dans la salle qui vous montre ce qu'est le charisme. Et, comme en musique, il nous a offert la preuve qu'il pouvait le faire. Chapeau !

**On vous oppose souvent : « Eddy Mitchell l'intelligence contre Johnny la connerie... »**

Me croirez-vous si je vous dis que c'est faux ? L'explication en est simple. Johnny a donné des coups de bâton pour se faire battre surtout lorsqu'il est tombé dans le jeu de la peopolisation. À force d'être toujours au front, devant les flashes des objectifs et des caméras, on finit par le payer. Et l'addition est souvent salée. Je n'ai jamais eu à subir cette pression. Voilà où se situe la différence fondamentale entre nous. La mécanique du people est implacable et elle dévaste tout sur son passage. Et il est vrai que Johnny historiquement est devenu l'un des premiers héros people sans l'avoir réellement voulu lui-même. Disons qu'il avait au début de sa carrière un entourage qui était en train d'inventer ce système. Il n'a rien vu venir. Il s'est laissé prendre au piège et il n'a jamais pu vraiment s'en défaire.

Mais la grande force de Johnny est de pouvoir aussi se sortir de toutes les mauvaises situations. Même lorsqu'il s'agit d'options artistiques que l'on peut juger hasardeuses. Il possède la force d'un vrai caméléon. Sur un plan professionnel, je trouve que c'est un type qui est unique au monde. Je dis bien unique. Il a fait tellement de choses différentes. Il a exploré presque tous les styles, toutes les modes. Avec à chaque fois une force de conviction, du cœur, de la sincérité qui produisaient l'effet recherché. À savoir que cela passait toujours. En effet, il n'y a que Johnny qui peut passer de la mitraillette de « Bonnie and Clyde » aux hippies avec une facilité évidente. Il peut enlever ses fleurs dans les cheveux et vous le retrouvez en Hamlet sans transition. Quelques années plus tard, il est devenu Mad Max avant de chanter les louanges de Tennessee Williams ! Lui, dans la musique c'est un vrai comédien, pas un acteur. Il peut tout endosser. À priori quelqu'un d'un peu connu qui prendrait les mêmes risques que Johnny ne pourrait jamais s'en remettre. Lui si ! Johnny en cela est, selon moi, très proche d'Elvis ! Avec certainement le même charisme.
Pour le reste, nous sommes des personnages publics avec ce que cela comporte comme contraintes. Nous avons le droit d'être soumis au jugement des autres, aux attaques sur nos défauts et nos petits travers. Lorsqu'on caricature Johnny, il faut accepter. Sauf lorsqu'il s'agit des Guignols qui s'emparent de lui pour caricaturer son physique et sa bêtise supposée. Jusque-là ils ne le charriaient que là-dessus. Les auteurs sont des gens que j'admire et que j'aime, ils font de l'hu-

mour et il ne se passe pas un jour ou presque sans que je les en remercie. Mais lorsqu'ils s'attaquent à la vie privée et à la personnalité de leurs « victimes », moi je pense aux proches de ces dernières. Ces gens-là ont eux aussi une famille, des enfants qui vont à l'école, et ce n'est pas toujours facile pour eux. Je sais que ma petite filleule, Laura, en a beaucoup souffert.

Ensuite, on peut lire beaucoup d'idées reçues qui font le miel à bon marché des journalistes. Eddy Mitchell serait donc l'intellectuel ou le cérébral, et Johnny Hallyday incarnerait l'instinctif. Ni lui ni moi n'avons eu un cursus scolaire permettant de nous opposer véritablement sur l'apprentissage de la culture dans l'Éducation nationale. En nous opposant finalement, on semble souvent dire que l'un serait davantage dans le fond, et l'autre plus dans la forme alors qu'au-delà de nos similitudes, nous avons surtout des emplois totalement différents.

En premier lieu, ne serait-ce qu'au niveau de la production artistique. Johnny réussit des choses dont je serais absolument incapable, notamment en matière de spectacles. Il aime le gigantisme, les grandes scénographies, les mises en scènes épiques. Moi, cela ne me convient absolument pas. Idem en ce qui concerne les chansons. Le fait qu'il n'écrive pour ainsi dire aucun de ses textes lui permet une ouverture pour aller vers des styles et des univers très variés. Il peut partir explorer des formes musicales nouvelles ou à priori insoupçonnées, ce que je ne me permets pas. Donc il possède cette liberté qui est celle de l'audace. Pondre ses propres titres vous contraint d'une certaine façon à rester peu ou prou dans le même registre. Et je ne pense pas qu'il ait été réellement complexé par le fait de très peu écrire ses chansons. On a d'ailleurs tendance à oublier qu'il en a signé quelques-unes qui ont fait mouche ! Ne serait-ce que « Toute la musique que j'aime » – co-écrite avec Michel Mallory – qui est toujours dans l'air du temps et qui est devenu un grand classique. Et peut-être un de ses grands tubes qui le résume le mieux. Il ne peut pas quitter la scène sans avoir chanté ou au moins entonné cette chanson. Johnny est un instinctif comme je le suis, mais d'une autre manière. Il sent les choses, c'est certain, comme moi je les sens dès lors qu'il faut que je me mette au travail. Si je n'ai pas une carotte, comprenez : une date de sortie de disque, une date de tournée... pourquoi voudriez-vous que j'écrive des chansons ? L'échéance taquine mon instinct.

**Vous demande-t-il parfois un conseil artistique sur des titres ?**

Oui, mais... cela ne sert à rien. C'est une forme de politesse. Johnny connaît son métier sur le bout des doigts et s'il a choisi une chanson, votre avis lui importe peu. C'est lui qui, de toute façon, a raison. Même s'il vous la fait écouter en vous demandant bien gentiment ce que vous en pensez, il a déjà tranché. Il va la sortir.

**Et vous, vous lui faites parfois écouter des chansons pour lui demander son avis ?**

Non ! Il ne faut pas rêver. Entre nous, nous avons tant de choses à nous dire qu'heureusement nos rapports ne sont que très rarement musicaux ! Non pas que nous soyons à des années-lumière artistiquement, mais lorsque nous nous voyons, le plaisir est tel que l'on ne souhaite pas parler boutique !

**Comment avez-vous vécu ces deux dernières années où Johnny est allé au-devant de l'actualité, cette fois contre son plein gré. Notamment au moment de ses ennuis de santé…**

Vous voulez que je m'énerve ? En premier lieu, j'ai ressenti une profonde tristesse liée à son état de santé. J'étais terriblement inquiet et mal de savoir que mon ami souffrait. Et cette inquiétude a été salie et amplifiée par la sarabande de people qui faisaient la danse des sept voiles, entraient dans une salle d'hôpital où se trouvait un mec dans le coma avec l'espoir peut-être de se faire prendre en photo. C'était dégoûtant. J'étais extrêmement touché et vous auriez voulu que l'on m'entende ? Dans ce genre de situation, je n'ai pas d'avis à avoir. Seulement de la compassion et de la douleur, et ces sentiments intimes ne regardent personne !
Il était question que j'aille là-bas comme on a toujours besoin d'aller rendre visite à un proche qui souffre, mais je n'avais pas du tout envie d'aller voir mon pote avec des tuyaux partout, qui ne voyait ni n'entendait

rien... *(Silence.)* Pour au bout du chemin me trouver face à une haie de micros indécents et honteux. Et lorsque vous savez que la France reste l'un des pays les plus épargnés au niveau de la peopolisation, vous imaginez dans quel tas de merde cette histoire aurait été engluée en Italie ou en Angleterre. Ce sujet pourrait me rendre violent. Les gens doivent le sentir parce qu'ils ne m'importunent pas trop dans ces cas-là... Rendez-vous compte, il a tout de même été question d'organiser des préparatifs d'obsèques nationales sur les Champs-Elysées ! Ils étaient vraiment mignons tous... Pour eux, il était déjà mort...

**Vous en avez parlé avec lui ?**

Non. *(Silence.)* En premier lieu, lorsque nous nous sommes revus, la vie était revenue et, décidément, la vie est un plus beau sujet de conversation que la mort. Ensuite, je vous répondrais que ce n'était pas à moi de lui parler d'un drame qu'il est le seul à avoir vécu de l'intérieur. Nous avons mieux à faire et à se dire que de parler de la lie de l'humanité...

**Est-ce que cela vous a encouragé à maintenir une distance vis-à-vis des médias ? Une méthode qui vous a permis d'être davantage épargné.**

Je n'ai heureusement pas eu besoin que mon ami Johnny bascule dans le coma pour être conforté dans cette méfiance naturelle. Je ne peux pas me résoudre à exercer un métier qui consisterait à être toujours dans le paraître. Je l'ai découvert presque par hasard.

On est venu me chercher et je me suis lancé pour me faire plaisir. J'ai donc décidé de faire sérieusement ces choses qui ne le sont pas. Mais ça s'arrête là ! Peu importe de savoir que George Clooney est amoureux d'un mulot par exemple. *(Rires.)* J'ai toujours accepté le minimum de concessions pour vendre tel disque ou telle tournée.

**Vous n'avez jamais eu de paparazzi à vos trousses ?**

J'en ai eu quelques-uns qui se sont fatigués tout seul ! Aujourd'hui le plus drôle, c'est que tout le monde peut devenir paparazzi grâce aux téléphones portables. Ils vont nous casser le métier ! Il n'y a pas très longtemps, j'étais avec ma femme à Saint-Barth, nous faisions des courses comme n'importe quel couple en vacances… En même temps, les courses y sont vite faites depuis que c'est devenu une annexe de la rue de la Paix. *(Rires.)*
J'ai fini par repérer une petite gonzesse, très mignonne au demeurant, qui n'arrêtait pas de tourner autour de nous. Comme le village est minuscule, on ne faisait que la croiser. Mais elle semblait tout à fait discrète… Puis nous allons à la plage, et évidemment on se vautre. Et qui se pointe gentiment devant nous ? Toujours la même fille qui ne faisait rien de spécial. J'oublie cette histoire… Quelques jours plus tard, nous étions dans *Voici* ! Cette jeune nana délicate était persuadée que je n'étais pas avec ma femme ! Ça valait bien un cliché pourri sur son mobile. Le pire c'est que chez *Voici*, ils n'ont pas vérifié…

« Eddy Mitchell avec sa nouvelle compagne ! » en guise de légende. *(Rires.)*
J'aime tellement ma femme que je ne sors qu'avec ses sosies.

**Pour rester dans le registre des légendes, comment regardiez-vous Claude François ?**

Claude était un ami. Je l'ai connu quand il avait encore son premier grand nez. *(Rires.)* Il s'appelait Claude « Coco » François. Il n'était pas encore batteur, seulement percussionniste d'Olivier Despax qui était un des meilleurs guitaristes de jazz français et qui avait fondé un groupe, Les Gamblers. Il a débuté au Caramel à Paris, dans le VIII$^{e}$, rue Pierre-Charon, en matinée dansante, mais il s'est fait virer assez vite par Despax parce qu'il ne tenait pas en place. Un bon percussionniste doit être à la hauteur de sa tâche et, lui, il n'avançait tous les jours que pour supplanter le chanteur ! De guerre lasse, Despax a fini par lui dire un jour :
« De l'air ! »
Mais nous sommes devenus potes. Il était touchant parce qu'il avait la rage et à ce moment-là il avait aussi besoin d'argent comme tout le monde. Nous, avec les Chaussettes Noires, nous étions déjà des vedettes, et on a voulu l'aider. Nous tournions alors le film *Comment réussir en amour ?* Et nous avions réussi à l'imposer comme chorégraphe. Il était content, sauf que là encore il n'a fait qu'une journée sur le tournage. Toujours cette rage de vaincre qui faisait qu'il ne pouvait pas se restreindre à son activité initiale. Il fallait qu'il se mette en avant, qu'il

se vende. Ainsi, il a débarqué un matin en plein tournage, au milieu d'une prise, essayant de nous vendre sa petite biographie et son disque en arabe *Nabout twist*. Le réalisateur, ni une ni deux, lui a ordonné :
« Dehors ! » *(Rires.)*
Après, je l'ai retrouvé au moment de « Belles, Belles, Belles ». Il était enfin un peu rasséréné et, entre-temps, il s'était fait refaire le nez – qui n'était pas très réussi, mais qui était déjà mieux que le précédent. Oui, on n'imagine pas, il avait un vrai tarin qui fendait la bise *(rires)* et qui le complexait. On l'appelait Coco, et pour se foutre de lui on disait qu'il pouvait mettre quatre paires de lunettes ! Malheureusement on n'a plus de photos de l'époque ! Il a tout fait disparaître dès que son premier disque est passé sur toutes les radios. Mais ce mec était un amour. Avec moi, tout au moins, il était respectueux, attentionné et assez drôle. Souvent d'ailleurs à son insu.
J'ai vécu des aventures incroyables avec Claude François. C'était le type de personnage qui n'avait vraiment pas de bol, à un point que nul ne peut concevoir ! Je me souviens notamment d'un déjeuner près de Bobino où nous devions participer tous les deux à une séance photo car nous partagions les mêmes locaux pour travailler. Il y avait alors des studios de répétitions et d'enregistrement côte à côte. Je réalisais des maquettes pendant que lui répétait pour partir en tournée. Comme d'habitude, avec son caractère légendaire, il engueulait tout le monde, son équipe, ses musiciens, et notamment ce jour-là son batteur à qui il ne cessait de répéter, ulcéré :

« Mais tu vas jouer, espèce de minable que ta mère a chié sur la fontaine des trois serpents venimeux ! » J'étais assez épaté par ce sens de la formule assez inédit. *(Rires.)* Une riche considération ! Et le problème c'est que cela faisait cent fois que son musicien subissait l'insulte. À la cent unième fois, il a craqué. Il lui a mis un beau coup de poing et son nez est tombé direct ! Au revoir le joli nez tout refait... Donc le SAMU est arrivé et il a été arrêté quelques jours. Et nous avons ainsi reporté la séance photo.
Claude est revenu cinq jours plus tard avec son bandage sur le nez et il n'en menait pas large. L'incident était clos, mais pour la photo ce n'était pas terrible. Donc nous avons attendu un peu. Le jour où il fut enfin rétabli nous avons eu affaire à un photographe que nous ne connaissions absolument pas. Il avait repéré des escaliers et nous a demandé de nous y installer, nous expliquant que lui allait se positionner sur le toit d'une camionnette garée à côté pour prendre des clichés vus d'en haut :
« Cela va faire une photo magnifique. »
Nous nous exécutons avec Claude et, au moment où il a appuyé sur le déclencheur, la camionnette a démarré ! Nous n'avons jamais revu le photographe et dans l'énervement Claude, toujours survolté, s'est pris en pleine figure des portes battantes ! Pile poil dans le nez. Retour à l'hôpital encore une fois avec son nez en bouillie... C'est ce qu'on appelle être marqué. (*Rires.*)
Claude était avant tout un musicien, un fou de la Motown et l'un des rares Européens blancs avec Bobby Darin à avoir enregistré dans le studio Motown à

Detroit en 1971 la reprise de « It's the same old song » qui est devenue « C'est la même chanson ». Il s'était d'ailleurs plaint et étonné de la vétusté de ces studios de légende ! Claude était quelqu'un avec lequel on pouvait vraiment parler musique. Même si nos chansons n'étaient pas dans le même monde, il était un passionné, très curieux, avec un talent de vrai producteur. Comme il disait souvent lui-même, il ne cherchait jamais à se faire plaisir. Il n'avait pas cette posture de l'artiste qui souhaite à tout prix convaincre par des choix artistiques pointus. Il ne chantait pas pour séduire la presse – à part la sienne… –, l'intelligentsia, même si parfois il aurait sûrement aimé être plus reconnu. Claude n'avait qu'une religion : l'efficacité qu'il mettait avec une conviction enragée au service du public. Le public, encore et toujours le public !
Les rares fois où il prenait des risques, il n'obtenait pas le même succès… Je me souviens d'une chanson en 1965 « Quand un bateau passe » qui était plutôt jolie, mais qui n'avait pas accroché. Donc il revenait toujours à des titres plus immédiats et plus accessibles. Nous avons eu l'occasion d'effectuer une petite tournée ensemble lorsqu'il débutait. Il n'avait que quelques mélodies à son répertoire dont le fameux « Belles Belles Belles ». Lorsque nous avons démarré, je suis arrivé évidemment avec mon équipe et surtout, nouveau luxe pour l'époque, ma sono… J'étais extrêmement fier parce que je possédais à l'époque la sono qui tuait, la Semprini italienne, qui était un peu la Rolls dans le domaine et qui permettait surtout d'avoir un bon son pour nous artistes, mais aussi pour le public qui était

quand même très bruyant à cette époque. C'était un matériel technique de grande qualité qui nous a autorisés à nous produire dans des salles plus grandes, qui n'avaient pas forcément l'habitude de nous accueillir. Claude m'avait demandé si je ne serais pas dérangé s'il installait lui-même sa propre sono pour son concert. C'était franchement rare qu'une première partie puisse avoir ce genre d'ambition. Mais étant très attaché au son qui était un vrai casse-tête dans ces années-là, je lui ai donné mon accord. Et je lui ai conseillé d'aller voir directement les techniciens pour la faisabilité. Et tenez-vous bien, il avait loué une sono américaine à tomber, un matériel formidable que nous ne connaissions pas mais qui était effectivement encore supérieur au nôtre. Alors je lui ai simplement expliqué que cela ne valait pas la peine d'installer ma sono et lui ai demandé si je pouvais me brancher sur la sienne. Et Claude m'a répondu :

« Pas de souci. »

Le mec était vraiment gentil avec moi. Je me souviens que nous étions au Cirque d'Amiens et que pour accéder sur la scène qui était assez haute, je devais emprunter un escalier de la mort. Comme je suis myope, ce qui n'arrangeait rien, j'avais beaucoup de difficultés pour monter sur cette scène. C'était ridicule, il fallait presque y aller à quatre pattes… Le soir, je suis sorti de scène, puis je suis revenu saluer le public mais au lieu de redescendre, j'ai sauté dans le vide et j'ai atterri, je ne sais plus comment, sur la luxueuse console de son de Claude… Que je lui ai évidemment bousillée ! Je ne

savais pas comment faire pour m'excuser. Et Claude ne m'a absolument rien dit, si ce n'est :
« Ce n'est pas grave. »
Alors qu'elle n'était pas à lui, qu'il l'avait louée une petite fortune ! (*Rires*). Cet exemple prouve que Claude n'était pas systématiquement odieux et, aussi, qu'il était poursuivi par une sorte de malédiction !

**Dans les yéyés, vous connaissiez Sheila ?**

Je n'ai pas de souvenirs précis avec elle. Ce n'était pas du tout mon monde. J'étais étranger aux yéyés. Nous nous côtoyions par la force des choses mais c'était tout. Comme je n'étais pas particulièrement fasciné par cette musique-là, il ne pouvait pas y avoir de connexion. Et puis je trouvais que Sheila proposait des titres qui étaient destinés aux petits. C'était à la chanson ce que Nounours, Nicolas et Pimprenelle étaient à la série télé pour enfants. Elle correspondait également à l'arrivée d'une nouvelle race de producteurs dont le sien, Claude Carrère qui ne manquait pas d'imagination ! Je sais que pour la première tournée qu'elle devait effectuer – et qu'elle n'a pas pu faire immédiatement –, Carrère m'avait proposé qu'on partage l'affiche. Il n'avait rien trouvé de mieux que de me dire pour m'appâter :
« Nous allons reformer les Blue Caps, cela va être énorme ! Et cela va te faire plaisir. »
Les Blue Caps, laissez-les où ils sont... C'était le groupe de Gene Vincent. Tous les arguments étaient bons ! Moi franchement, je ne sentais pas du tout cette his-

toire, vous imaginez l'affiche tout en contraste : les Blue Caps, Eddy Mitchell et Sheila. Rien n'arrêtait l'ambition de ce gars-là…

**Et Sylvie Vartan ?**

Elle était déjà dans le circuit depuis un moment. Sylvie était un amour, un bonbon. Je l'aimais beaucoup. D'abord, c'était une fille très très jolie, ce qui ne gâchait rien *(rires)*, et qui a tout de suite montré qu'elle possédait une force et une intelligence assez incroyables pour pouvoir traverser cet ouragan permanent dans lequel elle s'était retrouvée coincée suite à son histoire d'amour avec Johnny. Elle avait un détachement par rapport à ce métier qui était peu courant. Elle n'avait pas forcément envie de chanter au début, elle rêvait plutôt d'être comédienne. Elle savait pertinemment que chanter nécessitait pour elle un effort, que ce n'était pas simple. Elle s'est donc livrée à une sorte de bataille personnelle. Et comme c'était déjà une conquérante et une travailleuse, elle a réussi à mener à bien sa vie professionnelle et à s'accomplir artistiquement.

**Françoise Hardy ?**

Françoise ? Elle est incroyable. Elle a toujours eu une froide distance insondable avec son métier… On avait toujours l'impression que rien n'allait, que tout était difficile, laborieux et que, quoi qu'elle puisse réaliser artistiquement, elle n'était jamais contente. Et même lorsqu'elle réalisait qu'elle provoquait malgré tout des

louanges hallucinantes, des fantasmes au sein de la scène pop anglaise, elle semblait impassible...
Je crois que je peux vous raconter une anecdote et qu'elle ne m'en voudra pas. Il n'y a pas si longtemps je commande en Allemagne les quatre coffrets qui comportent chacun cinquante CD, plus DVD, de tous les disques et prestations du groupe les Everly Brothers. Et un soir, je tombe sur un document à tomber par terre. Je découvre une émission des Academy Awards Music datant de 1967. Ce sont les Everly Brothers qui gagnent, mais dans le même programme vous avez Burt Bacharach qui passe, puis Quincy Jones, et tout à coup Françoise Hardy, telle une apparition, qui vient chanter « The girl from Ipanema »... Elle est d'une beauté extraordinaire et elle chante divinement bien. Je trouve cela incroyable. La classe ! Je l'appelle donc pour lui dire :
« J'ai un document extraordinaire qu'il faut que tu voies absolument. »
Je lui explique le contenu de l'émission et, au bout d'une minute, elle me répond :
« Cela ne m'intéresse pas, merci Eddy ! »
Et moi, j'étais si fier d'avoir trouvé cette rareté qui en plus vaut sûrement son pesant de nougat ! Eh bien non, elle me rétorque :
« Je m'en fous. »
C'est ça Françoise. *(Rires.)*
Mis à part ça, je l'adore et elle a toujours porte ouverte chez moi. Je me souviens aussi que nous avions participé ensemble à une comédie musicale pour la télévision totalement improbable. Cela s'appelait *L'Homme*

*qui venait du Cher,* et c'est définitivement un grand moment de télévision que mon fils a retrouvé dans ses recherches mais que je n'ai jamais osé regarder. Cela doit être assez terrifiant... Tout était parti d'une circonstance économique. Nous arrivions à la fin de l'année 1969, et il restait du pognon qui devait être dépensé avant le nouvel exercice de la Société française de production (SFP). Et comme ça, un beau jour on est venu me demander :
« Tu n'aurais pas une petite idée pour dépenser cet argent ? »
Vous imaginez quelqu'un vous dire cela aujourd'hui... Et j'ai répondu sans trop réfléchir :
« On va écrire une comédie musicale qui sera en fait un petit western. »
Dans la distribution, il y avait les Charlots qui incarnaient bien sûr les Dalton, avec moult références au cinéma. On ne lésinait pas non plus sur les effets spéciaux ! Je me souviens qu'on les avait obligés, pour les bienfaits de ce grand scénario, à se glisser dans une bassine ridicule avec de la lessive pour que cela mousse, alors qu'il faisait – 2° C et qu'ils avaient les couilles toutes rétrécies ! Antoine incarnait le méchant qui veut s'occuper de tout le village. Il y avait également Ivan Rebroff qui était une immense star à qui, en bon Russe qui se respecte, nous avions décidé de faire endosser le rôle d'un Indien. Je passais mon temps à lui demander mon chemin en imitant l'accent de l'Indien. Quant à Françoise Hardy, elle jouait évidemment la belle héroïne que j'apprivoisais avec... du saucisson ! Et le pire, c'est que tout le monde avait joué le jeu, et

s'était bien amusé, Françoise en tête d'ailleurs. Ce qui prouve qu'elle peut être très rigolote. Moi, j'étais le héros, mais celui bien ringard. Nous avions cette capacité à jouer de tous les impondérables. Nous venions de terminer une journée de tournage, où j'arrivais à cheval dans un faux ranch pour donner une leçon d'équitation aux Charlots... Je vous jure que nous n'avions rien consommé. On coupe en fin de journée. Le lendemain, lorsque l'on a repris le tournage, il avait neigé toute la nuit ! Sans scrupule aucun, nous avons fait un raccord avec la mise au point d'un gros plan sur moi qui lançait d'un air inspiré :
« Tiens, il a neigé ! »
C'était énorme. C'était Pierre Desfonds, avec lequel j'étais très ami, qui réalisait et que j'aimais vraiment beaucoup. Ce sont malgré tout des beaux souvenirs... mais pas au point de subir le nouveau visionnage d'une telle œuvre.

**Pour rester dans la famille, vous êtes toujours aussi proche de Jacques Dutronc ?**

Dutronc, c'est comme Johnny. C'est la famille. Jacques faisait partie de la bande de la Trinité qui traînait toujours au Golf-Drouot, entre autres. Je ne le connaissais pas bien à l'époque, mais il ne m'a jamais piqué de disque, lui ! *(Rires.)*
Il travaillait en tant qu'assistant directeur artistique de Jacques Wolson pour le label Vogue. Il s'ennuyait ferme alors qu'il était très bon musicien et qu'il avait envie de jouer. En 1963, tandis que les Fantômes m'ac-

compagnaient sur scène, le guitariste Dean Noton a été contraint de rentrer chez lui, en Angleterre, pour des raisons familiales pendant trois semaines. Et c'est Jacques qui l'a remplacé sur scène. Il a donc joué avec moi, il y a d'ailleurs pas mal de photos de nous à cette époque. À ce moment-là, Jacques n'était pas le beau gosse qu'il est devenu. Il avait les cheveux coupés en brosse et, comme il était très myope, il portait des lunettes à triple foyer. On ne peut pas dire qu'il était aidé... Comme il le disait lui-même :
« Je suis obligé de faire des "opérations gitanes" pour attraper les filles. »
À savoir qu'il enfilait son imper et se courbait, faisant l'aumône aux gonzesses pour qu'elles veuillent bien faire attention à lui. C'était irrésistible.
« Pitié, s'il vous plaît, madame, regardez-moi »...
J'ai toujours adoré ce qu'il chantait, même les chansons les moins connues. Ensuite, il a fait partie d'un groupe qui s'appelait El Toro et les Cyclones qui était d'un exotisme musical très intéressant pour l'époque. C'était un spectacle extraordinaire. *(Rires.)* Le chanteur, Daniel Dray, dit El Toro, du fait de sa carrure massive, était gentil comme tout. Et le spectacle de cette énorme baraque affublée d'un débardeur des Galeries Lafayette valait le détour... Mais rendons à El Toro ce qui lui appartient. Jacques s'est inspiré de lui pour populariser cette forme de texte en yaourt que le public ne connaissait pas forcément. Par exemple, *« Et la fauchonne conne d'you »* de son fameux « Merde in France » vient d'El Toro. Il reprenait aussi « Tiger », le tube de Fabian, et faisait *« Ah la fauchonne conne d'you, lavabo*

*Mouloudj, crazy night, rock a tiger* ». Voilà ! Ça passait ou ça cassait. Et il faut bien le dire, ça ne passait pas... C'est tout de même le mec qui a osé chanter : « Voilà ta chique et ton chewing-gum » ! Une adaptation très libre du célèbre hit de Jerry Lee Lewis « Whole Lotta Shakin' Goin' On ». Et pendant ce temps mon Jacques assurait derrière avec sa guitare, toujours impeccable. Puis il a commencé à écrire des chansons pour Françoise. Après, il a enregistré ses premiers disques avec le succès que l'on sait. Il y a une chanson de lui que j'adorais, qu'il ne veut pourtant pas refaire sur scène. C'est une vieille chanson « Hippie hippie houra » où il chante : « *J'aime les fleurs et la fumée, je ne suis plus un révolté. Les beatniks, c'est dépassé maintenant, le monde, il faut l'aimer. Je suis hippie, je suis hippie, c'est ma nouvelle philosophie. Hippie, hippie, hourrah ! Vive le mocoutra.* » Avec un arrangement délicieusement psychédélique et une sorte de réminiscence de l'harmonie de « Ils ont des chapeaux ronds » mais sous acide, avec un final de cloches exemplaire ! *(Rires.)*

Nous avons toujours d'excellentes relations, malheureusement un peu trop espacées aujourd'hui, parce qu'il réside presque à l'année en Corse. Et moi, même si je n'y suis pas interdit de séjour, il ne vaut mieux pas que j'y aille, pour préserver mon intégrité physique... J'ai eu un procès à cause d'une connerie que j'avais proférée et qui n'était pourtant pas méchante.

On m'avait demandé justement si je voyais encore beaucoup mes potes d'avant : Sardou et Dutronc. J'avais répondu : « Non, car depuis qu'ils vivent dans l'île aux crétins, je ne les vois plus souvent. »

J'ai donc eu droit, il y a une dizaine d'années, à un procès intenté par des associations de cagoulards, que j'ai fini par gagner mais qui m'a coûté.
Jacques est un grand acteur. Après son rôle dans le *Van Gogh* de Pialat, il aurait dû recevoir tous les prix d'interprétation disponibles sur le marché. Et pourtant je ne suis pas un fanatique de Maurice Pialat, mais c'est un film magnifique, admirablement porté par la figure émouvante de Jacques. C'est aussi un super chanteur qui a besoin d'être transcendé par un vrai auteur. Lui, il donne toujours des bonnes idées de texte mais il va rarement au bout de son sujet. Il a besoin d'être en tandem avec un auteur pour finaliser ses chansons, alors que c'est un mélodiste hors pair.

**C'est également un provocateur, non ?**

Plus qu'un provocateur, c'est un grand déconneur. Pour vous donner un exemple très parlant, et caractéristique de son esprit joueur, je me souviens que pour les besoins d'un film *Section halte*, produit par Vera Belmont, qui d'ailleurs s'est interrompu pendant le tournage, je devais perdre sept ou huit kilos pour le rôle. J'ai donc entamé un entraînement dans une salle de gym, qui se situait rue du Débarcadère, Porte Maillot. Là-bas on m'avait réservé un petit coin tranquille afin que je puisse suer sang et eau à l'abri des regards. Ouf ! Allez savoir pourquoi, Jacques a téléphoné subitement à la maison pour me joindre :
« Il y a longtemps que je n'ai pas vu Eddy, je voudrais vraiment déjeuner avec lui. »

Ma femme lui répond :
« Il est à la salle de gym. »
Et là Jacques a commencé à saliver :
« Ah oui, quelle salle ? »
Ma femme aurait dû se douter. *(Rires.)* Et là le drame ! Il est venu avec un orchestre au grand complet : violoniste, accordéoniste, batteur et ils se sont mis à jouer « La dernière séance », accompagnés par un serveur en gants blancs qui offrait le champagne à tout le monde. Il a méthodiquement saoulé tous les mecs qui levaient de la fonte. Jacques était content de lui ! Et en même temps il rinçait avec gourmandise les femmes qui suivaient dans cette même salle de sport un cours de danse du ventre. C'était surréaliste de voir ces cinquante bonnes femmes, grosses ou maigres, en train d'apprendre la danse du ventre au son d'un vieux Teppaz qui diffusait de la musique arabe pendant que Jacques arrivait avec ses bouteilles de champagne... Nous avons tous été virés mais nous avions tellement ri !

**Est-ce qu'il y avait des moments où vous étiez tous en bande à cette période ? Spontanément, on vous imagine souvent avec Michel Sardou...**

Non. C'est encore une légende pour faire joli sur la photo. Il s'agit plus d'une logique corporatiste finalement. Nous sommes chanteurs, donc nous sommes amenés à nous rencontrer et parfois effectivement à tisser des liens. Sardou, je l'ai ainsi rencontré lorsqu'il a débuté chez Barclay. Nous étions camarades de classe ! Michel en bavait pas mal car cela ne marchait pas du tout, même s'il avait déjà réussi à faire parler de lui avec sa chanson « Les Ricains », qui avait été censurée en 1967 car elle n'était pas du goût du général de Gaulle. Mais les ventes n'étaient pas au rendez-vous et Barclay rencontrait des difficultés financières. En 1969, Sardou a d'ailleurs fait partie de la charrette au même moment que les cadres de la société. Avec la complicité de ses deux acolytes Jacques Revaux et Régis Talard, il a sorti à ce moment-là *J'habite en France*. Un carton !

Dans la foulée, il a eu le besoin d'enregistrer un nouvel album souhaitant récupérer ses anciens titres qui appartenaient encore au catalogue Barclay. C'était une période excessivement trouble, car Eddie Barclay était en train de revendre son label à la firme Philips. Nous étions en plein été. Personne dans les bureaux, ceux qui restaient étaient sur le départ. J'ai appelé le responsable des contrats qui, lui-même, était en train de faire ses cartons. Je lui ai demandé :

« Tu n'as pas le contrat de Sardou ? »

Le gars l'a tout de suite identifié et j'y suis allé au culot :

« Est-ce que tu peux lui mettre une clause afin qu'il puisse récupérer ses bandes gratuitement ? »

Il m'a donné son accord, pensant alors que cela n'aurait aucune conséquence ; et ainsi Michel a pu tranquillement partir avec ses chansons qui ont immédiatement fait le succès du fameux label Tréma, qu'il venait de créer. Voilà une jolie histoire qui crée des affinités...

Par la suite, j'ai appris à connaître Michel. C'est un personnage très complexe et pas facile d'accès en apparence. Mais lorsque vous le connaissez, il est drôle et doué d'un sens de l'autodérision comme peu d'artistes

en possèdent. Un point commun qui évidemment nous a rapprochés même si, je l'avoue, dans le genre il est plus extrême que moi.
C'est le seul mec que je connaisse qui est capable de se vanter de ses échecs, de ses plantades... Notamment dans le registre de ses affaires immobilières. Ou bien lorsqu'il a fait ses débuts au cinéma dans *L'Été de nos 15 ans*, qui était produit par Dassault. N'importe qui devant un tel four aurait eu honte. Lui, il expliquait, totalement décontracté, qu'il s'était bien marré. Je crois qu'il a été l'un des premiers chanteurs de sa dimension à découvrir l'impact d'Internet. Nous, nous étions encore à la ramasse alors que lui s'excitait déjà pour pouvoir mieux communiquer avec son public. Il était fasciné par ce lien direct, inédit, mais évidemment lorsqu'il s'apercevait que les gens qui se connectaient à son site ne lui plaisaient pas, il les engueulait ! Et ces internautes ne pouvaient plus acheter ses disques. C'est unique, non ?
C'est vrai que les médias ont aimé nous associer Johnny, Michel et moi. Cela a d'ailleurs failli se faire lorsque Michel s'était mis en tête de racheter les droits de la comédie musicale *Les Misérables* dans sa version anglaise, qu'il avait découverte à Londres. Il avait réuni nos trois producteurs : Jean-Claude Camus, Gilbert Coulier et Claude Wild... Rien que cela était une affiche en soi ! J'avais accepté de jouer l'inspecteur Javert et Michel, qui tenait absolument au rôle de Jean Valjean, devait persuader Johnny d'endosser celui du père Thénardier, un vrai tordu. Johnny, qui aurait préféré camper le héros, avait du mal à accepter... Pour achever de le convaincre, on lui avait expliqué qu'il allait jouer un personnage

prestigieux – un capitaine de l'Empire, un ancien soldat devenu sergent et médaillé à la bataille de Waterloo.
« Ah bon, alors d'accord ! »
Nous étions morts de rire, mais en même temps excités par le pari.
Et finalement nos trois producteurs ne s'y sont plus intéressés ; lorsqu'il a fallu choisir le lieu où nous pourrions jouer, le métier leur a répondu en chœur :
« Eh bien dans un beau théâtre. »
Je crois qu'ils ont cru que c'était un gros mot. *(Rires.)*
Et l'histoire s'est terminée ainsi.
Le mythe de la bande de *Salut les copains*, c'est tout de même du flan ! Avec Johnny oui, nous étions souvent ensemble. C'était aussi une époque, on l'a oublié, où nous tournions énormément. Beaucoup plus que maintenant, où cela se concentre sur une période donnée qui va rarement au-delà d'une année et demie. Dans les années 60, nous étions tout le temps sur la route. Été comme hiver. Vous n'étiez donc pour ainsi dire jamais chez vous. À l'époque je crois que j'étais moins souvent à Paris qu'en province. Il n'y avait ainsi pas beaucoup de place pour les copains. De temps en temps, lorsque j'arrivais à retrouver un pote, c'était sympa, mais c'était rare.

**On n'a pas parlé de Dick Rivers. Qu'est-ce que vous en pensiez à cette époque ?**

Je ne le connaissais pas beaucoup puisqu'il était niçois et que Nice, franchement, c'était super loin. *(Rires.)* Nous nous sommes évidemment croisés pas mal de fois dans les années 60. Decke Rivers était le nom de

Presley dans *Loving You*… Il y avait bien eu aussi dans les années 70-80 un chanteur pied-noir qui s'appelait Danny Fisher, du nom du personnage que jouait Elvis Presley dans *King Creole*. Contrairement à moi, Dick a toujours voulu être américain. Lorsqu'il parlait des États-Unis, il disait « Chez nous ». *(Rires.)* C'était touchant d'ailleurs. Il y avait une concurrence entre les Chats Sauvages et les Chaussettes Noires, mais cette rivalité venait d'eux… Pour nous qui étions arrivés avant, il n'existait aucune compétition. Les journalistes et le public aimaient bien cette idée d'affrontement entre groupes ou chanteurs. Cela faisait partie du mythe naissant du rock avec l'idée de bandes rivales qui se tirent la bourre ! Les Chats ont signé quelques disques qui ont très bien marché. Et je trouvais ça super.

Dick est un garçon curieux qui semble vouloir dire aujourd'hui qu'il n'y en avait que pour Johnny ou moi dans les médias. Mais il a connu en solo un parcours étrange. Je trouve qu'il avait très bien chanté par exemple une adaptation de Donovan, « Colors ». Là, il donnait l'impression de chanter normalement. Et lorsqu'il chante, croyez-moi, il chante vraiment bien. Pourtant j'ai souvent la sensation qu'il place sa voix dans un tube en verre, qu'il chante comme un souffleur, c'est une impression qui selon moi enlève du corps à ce qu'il interprète. À une certaine époque, on lui faisait aussi subir quelques gags. Comme il suivait tout le temps notre parcours de tournée, on lui faisait croire que j'enregistrais par exemple dans le Cantal ! Mais bon, ça il n'y a pas cru… *(Rires.)*

C'est un artiste déroutant, parce que c'est un mec qui

chante bien, qui possède des grandes qualités et qui ne doit pas toujours faire des choix extraordinaires ou qui cherchent souvent à prendre des directions artistiques qui sont difficilement compréhensibles pour le public de rock qui est le sien. Par exemple, il a été chercher Benjamin Biolay ou des jeunes artistes comme Joseph d'Anvers il y a deux ans. Alors cela donne tout à coup une belle chanson « L'homme sans âge » mais, sur la durée, c'est un choix plus risqué. Il s'est également entiché de Mickey 3D, qui lui avait écrit « Ode à Dick »... Même si j'ai beaucoup de respect pour ces prises de risques, je n'ai jamais réellement cru en ce qui me concerne à cette nouvelle lubie, ardemment promotionnée depuis quelques années par les maisons de disques, d'appliquer aux soi-disant vieux artistes la recette imparable du relifting par la jeune génération soi-disant branchée.

**On ne peut pas non plus ne pas évoquer votre amitié avec Eddie Barclay...**

Je lui dois mon premier contrat de disque et ma première escroquerie ! Puisque, vous l'aurez compris, les royalties avec lui n'avaient tendance à n'être qu'un mirage et pas forcément un chiffre réaliste. Mais, lorsqu'Eddie comprenait que son intérêt était de rendre son artiste heureux, cela finissait toujours par s'arranger. C'était un personnage unique et tellement attachant. Il aimait vraiment les artistes. Il avait cette passion sincère pour le showbiz, et la musique dont il pouvait parler des heures. Au-delà du business qu'il savait bien gérer, son lien avec les artistes était solide, son respect de la création et de ses enjeux humains était également très fort. C'était une sorte de nabab, un personnage de roman. Pingre sur les royalties mais capable dans le même temps de nous gâter vraiment. Un paradoxe qu'il cultivait d'ailleurs. Son sens du commerce lui a fait inventer sans le savoir le marketing dans le monde du disque. Il investissait plus qu'il ne dépensait. Il avait cette obsession d'économiser pour aller dans le sens de toujours produire à des meilleurs coûts. Mais son pognon, il fallait qu'il le dépense. Intraitable en affaires et généreux en amitié.

Il organisait souvent pour nous des réceptions uniques, des déjeuners impressionnants et bien sûr des fêtes extraordinaires. Au cap Camarat, sur la presqu'île de Saint-Tropez, où il avait sa maison, il était logique de rencontrer Count Basie et Erroll Garner qui jouaient leur musique pendant que nous dînions. C'était un seigneur car lorsqu'il avait décidé de vous faire plaisir rien ne l'arrêtait. Sans aucune once de mégalomanie pour autant. Les fêtes blanches étaient un rituel incroyable. Cela me faisait marrer parce que de l'extérieur, franchement, tout cela pouvait ressembler à la célébration d'une secte. Tous en blanc s'en allant saluer le gourou et cherchant le Graal de la fête. *(Rires.)*

Nous n'avons pas connu de réels désaccords artistiques, car Eddie Barclay savait s'entourer. Il avait cette qualité de comprendre qu'il ne pouvait pas être bon dans tous les domaines artistiques. Donc il déléguait à son équipe de directeurs qui, chacun, avaient leur spécialité. Il y avait par exemple à ses côtés Léo Missir, spécialisé en variété, qui s'occupait notamment de l'inénarrable Patricia Carli qu'il conviendrait de ne pas oublier car « Arrête, arrête ne me touche pas, demain tu te maries » reste dans le genre un chef-d'œuvre. *(Rires.)* Jean Fernandez, lui, était plus rock et il a été donc très longtemps mon directeur artistique. Proche de Barclay, il avait sa confiance. Donc l'information circulait entre eux. Il n'y avait pas d'examens de passage successifs. C'était une équipe diversifiée. Et Eddie était à l'écoute. Il avait une sacrée intuition et surtout un sens de l'efficacité qui finissait toujours par mettre tout le monde d'accord.

Je me souviens notamment que lorsque le film de Jules Dassin *Jamais le dimanche* a été présenté au festival de Cannes, Dassin avait reçu tous les producteurs de disques pour savoir ce qu'ils comptaient faire avec la chanson « Les enfants du Pirée ». Chacun se succédant à sa table pour envisager telle direction possible, ou telle exploitation. Tout cela restait des intentions louables. Au lieu de faire des promesses inconsidérées, Barclay a pris le dernier avion pour Paris avec un plan d'attaque bien précis. Il a convoqué dans la nuit même un grand orchestre, appelé Dalida pour lui proposer d'enregistrer tout de suite la chanson. Le lendemain, Barclay était de retour à Cannes avec la chanson mixée qu'il a tout de suite fait écouter à un Jules Dassin totalement médusé. Les autres producteurs continuaient à le solliciter. Lui, il avait fait son boulot. Et la version de Dalida est tout de suite devenue un tube. Eddie Barclay avait un sens très commercial pour ses productions alors que sa vraie passion était le jazz. Surtout Count Basie et la musique brésilienne. C'était sa culture, ce qui le faisait vibrer. Il n'éprouvait pas une passion torride pour le rock et encore moins pour le twist. Mais il nous arrivait d'avoir de vraies discussions sur la musique et il était capable de vrais coups de folie. Je me souviens qu'il était fou d'un guitariste brésilien, Baden Powell. Il m'avait demandé si cela me brancherait de le produire pour sa maison de disques. Cela m'intéressait mais Baden Powell n'est jamais venu aux séances d'enregistrement. *(Rires.)* Eddie ne concevait pas sa boîte comme une écurie avec une ligne éditoriale précise, ou avec un son unique. Son modèle ce n'était pas la Motown. Il voulait être éclectique. De Jacques Brel aux Chaussettes Noires en passant par Nicoletta...

J'ai eu de beaux souvenirs avec lui. Sous son allure très renfermée, c'était un vrai timide. Nous nous comprenions parce que nous nous reconnaissions. Nous étions faits du même bois. Ce qui est fort, c'est que nous parlions beaucoup plus en jouant aux cartes que dans la vie. Dans le jeu on peut rentrer dans la tête de l'autre et déceler sa psychologie. Une façon de jouer dénote un personnage. Et nous aimions bien repérer parmi les joueurs le « j'm'en'foutiste » qui s'appliquait, ou le rusé qui allait nous emmener dans sa stratégie. C'était un régal de jouer avec lui.

J'ai évidemment été très touché par sa mort. Mais, le jour de ses obsèques, j'ai quand même réussi à faire rire toute l'église. Tout le monde y a été bien sûr de son petit compliment et, lorsqu'est venu mon tour, j'ai justement raconté cette vision de la procession de la secte venant se délecter chaque été à ces nuits blanches : « Je me rappelle des belles soirées où cette secte montait, montait, montait… Mais maintenant, il est bien là où il est, en bonne compagnie avec tous les saints ! Saint-Julien, Saint-Amour, Saint-Émilion, Saint-Estèphe… » Et, là, l'assistance s'est mise à rire. Je pense souvent à lui et il me manque…

**Lorsqu'on parle d'Eddie Barclay, on pense forcément à Jacques Brel qu'il avait signé en 1962, mais aussi à d'autres chanteurs comme Georges Brassens ou même Charles Trenet avec lesquels il n'avait pas collaboré, qui devaient tous faire figure d'anciens vis-à-vis de vous. Des chanteurs respectables…**

J'aimais beaucoup Jacques Brel. Et l'histoire de notre première rencontre n'est pas banale… À l'époque, je chantais à l'ABC. Comme toujours je donnais rendez-vous à mes musiciens au bistrot, juste à côté du théâtre. Et un jour, j'aperçois un mec que je reconnaissais à peine, dont je n'arrivais pas à mettre un nom sur son visage. Je cherche pendant un long moment. C'était Jean Parédès, qui avait d'abord démarré dans la chanson et l'opéra-comique avant de se tourner vers le cinéma et le théâtre, où il a finalement rejoint la compagnie Renaud-Barrault. Un acteur truculent et, par ailleurs, un homosexuel notoire qui avait beaucoup d'esprit. Il était assis à table avec Suzanne Gabriello qui officiait, elle aussi, comme actrice et surtout comme présenta-

trice des spectacles de l'Olympia. Quelques minutes plus tard, je vois Jacques Brel qui fonce sur Suzanne et lui intime de le suivre. C'était visiblement le début d'une scène de ménage entre ces deux amoureux passionnés. C'est alors que déboule à son tour le comédien et chanteur Jean-Claude Pascal qui, lui-même, se rue sur Jean Parédès en lui hurlant :
« Mais non, tu ne vas pas me quitter comme ça ! »
Et moi j'étais là, à compter les points dans cette scène digne d'un vaudeville. C'était d'une tout autre tonalité que le « Ne me quitte pas » que Brel avait écrit en 1959 pour Suzanne. Je l'ai ensuite revu quelques fois, notamment au moment où il préparait ses adieux à l'Olympia, où il avait créé « Amsterdam ». Après de longs échanges autour de la musique, il m'avait confié :
« Tu sais Eddy qu'il y a une chose qui m'a vraiment fait plaisir dans ma carrière de chanteur et que personne ne sait. Sam Cooke a adapté "Quand on a que l'amour" et cela a fait un vrai carton aux États-Unis. »
Il n'en revenait pas, en était très fier, mais il était toujours étonné de constater que chaque fois qu'il racontait cette anecdote, aucun de ses interlocuteurs en France ne réagissait. Personne ne connaissait Sam Cooke, la légende de la soul ! Et pourtant quelle classe ! Jacques Brel, aussi, c'était de la dynamite. Une puissance d'émotions sur scène, que tout le monde connaît bien aujourd'hui grâce aux images mille fois rediffusées, mais qu'il fallait avoir vécue.
Les adieux de Brel, c'était une expérience en soi. Qui m'a valu d'ailleurs d'être insulté par ce cher Jacques Chancel qui écrivait jadis dans *Paris Jour* – un journal

qui lui ressemblait bien puisque c'était un vrai torchon. Il avait écrit, en se gargarisant avec condescendance : « Ah, qu'ils étaient pâles les Johnny Hallyday et Eddy Mitchell face au géant Jacques Brel qui ne cessera de leur donner des leçons… »
Jacques m'avait invité par la suite aux premières représentations de sa comédie musicale *L'Homme de la Mancha* qu'il avait initiée à Bruxelles. Avec ce fameux Dario Moreno, qui jouait Sancho. C'était un très beau spectacle. Avec de magnifiques titres comme celle qui servait de chanson générique *(Eddy chantonne.)* :

*« Et moi je suis Sancho, Sancho,*
*Son valet, son fils son frère*
*Sancho, son seul amigo*
*Son seul survivant mais pour toujours*
*Et j'en suis fier. »*

Brel reste un homme difficilement cernable car, en société, il semblait toujours excité, comme si la pression de la représentation permanente lui donnait le vertige. C'était assez étrange, mais attachant. Nous avions en commun ce respect absolu de la chanson populaire. Comme c'était aussi le cas avec Georges Brassens. En 1965, je chantais à Bobino et, presque tous les soirs, Georges venait me voir en voisin. Il n'habitait pas loin et je le voyais arriver discrètement. Nous prenions un verre dans la loge, nous bavardions et, à la fin du spectacle, nous poursuivions souvent nos conversations. Il se trouve que c'est un certain Jean Serge qui nous a également involontairement rapprochés. Il travaillait

pour Europe 1 et programmait le grand podium itinérant de la station. Mais ce monsieur versait dans « la culture », détestant le divertissement ou la variété... Il aimait ainsi provoquer des rencontres qu'il estimait être du troisième type, toujours en quête d'un entretien croisé entre deux artistes à contre-emploi. Pour lui, il existait un fossé entre la bonne chanson, qui pouvait faire partie du patrimoine culturel français, et la chansonnette ou le rock, « sous-genres » auxquels évidemment il n'accordait aucune estime...
Il décide alors d'organiser une rencontre entre Georges Brassens et moi, pensant que j'allais forcément me planter :
« On va leur passer "Le Gorille" ou "L'Auvergnat" face à "Be Bop A Lula" et "Daniela". On va bien ridiculiser Mitchell. »
Il a été déçu, car Georges et moi avons été immédiatement complices. J'ai chanté, accompagné par mon nouvel ami à la guitare, « J'me suis fait tout petit » ; et lui a interprété « Peggie Sue ». Je vous assure que cette version de Brassens valait le déplacement. C'était génial. Jean Serge était évidemment consterné. Et Georges, qui connaissait le mépris du gugusse pour la culture populaire, en a rajouté une couche en parlant de Sheila avec considération...
Plus tard, lorsque cela n'allait pas très fort, au moment de ma traversée du désert, je l'ai retrouvé à l'occasion d'une émission de télévision où nous étions invités tous les deux. Dans ces moments-là, rares sont ceux qui viennent vers vous avec un regard bienveillant. Égal à lui-même, lui a été très gentil avec moi. Il m'a

expliqué à demi-mot que ma situation d'alors ne pouvait être qu'une passade. Parce que j'avais du talent, et que le succès reviendrait un jour ou l'autre. Croyez-moi, cela fait un bien fou d'entendre ça de la part d'un mec comme lui. Il disait cela avec pudeur, sans en faire trop non plus.

Lorsque, quelques années plus tard, il a reçu le Prix de la Mairie de Paris, il trimballait la lettre de Chirac partout. Il faut dire qu'elle était à mourir de rire. Une missive pleine de considération du style :

« Cher Monsieur Brassens, votre talent est reconnu dans le monde entier, vous avez contribué au rayonnement culturel de notre pays », etc. Et ça se terminait par cette phrase géniale : « Et d'ailleurs j'ai écouté votre dernier disque moi-même » !

Cela nous a fait nos beaux jours.

Brassens aimait beaucoup de styles de musiques différentes. C'était un artiste doué, éclectique, qui a baigné dans la chanson populaire italienne de par ses origines familiales. Tino Rossi ne lui était pas étranger, il connaissait très bien son répertoire. Mais il était curieux de tous les genres de musique sans pour autant céder à la mode qui arrivait. Il aimait bien le rock, tout en considérant que ce n'était pas pour lui. Et, contrairement à ceux qui le portaient aux nues, il nous respectait. Il ne faut pas oublier qu'il avait aussi une culture jazzy manouche ; et Django Reinhardt, est un petit frère pas si éloigné de la famille du rock.

Mais l'idole absolue de Georges, c'était Charles Trenet. Un artiste que j'ai également rencontré assez tôt. J'appréciais surtout le côté fantaisiste du Fou chan-

tant. Son répertoire déconnant. Des chansons comme « L'âne bleu », « L'héritage » ou « Débit de lait, débit de l'eau » écrite avec Francis Blanche... Je ne néglige pas non plus le grand Trenet mélancolique de « Que reste-t-il de nos amours ? » qui est un sommet dans le genre. Je me souviens d'une tournée en 1969, où nous avalions des kilomètres entre deux dates. On pouvait aller du nord au sud de la France en à peine deux concerts. Je devais chanter dans l'Aude, et nous avions roulé toute la nuit pour y arriver vers 10 heures du matin. Complètement épuisés, nous avions prévu de dormir toute la journée avant de jouer le soir. Je prends la clé de ma chambre avec l'envie de rejoindre au plus vite mon lit. Et soudain, dans le hall, j'aperçois tout un groupe de gens rassemblé autour d'une table, en train de boire du café, de s'agiter en palabres ; et parmi cette meute survoltée se dégageait une touffe de cheveux bien jaunes. Je me suis dit :
« Tiens, on dirait Trenet. »
Et effectivement c'était bien lui. Il s'est retourné et m'a immédiatement reconnu. Il s'est empressé de foncer vers moi, très excité :
« Sauvez-moi, Eddy ! Je vous en conjure. Sauvez-moi ! »
Interloqué, je lui ai demandé ce qu'il lui arrivait :
« Écoutez, c'est un cauchemar. Tout se passe comme dans ma chanson "L'héritage". »
Il venait effectivement de survenir un décès dans sa famille. Un cousin. Et tout le monde s'arrachait les miettes d'un legs apparemment dérisoire, qui passait par la distribution de la théière ou d'un tabouret... Il m'a alors supplié de le sortir de ce guêpier :

« Ils vont vous reconnaître, ils vont être impressionnés, et vous allez leur dire que nous devons nous voir tout de suite pour affaire. Bref, emmenez-moi ! »
C'est ce que j'ai fait et ça a marché. La famille m'a salué et a cru que j'allais l'enlever pour une heure ou deux. Il n'est jamais revenu... En revanche, lui, il ne m'a plus quitté pendant les quinze jours qui ont suivi ! C'était surréaliste.
Le soir même, je chantais donc à Narbonne, sur ses terres. On ne peut pas dire que la salle était blindée de mélomanes... Charles est arrivé dans la salle, habillé en « Tintin », avec un très joli pantalon de golf tout à fait seyant, accompagné de son jeune compagnon, accoutré à l'identique. Et, au lieu d'attendre que le noir se fasse, ou de rester dans les coulisses, il voulait affronter le regard du public qui fut impitoyable. Les insultes ont fusé de partout :
« Pédés, tapettes ! »
Charles répondait à cette pluie d'injures avec le sourire. C'est tout juste s'il ne remerciait pas les gens de tant de sollicitude. *(Rires.)* La première partie s'est achevée et la bronca a redémarré instantanément. J'étais quand même un peu inquiet. Et Charles ne s'est absolument pas démonté. Il a fini par s'adresser au public en lui demandant de se calmer. Cela a pris un peu de temps mais il y est parvenu. Et là, de sa plus petite voix, jouant à fond la provocation, il a déclamé :
« Je suis de Narbonne, vous êtes tous de Narbonne. Par conséquent je vous invite tous à boire ! »
Ovation ! Le public s'est aussitôt engouffré dans les bars environnants en disant à chaque tournée :

« C'est sur la note de Charles Trenet ! »
Et, évidemment, il s'est enfui… Pendant mon spectacle, il y a eu une ribambelle de réclamations des bars qui voulaient tous récupérer leurs additions. Charles avait eu sa revanche. Ensuite, il nous a accompagnés sur le reste de la tournée. Naïvement, je me demandais pourquoi une telle passion pour ma musique. Jusqu'au jour où j'ai compris qu'il était tombé amoureux de mon bassiste, qui avait dix-neuf ans… Tous les soirs, il nous offrait le champagne. Il était d'une générosité incroyable. Il était tout de même accompagné de son jeune premier qui, une nuit, a trouvé le moyen de faire un caprice parce que le seul restaurant dans lequel nous avions atterri ne pouvait plus nous servir à manger faute de cuisinière. Le patron nous avait alors proposé gentiment de nous offrir un assortiment copieux de jambons de pays et de fromages. Le copain de Trenet était assis à côté de moi. Il faisait la gueule et, soudain, je l'ai vu écraser sa cigarette dans son assiette garnie :
« Je déteste le jambon ! »
Et moi, impulsif, je ne sais pas ce qui m'a pris, je lui ai mis un pain direct ! Le môme s'est écroulé de sa chaise, et tandis que je m'inquiétais de la réaction de Charles, je l'ai surpris qui me regardait avec son air malicieux pour finalement lancer à la cantonade :
« Oh vous avez raison, de toute façon, il baise mal ! »
J'étais gêné et penaud, lui riait de plus belle. Il avait une force intérieure et une capacité de résistance très impressionnante. C'était un ogre, toujours prêt à célébrer la vie dans tous ses excès. Surtout vis-à-vis de la nourriture et de l'alcool. Il réussissait, c'est dire, à « cou-

cher » Carlos qui, en la matière, était pourtant connu pour être un champion. Avec lui, le déjeuner finissait souvent au petit matin... Jamais avare d'un bon mot, il est resté vert jusqu'au bout, pétillant sur scène surtout lorsqu'il était seulement accompagné de deux pianos. Il avait beau avoir quatre-vingts ans, lui, il assurait, ce qui de mon point de vue est rarissime.

**Vous avez connu aussi une belle relation avec Coluche...**

J'étais fasciné par l'aventure du théâtre du Splendid. Les Clavier, Chazel ou Lhermitte parvenaient à nous raconter des histoires avec un sens de l'écriture au cordeau. Il y avait du style, de la liberté et un souffle incroyable. C'était pour moi la réinvention du théâtre comique. Une révolution même car il donnait à ce genre un peu désuet une modernité et une férocité qui étaient normalement réservées au grand et bon boulevard. C'était également les débuts de Coluche. Son premier spectacle s'appelait *Mes adieux au music-hall*. Lorsque j'ai découvert ce titre je me suis dis que je voulais tout de suite rencontrer ce mec qui avait un tel sens de la formule. Dans ce spectacle il chantait « Je suis dans le noir » et ce n'était pas seulement amusant.
C'était aussi très émouvant, car on découvrait de façon imperceptible qu'il était un rocker frustré. Il aurait adoré ça. Quand il chantait, il essayait parfois d'être sérieux et franchement, c'était mignon parce qu'il mettait toute sa foi et sa conviction pour me prouver qu'il pouvait être un vrai rocker. Il m'avait d'ailleurs confié

qu'il avait envie de s'y mettre sérieusement, il envisageait peut-être un jour d'enregistrer son propre album. Il m'avait montré des chansons qu'il avait écrites. J'avais toujours un peu envie de rire parce que c'était quand même Coluche, le clown qui chantait. Interprétés par lui, des textes sérieux prêtaient toujours à rire. Alors je savais que ça le rendait un peu triste. Mais il s'en tirait toujours par une pirouette. Michel m'a tout de suite avoué qu'il était un fan de la première heure. Il adorait les Chaussettes Noires. Il connaissait par cœur pas mal de mes chansons. J'étais très ému, touché par sa reconnaissance. Il avait chez lui une collection de disques rares et cela a fini par nous rapprocher. Nous sommes rapidement devenus très potes.

En 1976, il avait été embauché à Radio Monte-Carlo au moment où j'avais sorti mon 45 tours d'alors « Pas de Boogie Woogie ! ». Il était censuré sur cette antenne. Pas question de jouer avec l'image de sa sainteté le pape, surtout avec la famille Grimaldi, très pieuse. Eh bien Coluche a ouvert sa première émission en disant : « Bonjour, c'est Coluche en direct de la Roche aux putes et voici "Pas de Boogie Woogie" » !

Il a été viré dans la semaine ! C'était une force de la nature, instinctive, très impressionnante dans sa capacité à observer le monde, les gens, à écouter les échanges dans les bistrots, les taxis, dans la rue. C'était un mec toujours à l'affût. Il n'a jamais eu de discours sur son métier de comique. Il n'était pas du genre à se considérer comme celui qui renouvelait l'art du *one man show*. Il ne calculait pas. Sa matière première était devant lui et c'était son trésor de rire. Il avait toujours

un enregistreur planqué dans sa veste. Au moindre bon mot, il déclenchait l'appareil et lorsqu'il écrivait ses sketches on retrouvait les meilleures répliques qu'il savait transcender pour renforcer le trait. Un soir je faisais un *show case* au Bus Palladium. J'avais eu dans l'après-midi une interview avec une journaliste qui, à la fin, m'avait dit :
« J'aimerais vraiment organiser un rendez-vous avec Claude Moine qui écrit vos textes. » Devant un tel désastre, spontanément au lieu de m'énerver, je lui explique :
« Vous savez, c'est un type difficile, qui peut même être abject, un peu alcolo et malheureusement très misogyne… » J'en avais fait un sketch en concert qu'il a ensuite repris. C'était très touchant. C'est après cette histoire qu'il a décidé de proposer sa revue de presse sur scène.
Nous avons vécu beaucoup d'histoires tous les deux. Il fut l'un des premiers à me suivre sur l'aventure de « La dernière séance », ayant accepté de faire le clown pour la promotion de mes soirées. UGC avait donc financé une pub. C'était un petit film où j'étais en cabine de projection, essayant tant bien que mal d'installer mes bobines alors que Coluche derrière moi n'arrêtait pas de me demander s'il y aurait bien tel ou tel film, puis les actualités, et les bandes-annonces…
Il me faisait tellement rire. À l'image du jour où je décidai de l'inviter à manger dans un restaurant étoilé, chez Alain Senderens. Nous nous sommes installés à table et le serveur nous a donné la carte. Nous avons commencé à regarder. Cela prend toujours un peu de

temps. Puis quand est venu le temps de passer commande, j'ai demandé à Michel ce qu'il avait choisi et il s'est alors directement adressé au serveur :
« Je voudrais la carte ! »
Celui-ci un peu gêné lui glisse à demi-mot :
« Mais, monsieur Coluche, vous l'avez la carte. »
Et Michel d'insister :
« Non, je vous dis que je voudrais la carte ! »
Le serveur dépité s'est retourné vers moi tout aussi dubitatif, et Coluche s'est amusé à préciser :
« Je voudrais TOUTE la carte, amenez-moi tous les plats ! »
Et il a tout mangé ! Avec à chaque fois des petits commentaires savoureux qui moquaient la terminologie du critique gastronome. C'était énorme.
Je ne peux pas non plus passer sous silence cette histoire avec son chien adoré, un bouledogue anglais, qu'il avait appelé Arthur... Un jour où il avait décidé de se mettre au vert pour écrire un nouveau spectacle, il m'avait demandé si je pouvais garder Arthur. Je lui ai dit :
« Pas de problème mon pote mais je te préviens, j'ai une chatte – qui s'appelait Chivas – qui a pour caractéristique d'être dominante... »
Évidemment, cela n'a pas fonctionné entre les deux et, au final, il a dû récupérer son chien. De plus, voulant absolument protéger les petits coussinets d'Arthur, Michel avait fait poser de la moquette dans tout le jardin de sa maison. C'était tordant. Impayable. J'ai beaucoup ri avec Coluche. Vraiment. J'ai tellement d'anecdotes... Nous avons notamment joué les andouilles

pour « Cocoricoboy ». J'interprétais mon rôle fétiche « Le chevalier masqué » que j'avais déjà joué seulement un soir pour une pièce de Martin Lamotte, *La revanche de Louis XI*, où Coluche déboulait sur scène de temps en temps. Il y jouait le pape et il avait des petits garçons assis sur ses genoux, à qui il disait :
« Revenez demain, je vous parlerai de la guerre d'Algérie. » *(Rires.)*
Gérard Lanvin faisait le chevalier masqué et c'est ce qui m'a donné envie de le reprendre dans « Le Collaro Show ». Je me suis bien marré et, en même temps, c'était aussi une façon de rendre hommage avec le sourire à ma maman et à ses amours musicales d'antan, à son Dario Moreno dont mine de rien je connaissais les chansons, la gestuelle, et les tics. Coluche était un personnage complexe. Il y avait Michel et Coluche et, parfois, son personnage a cannibalisé tout le reste. Il était également la proie de nombreux problèmes personnels qui l'ont fragilisé mais qui ne regardent personne. Lorsqu'il a créé les Restos du Cœur, j'ai été assez surpris. Contrairement à ce que certains ont pu dire, ce n'était pas un projet qu'il avait mûri longtemps à l'avance. C'était parti comme souvent chez lui, d'un coup de gueule, d'une envie sans réfléchir d'agir. Je l'ai suivi avec plaisir et sans concession alors que j'ai beaucoup de méfiance vis-à-vis du *charity business*. Mais avec lui, l'énergie était spontanée, sans calcul, simplement nourrie par son besoin de mettre au plus vite un terme à ce qu'il considérait comme une indignité. Nous avons participé à la première tournée avec Johnny Hallyday, Michel Sardou, Véronique Sanson et Michel

Rocard. C'est comme cela que j'appelle Jean-Jacques Goldman... Sans déconner, c'est Rocard ! *(Rires.)* Vous lui mettez les cheveux en arrière, enfin « son » cheveu en arrière, et vous avez Rocard ! Il faut avouer que ce Jean-Jacques a une force extraordinaire. Il est unique lui aussi. Un mec qui comprend tout, qui sait et qui voit tout. Je me souviens qu'un soir il m'avait dit après un concert où nous jouions donc ensemble :
« Ce soir, tu les as regardés bizarrement. »
Je lui ai répondu :
« Comment tu peux voir ? »
Et il m'a alors avoué :
« Je suis dans la salle et je regarde le show. »
Comment faisait-il ? Eh bien, il mettait ses cheveux en arrière, une casquette, son manteau et il passait partout. D'ailleurs, c'est le seul chanteur qui pouvait quitter la scène camouflé et accompagner les gens à la sortie du spectacle pour bien écouter ce qu'ils en disaient. Ce n'est pas mal, non ? Aujourd'hui j'ai décidé de renoncer à participer aux Enfoirés. Le mélange des genres me consterne. Je suis un chanteur professionnel, je ne vais pas commencer à me coltiner un footballeur, un nageur, ou des figures de la télévision qui chantent comme des pinces. Le sport ou la télévision après tout peuvent aussi organiser leurs Restos et ce sera parfait.
Le pire n'est pas là, mais dans la persistance de cette opération. Que les Restos du Cœur aient encore besoin d'exister et que, chaque année, ils répondent malheureusement à toujours plus de besoins, est une tragédie. C'est dramatique parce que l'on n'en voit plus l'issue.

Les impôts continueront d'augmenter mais l'État les utilise pour renflouer ses déficits constants. Les politiques ont définitivement renoncé à obéir à ce devoir de solidarité désormais dévolu aux sociétés caritatives, qui leur permettent ainsi de se dédouaner. Je ne suis pas sûr que cela ferait rire Coluche dix-sept ans plus tard de voir la société du spectacle se déguiser en kilt pour pouvoir rendre leur dignité aux pauvres et donner juste un peu à bouffer à des gens qui ont faim. À force c'est devenu une mauvaise blague !

**L'autre grand provocateur que vous avez fréquenté, c'est Serge Gainsbourg. Vous l'avez connu à quel moment ?**

Je l'ai connu très tôt, dans les années 60. J'étais un grand admirateur de sa première période artistique, celle que l'on avait coutume de définir comme celle de « la rive gauche » ou du « cabaret ». Il ne faut pas oublier que le monsieur avait été à ses débuts pianiste de Philippe Clay, et ça vous marque un itinéraire. Et ses premières chansons sont des chefs-d'œuvre. « Le poinçonneur des Lilas », « Le claqueur des doigts » qui est aussi assez inouïe de fulgurance. Et « Douze belles dans la peau », chanson supposée misogyne mais incroyablement forte. « L'eau à la bouche » qui, dans le registre érotique, vaut bien toutes celles qu'il écrira par la suite en voulant sciemment provoquer.
La première fois que nous nous sommes rencontrés, ce fut à l'occasion d'une émission de télévision ; je crois que nous étions déguisés, comme cela se faisait

beaucoup à l'époque. J'étais donc en gangster avec une mitraillette, et lui aussi. Et nous avons tout de suite sympathisé et fait les cons ensemble. Ensuite, je l'ai revu lorsqu'il s'est installé dans son hôtel particulier de la rue de Verneuil. Je me marre spontanément encore aujourd'hui en vous parlant de lui et de cette période. Il y avait juste à côté de chez lui un restaurant, Le Galant Verre, où il avait ses habitudes. Un soir, il me dit : « J'ai retenu là, passe à la maison, on boit un apéritif puis on ira dîner. » Il a préparé des Mint Julep – un cocktail bien alcoolisé du Sud des États-Unis qui a inspiré le Mojito – pour entamer la soirée et nous n'avons jamais pu traverser la rue ! Nous avons pourtant essayé mais nous ne tenions pas debout ! De toutes les façons nous avions déjà mangé ! Enfin nous avions grignoté des Apericubes, des conneries comme ça, lorsqu'on a commencé à être en forme il était trop tard… Et cela s'est terminé au fameux bar du Lutetia, où je l'ai finalement abandonné, parce que je ne pouvais plus suivre. Il adorait jouer à quatre mains avec le pianiste du bar qui était toujours d'accord, même s'il finissait souvent sous le piano !

C'était une belle rencontre, très forte, une sorte de fraternité élective et très amicale. Mais ce n'était pas musical du tout. En 1966, nous avions travaillé ensemble sur son projet de comédie musicale *Anna*, dont le résultat ne m'avait pas rendu très heureux. Cela avait été jugé trop érotique… L'une des chansons s'appelait « Baseball », et j'avais été coupé au montage parce que c'était jugé trop sexe. Il y avait un truc complètement fou dans la mise en scène. Des filles suspendues au plafond et

qui dansaient. Ce qui fait que, filmé d'en bas, pendant que je chantais, on avait le loisir de mater les petites culottes et les dessous parfois affriolants de ces jeunes personnes... C'était sulfureux pour la télévision d'alors. La chanson valait surtout pour son arrangement, qui était signé Michel Colombier que j'aimais bien, et pour lequel j'avais beaucoup de respect. Mais sinon, le titre en lui-même n'était pas extraordinaire :
« *Je suis comme une balle de base-ball et je vais prendre comme une balle de base-ball* »... Ce n'était pas du tout léger !
Puis, après cet épisode un peu raté, nous nous sommes revus plus fréquemment dans les années 70. Avec Jane bien sûr, que j'adore, mais le plus souvent tous les deux, en tête à tête. Je n'étais pas du tout attiré par le côté déglingué du personnage « Gainsbarre ». Je préférais le Gainsbourg slave, lettré, subtil, faisant montre de beaucoup de cœur... Un homme délicat, sensible, sentimental, et surtout très nostalgique de son enfance.
Il m'avait raconté une anecdote que je trouve extraordinaire et qu'il n'a d'ailleurs jamais dévoilée. Quand il était gosse, il habitait dans un immeuble dont l'appartement donnait sur une cour. De chez lui, il voyait donc tous les autres appartements. Et, comme tous les gamins, il était évidemment amoureux de la fille de la voisine. Il prenait des leçons de piano et lorsqu'il pensait qu'il ne jouait pas trop mal, il ouvrait les fenêtres pour l'attirer et tenter de la séduire. Et elle, systématiquement, arrivait pour fermer la fenêtre brutalement et donc lui tourner le dos. Gainsbourg, malgré ces efforts, devait juger qu'il ne pourrait jamais être assez bon pianiste pour qu'elle laisse la fenêtre

ouverte. C'est alors qu'il a décidé pour l'amadouer et surtout l'épater définitivement, d'aller au-delà de son numéro habituel. Il a ouvert la fenêtre, s'est installé au piano et, parallèlement, il a mis un disque d'Art Tatum, l'un des plus grands pianistes au monde. Carrément, « Les yeux noirs ». Et la fille a quand même fermé la fenêtre ! C'est une jolie histoire qui illustre bien cette timidité et ce complexe pathologique qu'il avait vis-à-vis de la gente féminine ! Il fallait écouter Serge vous la raconter comme un enfant. Il était aussi émouvant dans sa relation qu'il avait avec sa chienne Nana, qui était un animal incroyable. Il a eu un chagrin terrible quand elle est partie. Et dans ces moments-là, il pouvait être très touchant.

**Comment en êtes-vous venus à faire ce duo ?**

C'est un hasard. J'adorais la version « You Rascal You », qui était une vieille chanson chantée par Fats Domino et Louis Armstrong entre autres. Et je connaissais particulièrement bien celle du duo de Louis Jordan avec Louis Armstrong que je trouvais formidable. J'étais persuadé, comme beaucoup de gens d'ailleurs, que c'était Serge qui avait écrit le texte français. Un soir où nous nous sommes vus, je lui ai suggéré que nous en fassions notre version à nous. Il m'a alors observé interrogatif :
« Quelle chanson ? "Vieille canaille" ? Mais ce n'est pas ma chanson ! »
En fait le texte était de Jacques Plante, quelqu'un que nous n'aimions pas beaucoup d'ailleurs... Il s'était illus-

tré avec Line Renaud, Tino Rossi, Petula Clark, ou même Sheila, mais il était surtout l'éditeur et l'auteur d'Aznavour sur quelques-unes de ses grandes chansons dont « Les comédiens » « For me formidable » et « La bohême ». Je sais qu'un jour il m'avait proposé une affaire un peu douteuse et je n'avais pas réagi. Le lendemain j'avais les flics chez moi, parce qu'il était recherché et devait de l'argent au fisc ! Je ne lui en veux pas parce qu'au final je n'ai rien fait avec lui. Et il avait l'air plutôt sympathique comme mec. Mais lorsque nous avons décidé de réaliser la chanson, je repensais à tout cela. Forcément. Nous décidons de l'enregistrer. J'avais exécuté le *playback* dans sa tonalité pour voir si cela pouvait passer. Lui, il avait vingt-cinq occupations, moi de même... Et la seule possibilité de studio pour finaliser l'enregistrement de nos voix était à 11 heures du matin, ce qui n'est jamais très bon pour les chanteurs... La veille, je m'étais couché tard, j'avais bien arrosé la soirée et je n'étais pas très frais. Je décide malgré tout d'apporter le champagne, puisque Serge carburait à l'alcool dès le matin... Avec toujours bien sûr son petit « 102 », la double dose de pastis 51 ! Donc je suis arrivé les bras chargés, si j'ose dire. La bouteille de 102 et le champagne. De son côté, tout aussi prévenant, il avait apporté avec lui le whisky. À 11 heures du matin, c'était risqué... Finalement, nous n'avons rien fait de très répréhensible, car nous avions encore notre dose de la veille... Et que nous aurions été incapables de chanter... Mais je peux vous assurer que cela faisait bizarre de voir des mecs débouler le matin avec champagne, whisky et pastis pour enregistrer !

L'enregistrement s'est passé très vite. Trois prises et au revoir ! J'étais heureux parce que j'étais parvenu à orienter Serge dans une direction qu'il ne prenait plus. En effet, avec le temps, et le succès aidant, il chantait de moins en moins, préférant le phrasé parlé, le *talk over*. Et là, je l'avais convaincu qu'il fallait chanter, et non marmonner ! Il a accepté. Cela a été un grand tube d'estime ; malheureusement cela ne s'est pas traduit en termes de ventes. À chaque fois que nous faisions une télé, le public ramenait les disques chez les disquaires *(Rires)*... Il était dans un tel état à la télévision que du même coup les invendus ont été conséquents...
Je me souviens également de cette fameuse émission avec Michel Drucker où Whitney Houston était invitée. Heureusement nous avions chanté avant le choc de la rencontre... quand Serge a susurré « I want to fuck her » en désignant la star américaine, alors toute innocente, qui était seulement au début de sa carrière. Il était déjà bien entamé effectivement, mais je maintiens que ce n'est pas entièrement de sa faute ! Parce qu'il était arrivé au studio Gabriel les mains vides et à peu près clean. Malheureusement dans sa loge quelqu'un – je ne sais pas qui – avait mis ce qu'il fallait pour le chauffer. Et d'un seul coup, c'était devenu Docteur Jekyll et Mister Hyde. Je me suis dit que nous étions très mal partis et que nous n'allions pas vendre le disque... Cela n'a pas loupé !
Et nous avons remis le couvert. Où là il a carrément sabordé la promotion définitivement ! C'était dans le cadre de l'émission « Le Jeu de la Vérité » en direct de Cannes pendant le Midem. Ce soir-là il s'en était pris à

Jeanne Mas qui, d'ailleurs, ne s'était pas démontée et l'avait envoyé balader sévèrement. Serge était incapable de chanter, et il est tombé par terre pendant le direct. *(Rires.)* Ah, ça fait de l'effet, je vous jure, surtout sur les ventes ! Pourtant notre duo est devenu un standard par la suite. Je pense que Serge a tout de même beaucoup souffert de ne pas être reconnu pour ses premières chansons. Je ne veux pas parler d'aigreur, ni de ressentiment, mais d'une souffrance latente comme si ce succès étourdissant lui était arrivé un peu trop tard. Ensuite, il y a eu cette autre dégringolade liée à ses soucis de santé. J'avais beaucoup de peine. Nous avons pourtant continué de nous voir. Il aimait bien déjeuner dans un restaurant italien qui s'appelait Sormani où vous pouviez déguster les nouilles les plus chères de Paris... Il a fini ses jours à la campagne, et lorsqu'il sortait, il était toujours accompagné ; il restait au blanc pour tenir encore un peu. De toute manière, il n'y avait plus rien à faire. Même si nous ne parlions pas d'une probable issue fatale... *(Silence.)* Non, il parlait d'autre chose.

Je me souviens d'un truc qui revenait tout le temps dans sa bouche comme un gimmick et qui était pourtant si faux :

« On en a eu des boudins ! »

Une réplique qu'il ressortira systématiquement lors du Printemps de Bourges où était programmé Jerry Lee Lewis. Cette année-là, Gainsbourg filmait le festival. Il avait tenu à l'interviewer. Il était tellement fier que l'autre lui donne son accord... Et bing ! :

« On en a eu des boudins. »

C'était grand !

**Vous ne parlez jamais d'Alain Bashung. Vous ne vous connaissiez pas ?**

On s'est très peu connus et rencontrés, mais j'aimais beaucoup Alain. Dans les rares occasions qui nous ont été offertes, le courant passait bien. J'apprécie les personnages qui ont toujours un côté un peu hors sujet dans les apparences, qui ne peuvent pas être dans la norme, qui suivent leur chemin tant bien que mal, qui poussent leurs propres idées jusqu'au paroxysme. J'aimais bien le mariage Bergman/Bashung : même si cela a foiré, il en reste de très belles chansons. C'était un vrai rocker. Il aurait certainement voulu l'être encore davantage. Il en avait l'attitude, l'élégance et la pertinence. Mais les chansons parfois partaient dans un autre registre. C'est un peu un regret de ne pas avoir partagé davantage de moments avec lui…
J'aime aussi beaucoup Catherine Ringer, qui reste l'une des rares artistes encore déglinguées avec une vraie personnalité, capable de passer du rock à Nino Rota en étant performante et performeuse. J'adore également Alain Chamfort. Lui, c'est la grande classe, un compositeur hors pair. Lorsqu'il a signé « Traces de toi », j'étais jaloux et je ne comprenais pas qu'il ne m'écrive pas une telle chanson ! On a travaillé ensemble sur la musique du film de Jean-Pierre Mocky *À mort l'arbitre*. On a également produit le premier succès de Viktor Lazlo « Backdoor Man ». Voilà un artiste qui chante bien, qui ne la ramène jamais, qui ne sait peut-être pas assez se vendre, loin du cliché du dandy, du

*playboy*. C'est un créateur. Et puis il y a les copains de classe : les pacsés Alain Souchon et Laurent Voulzy... Dans les plus anciens, Hugues Auffray, dont je respecte le travail. C'est un marginal qui a réussi des tubes et qui possède une superbe voix. Entre nous c'est une vieille histoire. Il a débuté avant moi, avec la chanson « San Miguel » et surtout je lui ai fait découvrir le skiffle, car je trouvais qu'il ressemblait à Lonnie Donegan, qui est un artiste de musique folk populaire jouée avec des instruments traditionnels ou des accessoires domestiques. Il va d'ailleurs se présenter avec son « skiffle group » à l'Olympia en 1964. Vous voyez bien que je suis capable d'aimer...
Ah, je ne voudrais tout de même pas oublier Véronique Sanson. Une très belle et grande artiste avec laquelle j'ai eu tant de plaisir à partager la scène. Il faut dire que c'est un peu de famille. Je vis avec Véronique depuis ses débuts si je puis dire. Ma fille aînée l'a toujours écoutée en boucle. Après elle s'est mariée, donc nous avons soufflé un peu. Puis la petite dernière s'y est mise avec le même acharnement. Elles l'appellent « Tata »... C'est vous dire ! J'espère sincèrement qu'elle est en forme et qu'elle a tourné le dos à ses démons. C'est une belle personne.

**Vous ne semblez pas trop apprécier les jeunes artistes de la scène française ?**

C'est vrai que la jeune chanson française m'ennuie. Il y a heureusement l'univers étrange d'Olivia Ruiz qui me séduit. C'est pour cela que j'avais envie de chanter avec elle « Couleur menthe à l'eau » pour ma dernière à l'Olympia. En plus, c'est une collègue de bureau comme disait Brassens… Nous sommes dans le même label. Elle est mignonne, et elle n'est pas grande *(rires)*, mais elle possède surtout un répertoire typiquement féminin qui sort de tous les sentiers battus. Elle raconte des histoires très personnelles, avec beaucoup de sensualité et d'originalité. C'est la vraie révélation de ces dernières années, si ce n'est la seule. Elle écrit avec délicatesse et tempérament.

Il y a aussi le jeune Thomas Dutronc, c'est la famille en quelque sorte puisque j'ai vu grandir ce môme qui préférait les diplodocus aux petits soldats quand il était enfant. (*Rires.*) J'adorais son premier disque, surtout la chanson « Les frites » qui proclame : « Ni Dieu ni maître, mais des frites, bordel. » Un savoureux hommage à son éducation parentale… Son approche jazz manouche est à la fois ludique et assez virtuose. Il n'est plus le « fils de » et il a la chance d'avoir des parents qui sont heureux de sa réussite et qui n'ont pas besoin de profiter de cette situation inédite. Rendez-vous compte, c'est le seul artiste avec Olivia (ou presque…) qui vend encore des disques en ce moment ! *(Rires.)*

# 10

# « On va dire que c'est moi »

**Nous arrivons presque au terme de ces longs entretiens et je ne vous ai pas encore parlé de la publicité qui vous a également permis de faire l'acteur apparemment sans tabou ?**

J'entretiens une relation assez décomplexée à la publicité qui se consomme et s'oublie aussi vite. C'est comme un rayon de soleil au milieu d'un orage. Quand tout à coup les finances tanguent... Vous avez un important retard d'impôts, et là on vous propose de faire le mariole dans une publicité, eh bien vous répondez sans trop réfléchir. Quand vos économies sont au beau fixe, vous ne donnez pas suite. La seule condition est que le produit en question s'accorde effectivement avec votre personnalité. En cas d'adéquation, ça peut même être bien. Mon destin dans le rock s'est quand même cristallisé sur une aventure publicitaire. Le choix du nom des Chaussettes Noires est l'une des plus belles arnaques du siècle. Il fallait oser, et cela prouve que la société était en train de changer. Le monde des adultes avait compris que le rock était certes subversif mais qu'il pouvait faire naître un marché.

Il existe différentes façons de faire de la publicité. On peut vous faire chanter et jouer la comédie en même temps, comme ce fut le cas en 1982 avec « What a burger » qui était un film publicitaire destiné uniquement au cinéma où l'on jouait évidemment sur mon « copyright », celui du rocker qui ne peut que connaître l'authenticité du burger *made in America. (Rires.)*
En 1984, j'ai joué dans « Elles assurent en Rodier », une pub pour la télévision typique de cette époque où les femmes sont devenues à travers ce média des amazones à la fois conquérantes, séductrices et féminines. Le réalisateur du clip, Andreï Kontchalovski, qui venait de signer le magnifique film *Maria's lovers*, était uniquement là pour cachetonner. Le film devait être réalisé dans la journée. Donc tout le monde était convoqué à 7 h 30 pour tourner dans un grand hôtel de la place Vendôme. Je suis arrivé à l'heure, on m'a maquillé, et toujours pas de metteur en scène à l'horizon. J'avais un avion le soir même à 21 heures. Et le réalisateur a déboulé à 13 heures comme une fleur. Je me suis jeté sur lui un peu inquiet et énervé pour lui expliquer que je ne pouvais pas faire de dépassement et qu'il n'était pas question de revenir le lendemain, car je devais assister à une session de mixage à Londres... Mais pour lui, aucun malaise, ce n'était pas grave. Il était là pour superviser et, à 17 heures, il s'était déjà évanoui dans la nature... C'était ça la pub !
Sinon, l'un de mes faits d'armes, c'est d'avoir succédé à la mère Denis ! (*Rires.*) Pour ceux qui ne l'auraient pas connue, évidemment cela ne signifie rien alors qu'elle était totalement culte ! « Ça c'est bien vrrrai. »

*(Rires.)* À l'époque je me souviens que c'était la pub et le produit les plus identifiés par les Français. Lorsque les pubarbs sont venus vers moi, j'ai accepté très vite parce que le tiers provisionnel n'attendait que ça, et parce que le défi de parvenir à renouveler une idée qui avait si bien marché me plaisait vraiment. C'est à ce moment-là qu'ils ont développé mon concept d'une machine à laver qui ne fait pas de bruit. Au point d'ailleurs que je puisse m'endormir dessus et ronfler sur le capot de la machine... *(Rires.)* Je me suis bien marré. Et surtout c'était un moyen d'apprendre comment dépenser de l'argent ! *(Rires.)*
Je me souviens d'ailleurs d'un tournage justement pour les machines à laver Vedette où l'on m'avait demandé d'écrire le synopsis. À la suite de cela, j'avais fait un budget en bonne et due forme. Un budget qui m'a été refusé ! Je pensais alors que, même si je leur avais proposé une économie décente pour ce tournage, c'était encore trop. Eh bien non ! Il fallait au contraire que j'en remette une louche, sinon le client pensait que tout cela n'était pas très sérieux. Donc j'ai gonflé le budget et, là, ils ont été contents. (*Rires.*)
La publicité devient également un exercice intéressant lorsque vous pouvez toucher à des tabous comme lorsqu'en 2009 on m'a proposé d'être l'acteur d'« Audition Santé ». C'est vrai que la perte de l'audition est un sujet sérieux. Je leur ai imposé un miniscénario qui explique bien l'intérêt d'être appareillé lorsqu'on est sourd. Moi je trouvais ça très drôle. Le garçon qui passe faisant tomber tous les plats et ma voisine de table qui hurle au téléphone :

« Devine à coté de qui je suis ! Eddy Mitchell. »
Et je lui réponds :
« Madame, vous connaissez Audition Santé ? Souriez, vous entendez ! »
J'ai su que le client n'avait pas été très satisfait du résultat. Allez savoir pourquoi ?
Mais le spot dont j'ai été le plus fier était celui que j'avais réalisé moi-même pour les bonbons Haribo. La pub a obtenu beaucoup de prix, notamment celui du Prix au festival de la publicité à New York alors que le produit n'existait pas aux États-Unis. C'est l'histoire d'une famille toute triste, dont la vie est transfigurée lorsque les bonbons tombent du ciel et changent leur existence. J'ai tourné ça très vite parce que mon découpage était très précis. En une journée c'était plié. Le soir même, les pontes de l'agence m'ont expliqué qu'ils espéraient que le tournage se poursuivrait bien le lendemain. Je leur ai répondu que nous avions fini et que tout s'était déroulé comme je le souhaitais. Et là, ils m'ont fait comprendre que cela ne pouvait pas se passer comme ça :
« Le client n'était pas là aujourd'hui. Il faut qu'il puisse voir le tournage dans les conditions réelles... »
Du coup nous avons tourné à nouveau le lendemain, en présence cette fois du client mais à vide. Ils n'ont rien dit. Payer des heures supplémentaires ne les a pas gênés. *(Rires.)* J'ai obtenu des moyens que le réalisateur d'un film d'une heure et demie n'a pas toujours.

**Cela marque une forme d'autodérision chez vous ?**

J'aime la dérision. Les gens qui ont un sens de la formule. J'apprécie surtout l'humour chez les autres. Je ne suis pas très attiré par le comique de situation, mais davantage par celui de dialogues. Je trouve qu'avec les *stands up* d'aujourd'hui on bascule assez souvent dans un humour proche de l'école des chansonniers. C'est un peu désuet. Cela s'appuie trop souvent sur l'actualité qui comme chacun le sait passe très vite. Donc l'humour vieillit assez rapidement. Je n'aime pas ce qui s'appuie sur la méchanceté. Ou alors il faut être dans le dixième degré comme lorsque *Charlie Hebdo* titrait le lendemain de la mort du général de Gaulle « Bal tragique à Colombey. Un mort ». C'était et c'est toujours aussi magnifique ! Aujourd'hui je n'ai pas retrouvé une nouvelle forme d'humour aussi puissante que celle qu'avait apportée Coluche ou plus tard les Nuls. Mais on vit très bien sans, rassurez-vous !

L'idée reste quoi qu'il en soit de ne jamais se prendre au sérieux, de toujours être dans une forme de distance et d'être passé maître dans l'art de manier la mauvaise foi. C'est pour cela que j'ai créé le club de la « MFE » avec Gérard Jourd'hui, Pierre Lescure, Bertrand Tavernier, qui en est le trésorier ; donc c'est vous dire si nous ne sommes pas prêts de bouffer... « MFE », comprenez la mauvaise foi évidente. La mauvaise foi c'est très simple mais il faut savoir l'employer. C'est un art. Pas une qualité, simplement un don. Vous écoutez par exemple des gens vous parler d'un film pour lequel ils s'enflamment jusqu'à se gausser. Et j'adore à ce moment-là prétendre le contraire, alors que je n'ai pas du tout vu le film en question. C'est intéressant parce que l'on apprend des choses sur les autres. C'est une façon de tester la psychologie de vos interlocuteurs. Il en ressort toujours quelque chose.

**Aujourd'hui vous passez beaucoup de temps à Saint-Tropez. Cela semble être très important pour vous...**

J'aime beaucoup Saint-Tropez. Je m'y suis marié il y a trente ans. On s'y est dit oui et ce n'est pas anodin. Le Saint-Tropez dans lequel je vis est resté traditionnel. Pas celui des magazines people ou celui qui nourrit les sujets annuels de M6. Avec les Russes en vedettes qui font péter les bouteilles de champagne sur le corps de jeunes filles assoiffées. Pour moi, c'est un endroit qui reste malgré tout charmant et familial. J'essaye de ne fréquenter que les lieux préservés où les paparazzi n'ont pas table ouverte. Même si on ne l'imagine pas, il reste quelques lieux qui ont gardé leur authenticité, un cachet qui témoigne d'une époque où les traditions provençales étaient très fortes. J'adore aller déjeuner sur une plage où je peux encore déguster l'aïoli traditionnel, cette cuisine pas forcément sophistiquée qui fleure bon la richesse de cette région. J'y séjourne depuis très longtemps.

La première fois, j'avais dix-sept ans, et j'étais passé en coup de vent. Mais j'ai tout de suite été séduit. Ensuite j'y suis revenu à la fin des années 60 pour y passer des vacances et là j'ai eu un vrai coup de cœur.

J'ai tout de suite eu envie d'y acheter une petite résidence dans laquelle je pourrais me reposer. Mais il me manquait toujours le pognon. (*Rires.*) Je ne suis pas très doué pour trouver les bonnes maisons. C'est ma voisine Yvette qui finalement m'en a trouvé une. C'est marrant. Elle s'était gourée dans le prix ! Mais comme le propriétaire, qui était adorable, voulait me la vendre à moi, nous avons finalement fait affaire. Je n'avais pas les moyens et, comme tout le monde, j'ai donc pris un crédit. J'y suis très attaché. Même si ce n'est pas une propriété qui vous en met plein les yeux, je la trouve tout à fait à mon goût. Justement parce qu'elle est simple tout en étant magnifiquement située. Elle domine le golfe dans la zone forestière de Saint-Tropez qui est très protégée et inconstructible aujourd'hui.

Les travaux ? Je n'y connais rien et je ne sais pas parler aux corps de métier. C'est ma femme Muriel qui s'occupe de tout cela. C'est une maison qui a été bâtie en 1949. À l'époque, elle n'était entourée que de vignobles. Nous l'avons aménagée petit à petit. Et je me suis rendu compte que l'on pouvait s'y attacher. C'est bête à dire mais c'est vrai. Nous sommes en pleine nature. Alors que l'agitation est à son comble deux kilomètres plus bas. Je ne suis pourtant pas très nature mais ici elle ne m'emmerde pas trop. *(Rires.)* J'ai mon hamac pour travailler. C'est le plaisir, la famille, les amis proches. Je pars toujours de Paris en me disant que je vais y bosser et je rentre sans avoir couché une ligne. C'est comme ça. Un endroit où l'on ne fait pas grand-chose. Cette maison c'est la glande, la détente et on devient même assez vite contemplatif. Les couchers ou les levers de soleil, les tomates qui mûrissent, ça occupe ! Ce n'est pas un pays qui vous pousse au travail.

Je ne suis pas flâneur pour autant mais j'aime la sensation d'espace et je l'ai grâce à ce très beau jardin. Lorsque je suis dans ma maison, j'ai un rythme de vie très calé. Lever tôt. Revue de presse. Les mots croisés. Les faits divers dans *Var Matin*. Déjeuner. Sieste. Un petit film dans ma salle de cinéma. Et les amis. Il n'y a pas deux Saint-Tropez pour autant. Les gens se côtoient assez facilement et sans heurts. J'aime cette certitude de pouvoir être peinard dans mon coin retiré. Si tout à coup j'ai envie de faire la bringue, je sais tout de suite où aller et surtout je suis sûr qu'il est possible à toute heure, de jour comme de nuit, de trouver des lieux où la fête bat son plein. Savoir que vous avez la possibilité de faire le con alors que vous n'en avez pas forcément envie, c'est une sorte de luxe rassurant.

**Vous venez d'évoquer votre second mariage. Vous ne parlez jamais de Muriel, votre femme ?**

Mon métier ne consiste pas à parler de ceux qui n'en ont pas envie. C'est valable pour ma famille, et donc au premier chef pour mon épouse. Nous nous aimons et c'est une force. C'est considérable. Je suis touché lorsque Muriel vous a dit à propos de notre mariage : « Cela fait trente ans cette année et je resigne à nouveau demain pour trente ans. »

Cela doit suffire à combler votre curiosité, non ? Je

me suis toujours marié même si je ne suis pas attaché aux conventions. C'est davantage une forme d'engagement. Tout cela me paraît très républicain. On se marie toujours pour le meilleur en évitant de penser au pire. J'attends d'une femme qu'elle soit comme je l'ai rêvée. Qu'elle reste telle que je l'ai vue la première fois.

Je n'ai jamais demandé à mes proches d'accepter une quelconque médiatisation. Lorsque je m'y résous, c'est vraiment au compte-gouttes. Il paraît, selon Muriel, qu'en famille je suis facile à vivre, tolérant, que je ne mets jamais la pression sur mon entourage. Quand je rentre à la maison, je laisse Eddy Mitchell sur le palier et c'est Claude Moine qui entre.

Il m'arrive parfois de demander quand même son avis à Muriel sur mes chansons. Cela me paraît logique. Elle a subi toutes les démos, les hurlements de Papadiamandis sur mes maquettes. *(Rires.)* Et j'écoute évidemment ses réactions.

Je lui dois la sauvegarde d'un de mes titres. Il se trouve que c'est le plus important, et de fait, le préféré de tout mon répertoire. C'est vous dire ! Il s'agit du « Cimetière des éléphants ». Son enregistrement a été très laborieux. J'avais d'abord réalisé une version à Los Angeles qui ne me satisfaisait pas entièrement. Puis je suis parti à New York où j'ai donc essayé d'en créer une autre. Malheureusement il y avait un mauvais feeling avec ces grands musiciens qui étaient tous chargés à la coke. Avant de jouer, ils avaient besoin de s'en mettre plein le pif et ils n'avaient donc pas les mêmes besoins de consommation que nous. Ils avaient des désirs que je ne pouvais pas honorer. Et comme ils étaient en manque, ils ont fini par foutre en l'air ma chanson. Comme j'étais énervé, que je sentais bien que c'était une folie de la massacrer, j'ai pris le risque de l'ignorer et j'ai fini par la mettre à la poubelle directement. Je suis parti déjeuner pour me calmer. Et c'est Anouk, la femme de Pierre, et Muriel ma femme, qui ont sorti le titre du fond de la poubelle. Elles ne se sont pas démontées, elles sont allées parler aux musiciens, ont expliqué à quel point elles l'aimaient. Du coup, les musiciens ont dû être touchés de voir que pour ma femme cette mélodie était vitale. Ils ont donc enregistré une nouvelle version sans moi et cette chanson est devenue ce qu'elle est.

**Il y a une chose dont on a peu parlé, ce sont vos enfants. Comment vous les avez regardés grandir et évoluer ? Aujourd'hui, ils sont tous adultes...**

Ils ne bougent pas et ils sont toujours aussi merveilleux. C'est vrai que ma fille aînée ne fait pas son âge, mon fils non plus. C'est un vrai bonheur. Mes enfants m'ont peut-être plus appris que l'inverse. Nous formons une vraie famille au sens noble du terme. Mais je n'en parle pas en termes de « valeur suprême », car cela prend tout de suite une connotation morale et judéo-chrétienne. Nul n'est obligé de penser que la cellule familiale est celle qui surpasse toutes les autres. C'est une question de philosophie personnelle. Pour moi, la famille, c'est beau tout simplement. Ce sont des gens qui sont ensemble, qui s'aiment depuis longtemps, qui se retrouvent au gré des événements, qui s'engueulent aussi, mais c'est cet ensemble qui pour moi est très fort et nécessaire. C'est tellement passionnant d'être confronté aux différences d'âges qui parfois se retrouvent et qui, soudain, ne se comprennent plus. Ma fille de trente ans a acquis certes des choses avec moi, mais je reconnais apprendre beaucoup plus d'elle. Je regrette souvent que mes parents soient partis car j'ai beaucoup appris d'eux. La transmission vous offre un socle fondamental. Je saisis ainsi mon époque et ses avancées grâce à mes enfants. Dans sa dimension technologique bien sûr, mais pas seulement. Je trouve que la jeunesse du XXI^e^ siècle n'est pas gâtée. Ma génération et la suivante, par comparaison, ont été des générations dorées. Le chômage, la misère, la précarité, l'absence de perspective, le SIDA n'existaient pas comme aujourd'hui où nos mômes sont confrontés à tous ces fléaux qui constituent des freins à leur épanouissement. Du coup, c'est paradoxalement une chance, car ils abordent la vie avec certes beaucoup d'appréhension mais aussi énormément de recul et de maturité. En cela cette jeunesse est fascinante.

**Que fait votre fils aîné comme métier ?**

Il vit de son savoir. C'est un très grand archiviste, un vrai *freaks-movie*. Un métier rare. Il est tombé dans la marmite assez vite. *(Rires.)* Il tient évidemment de moi, mais j'oserais dire qu'il n'a malheureusement peut-être pas pris le meilleur. J'ai toujours essayé de garder à l'esprit que le fait de collectionner devait rester un amusement. Lui a pris tout cela très au sérieux. Je me souviens que lorsqu'il était gosse, je lui disais : « Cela ne sert à rien dans la vie de savoir la date de naissance de Burt Lancaster. » *(Rires.)* Il a toujours voulu me prouver le contraire ! (*Rires.*) Ce qui est extraordinaire, c'est qu'il ne s'est jamais positionné ou comporté comme un « fils de ». J'ai essayé de le protéger au maximum. Comme mes filles d'ailleurs. Lorsque l'on m'a sollicité pour réaliser des photos avec eux pour la presse, je leur ai toujours demandé l'autorisation quel que soit leur âge. Ce ne sont pas « des fils ou des filles de », certainement aussi car ils n'ont pas embrassé la même carrière que moi. Mais ce n'est absolument pas parce que je les aurais découragés d'être artiste. Ils ont fait exactement ce qu'ils avaient envie de faire. Je ne les ai jamais poussés dans un sens ou un autre.

**Est-ce que vous croyez avoir été un bon père ?**

Je le suis devenu, mais au début j'étais loin d'être le papa modèle. À cause de mon métier et de ma jeunesse. Et puis parce que je n'étais pour ainsi dire jamais là. Être un bon père, c'est assez subjectif. Qui peut prétendre pouvoir fanfaronner ? L'éducation exige une attention de tous les instants. Je considère être devenu un bon père comme vous dites, parce que j'ai eu ce souci de savoir comment mes enfants allaient, comment ils avançaient dans leurs propres vies. Même si aujourd'hui nous ne nous voyons pas pendant quinze jours ou trois semaines, je suis toujours au courant de ce qui se passe dans leur existence, j'appelle toujours pour être sûr que tout va bien. Et j'insiste également pour que nous ayons un minimum de vie en commun. L'important est d'avoir cette capacité à se créer des souvenirs ensemble. D'avoir un minimum de liens physiques, de m'inquiéter pour savoir si leur boulot marche bien, s'ils sont heureux et équilibrés dans leurs activités. Je n'hésite pas non plus à leur demander s'ils ont besoin d'un coup de main, d'une aide, d'un soutien. Tous les parents doivent servir aussi à cela. Ma fille cadette me ressemble peut-être plus que les deux autres dans la mesure où lorsque quelque chose l'enquiquine, elle ne se prive pas pour ne pas s'y soumettre. Quand quelqu'un l'importune, elle sait se faire comprendre. Ce n'est pas une rebelle, mais elle n'aime pas qu'on l'emmerde. Elle n'est pas très souple. Comme moi. *(Rires.)* Et franchement, cela me plaît bien !

**Pourquoi il ou elles portent des noms américains ?**

C'était une mode. Et cela m'a fait marrer ! C'était une tendance et aussi un petit défi parce que c'était plus ou moins interdit. Pour mon fils, j'ai été obligé de demander une autorisation, car le prénom Eddy n'était pas recensé. Au départ, j'avais pensé à Gene, comme Gene Vincent. Là, c'était carrément mission impossible. *(Rires.)* Je peux admettre que cela vous paraisse une idée saugrenue parce qu'en plus ce ne sont pas forcément des prénoms faciles à porter. Eddy, il faut l'assumer, mais passe encore ! Marilyn je trouvais et je trouve toujours d'ailleurs ce prénom magnifique. C'est costaud, j'aime ça. Pamela c'est pareil. C'est tellement joli... Tout cela conditionne de beaux caractères !

**Est-ce différent selon vous d'être grand-père que d'être père ?**

Oui, complètement. Parce que ce que l'on fait avec son petit-fils on ne le reproduit pas précisément avec ses enfants et réciproquement. Vos enfants, quel que soit leur âge, resteront toujours vos enfants. Il y a ce principe d'autorité qui demeure tout au long de la vie. Même lorsqu'ils sont devenus majeurs et vaccinés, vous avez toujours cette fenêtre de tir possible : « Tu as fait une connerie, tu n'aurais peut-être pas dû faire ceci ou cela. » Avec mon petit-fils, c'est l'inverse. Il a droit à tout ! *(Rires.)* Les parents sont là pour le cadrer, mais le grand-père est là pour l'éclater. Je ne le vois malheureusement pas assez souvent... Parce que figurez-vous aujourd'hui il est débordé par ses occupations. Entre se faire poursuivre par ses études et les gonzesses, la musique et les potes, il a de quoi faire. Il a dix-huit ans. Et je trouve que c'est un mec formidable. Évidemment je ne comprends pas tout. Il faut dire qu'à cet âge-là, cela ne dort pas beaucoup. Parce que cela sort énormément... (*Rires*).
Je me souviens en particulier d'un dîner chez ma fille aînée où il était là, très gentil et très calme. Lorsqu'à 10 heures du soir, il nous a avertis : « Je plie les gaules parce que j'ai une soirée. » Jusque-là tout est normal... Mais il a enchaîné naturellement : « Ne vous inquié-

tez pas. Je reviens vers 5 heures du matin pour dormir trois ou quatre heures parce qu'après il y a un after. » Je m'imaginais à sa place, lorsque j'avais envie de sortir. Le sel de la virée nocturne était précisément de passer la nuit dehors en se laissant embarquer au gré des événements de la nuit et Dieu sait si dans une seule nuit il peut s'en passer des choses... L'idée du tourbillon qui vous emmènera je ne sais où n'existe apparemment plus. Ces jeunes gens sont prévoyants, y compris dans la déglingue : « Je vais prévoir de rentrer à 5 heures pour me reposer deux ou trois heures pour repartir. » C'est quand même du boulot et de l'organisation !

**Est-ce que vous les avez prévenus des dangers de la drogue et de l'alcool ? Ou pensez-vous qu'il faut en passer par là ?**

Non, je n'ai pas eu besoin. Ils n'ont pas éprouvé le besoin de se droguer. Mis à part peut-être la fumette, mais c'est tout. Quant à l'alcool, je vous rappelle, monsieur, que c'est un plaisir français. Ils boivent donc comme un Français sait boire, c'est-à-dire bien. Du vin à table, une coupe de champagne, un verre d'alcool fort. Mais cela ne s'appelle pas boire !

**J'ai le souvenir que lorsque nous travaillions ensemble, j'avais coutume de vous offrir ce bon**

**whisky, le Royal Crown. Vous ne buvez plus aujourd'hui ?**

Non, effectivement je ne bois plus. Ou alors je consomme des alcools que je n'aime pas. Comme cela, j'en bois moins. Il y a un moment où il faut savoir se regarder sans concessions. Je déglinguais quand même une ou deux bouteilles de whisky par jour sans avoir l'impression de me décalquer ! Parce que je le prenais par petites doses, ce qui faisait que je n'étais jamais réellement bourré. Mais ce n'était pas bien non plus. Et du jour au lendemain, je me suis dit « J'en ai marre » parce que, au-delà du danger pour ma santé, je n'éprouvais plus de réel plaisir à boire. Je me suis demandé : « Pourquoi j'ai un verre à la main en ce moment ? » J'ai réalisé que c'était devenu de l'ordre du réflexe. Quand vous vous en rendez compte, c'est trop tard, vous êtes déjà dans l'addiction, puisque il n'y a plus de réelle envie d'être dans le plaisir simple de la consommation. Vous ressentez juste le besoin de vous promener avec un verre à la main. C'est une dépendance identique à celle de la cigarette. Combien de cigarettes avec lesquelles on se régale pour combien que l'on fume comme celle-ci nerveusement ? Un jour ou l'autre, je vais arrêter d'ailleurs. Mais je ne sais toujours pas quand et comment. Je reconnais que j'ai beaucoup bu. Dans les années 60, 70 et 80. Trois décennies, ça compte ! *(Rires.)* Le plus important c'est que cela n'a jamais vraiment entamé l'exercice de mon métier. Il y a eu des moments un peu bizarres, mais assez minoritaires. C'était le plus souvent sur un tournage de film,

où vous vous emmerdez et au moment où cela va être à vous de tourner, vous n'êtes plus en état.
En musique, c'est plus compliqué de faire un concert bourré. Cela ne m'est jamais arrivé. Et c'est un mythe de dire qu'il faut se charger la mule pour être bon. En plus, vous mettez en péril le groupe qui vous accompagne et vous ne respectez pas le public qui a payé pour vous voir. Et j'ai connu très jeune des modèles qui m'ont poussé à ne pas suivre leur exemple, comme ce pauvre Gene Vincent qui en est mort. Et en ce qui me concerne, l'alcool n'a jamais servi comme désinhibiteur. Les rares fois où j'ai pu écrire sous l'emprise de l'alcool, j'ai eu des très mauvaises surprises le lendemain : « Quel est le con qui a écrit pendant que je dormais ? » *(Rires.)*

**Vous avez été victime d'une autre addiction...**

Oui. Le jeu. C'était effectivement devenu comme une drogue. Avec cette activité, vous entrez facilement dans la tête de votre adversaire. Comme je vous le racontais à propos d'Eddie Barclay, une façon de jouer révèle un personnage. Je ne joue plus du tout aujourd'hui. En premier lieu, parce que j'ai réalisé que j'y ai perdu beaucoup de temps. Comme au casino qui était devenu ma résidence secondaire. J'étais devenu réellement accroc. Je me souviens précisément que si ma tournée passait par bonheur par une ville dotée d'un casino, je pouvais y faire l'ouverture à 16 heures. Ensuite on venait me maquiller et m'habiller au casino. J'allais chanter, puis en sortant de scène je savais que j'avais la partie de poker qui m'attendait. Je voyais ma femme à 5 heures du matin et je lui racontais ma journée. C'était passionnant... Cela s'appelle effectivement une addiction que j'ai décidé de soigner de façon très radicale, même si j'ai mis du temps à prendre cette initiative.

J'étais en train de tourner un film à Deauville. Comme de bien entendu j'étais installé à l'hôtel Normandy. C'était évidemment plus commode parce que le casino était situé juste à côté. C'était une période de l'année absolument déserte. Il n'y avait personne dans la salle de jeu. Je me suis donc pointé et j'ai tout de suite vu dans le regard de tous les employés du casino un contentement extrême. Je lisais dans leurs yeux : « Ah enfin un pigeon qui arrive... Bienvenu monsieur Mitchell. »

Je leur ai tout de suite dit :

« Je vous remercie mais je ne viens pas pour jouer. Je viens vous demander de m'interdire l'accès définitif de tous vos établissements. »

Depuis ce jour, je ne suis plus jamais rentré dans un casino. C'est peut-être très fort comme acte. Mais un acte volontaire ne signifie pas que l'on s'arrête tout de suite. La désintoxication est si j'ose dire progressive. Par la suite, j'avais ainsi encore trouvé une nouvelle astuce. Je jouais du bar du Casino par téléphone ! Je missionnais un assistant du film et il allait jouer pour moi en suivant au combiné mes indications. C'était assez cocasse de lui dire à distance ce qu'il devait miser... Mais cette méthode a ses limites et vous permet, puisque vous vous êtes fait interdire, de vous lasser définitivement.

**Aujourd'hui que vous avez arrêté les tournées, est-ce que les rapports vont changer dans la famille ?**

Pourquoi changeraient-ils ? Parce qu'il n'y a plus d'Eddy Mitchell sur scène, je vais être effectivement plus présent à la maison. Mais ce sera essentiellement auprès de mon épouse qui en avait d'ailleurs très envie. Mes enfants sont grands depuis longtemps et mon petit-fils, même s'il aime bien son grand-père, a bien d'autres préoccupations... Ce qui va changer c'est qu'ils ne viendront plus me voir lorsque je suis en tournée mais franchement ce n'est pas une révolution solaire. *(Rires.)* Je leur ai expliqué que j'avais déjà toutes les clés des villes... Que je suis citoyen d'honneur de nombreuses cités et même le roi de la tripe à Caen... *(Rires.)*

**À propos de tripe de Caen, vous avez ouvert un restaurant thaïlandais à Paris qui atteste votre passion pour la gastronomie...**

J'ai toujours aimé manger. Cela fait partie des vrais plaisirs de la vie. Quelqu'un qui aime manger mérite selon moi que l'on s'intéresse à lui. Je suis toujours vigilant lorsque je fais une nouvelle rencontre. Les gens qui ont un bon coup de fourchette, c'est déjà un atout. En tournée, je le confesse, cela faisait partie du cahier des charges. Les dates devaient coïncider avec une bonne adresse, étoilée ou non. Nous avons été capables avec mon producteur Claude Wild de faire une heure ou deux de détour pour déguster une bonne table. C'était joindre le plaisir à l'agréable. Partir sur les routes et avoir le loisir de découvrir ce pays qui est celui de la gastronomie… C'est une chance que nous avons. Mais ne vous méprenez pas. Je n'aime pas la cuisine trop sophistiquée. Je la fais aussi souvent. J'aime les choses simples. Inventer des petites recettes comme celle des pâtes que l'on fait cuire sans eau. Avec des petites pennes que vous faites comme un risotto, c'est un délice. Le plaisir de cuisiner m'offre une sorte de lave-tête. Ça me fait du bien. Je crée également des sauces. Je mets du vin blanc partout parce que c'est souvent meilleur. Un bouillon à l'eau je m'excuse, c'est fadasse. Ma femme se moque de moi parce que j'aime bien systématiquement tout déglacer au vin blanc.

En revanche, prendre le destin d'un restaurant est une démarche simple mais qui n'a pas été motivée par l'envie de me consacrer davantage à l'art de la gastronomie. Il se trouve que je suivais un chef thaïlandais qui était dans une mauvaise passe. J'avais beaucoup de respect pour son talent et je me suis embarqué dans cette histoire pour l'aider. Alors bien sûr, il faut être au four et à la caisse. Mais comme les comptes, ce n'est pas mon truc, j'ai voulu incarner mon investissement financier dans le menu, ce qu'il y a dans l'assiette et ce que l'on peut proposer afin qu'elle devienne encore meilleure. Je vous rassure, nulle tentation pour moi de m'installer demain aux fourneaux. Je deviendrais très vite alcoolique !

**On sent bien que vous n'êtes pas à l'aise dès lors que l'on vient à parler de votre sphère intime...**

C'est vrai que je n'aime pas parler de moi... Alors, imaginez ce que cela peut être pour ceux qui n'ont rien demandé. Je sais également que cela fait partie de mon métier et c'est une politesse envers le public qui a de temps en temps envie que l'on se raconte. Mais il y a une constance chez moi depuis mes débuts de chanteur jusqu'à aujourd'hui. Je fais attention à maîtriser mes propos, à ne pas tout livrer, à rester dans une forme de pudeur. Je n'avais pas envie qu'un jour l'on puisse me reprocher d'avoir pu gêner mes enfants ou ma femme en parlant de choses qui ne regardent que nous. Il y a toujours chez moi la volonté de faire mon job le mieux possible, mais sans aucune fascination par rapport à moi-même ou à mes chansons. C'est pour cela que souvent les gens qui m'entourent sont étonnés par mon rapport à la création. Une fois que j'ai enregistré une chanson, qu'elle me donne entière satisfaction, à quoi bon la réécouter cent fois pour risquer de finalement la trouver totalement perfectible. C'est exactement la même chose en ce qui me concerne. Je dois déjà me supporter tous les matins dans le miroir. Si je m'arrête un peu trop sur mon reflet dans la glace, je vais avoir tout de suite envie de changer de corps et de tête. Et je ne crois pas à la chirurgie esthétique...

**Est-ce que quelque chose vous manque aujourd'hui ?**

L'âge ! On regrette toujours... Enfin je ne regrette pas... Mais lorsque j'avais seize ou dix-sept ans je vivais une époque bénie. Ce n'était peut-être pas le cas pour tout le monde, pour moi c'était génial !

**C'est dur de vieillir ?**

Ce n'est pas dur… Mais la boucle commence à se boucler !

**Et dans le fait de vieillir, est-ce que l'on a aussi peur de la mort ?**

Non. Et pour le coup, je vous livre une évidence. Je n'ai pas peur de la mort, parce que la mort fait partie de la vie… Donc la peur ne sert à rien puisque nous sommes tous obligés d'y passer… C'est plutôt la façon de mourir qui m'inquiète davantage. Je n'ai pas envie de souffrir parce que je suis douillet… *(Rires.)* Non mais c'est vrai… J'avoue… Je dois reconnaître que je ne suis pas particulièrement fan des odeurs d'éther, que je n'aime pas la fréquentation des hôpitaux et que les gonzesses en blanc, le trip infirmières, ce n'est pas mon truc ! Si je pouvais éviter… Par ailleurs je n'ai aucun fantasme lié à la postérité. C'est illusoire, puisque je ne serai pas là pour voir.
Pour résumer, je vais revenir non pas au comte de Champignac, mais au maire de la bande dessinée qui dit dans *Spirou* :
« Là où la main de l'homme n'a pas mis le pied, on ne peut rien voir, on ne peut pas savoir… »
Comment savoir ce que l'on va pouvoir laisser ? On ne fait pas ce que l'on aime en pensant à sa mort et à ce qui se passera après, sinon on risque de devenir

fou... En ce qui concerne ma mort, je préfère rester sur le mot de Jules Renard qui avait appelé l'un de ses proches sur son lit de mort. Il lui avait chuchoté à l'oreille :
« Je vais faire semblant de mourir. »
Je trouve ça très beau. Mais je ne sais pas si j'aurai son courage...

**Est-ce que vous pensez souvent aux gens qui ont disparu et qui vous étaient chers, que vous avez aimés ? Avez-vous une relation à l'au-delà avec vos chers disparus ?**

Non, je n'ai pas de relation avec l'au-delà car « je préfère le vin d'ici », comme disait Pierre Dac. J'ai évidemment souvent des pensées tendres pour des gens que j'ai aimés, connus ou inconnus, qui ont été très proches, qui ont compté dans ma vie et qui me manquent. Pour autant il n'y a pas de contact... Je le regrette d'ailleurs mais je ne cherche pas à faire tourner les tables ni à rencontrer des esprits malins qui pourraient me mettre en contact avec des « forces supérieures ». Je suis trop pragmatique pour cela.

**L'héritage, c'est votre capacité à transmettre des valeurs, ce que vous allez laisser à votre famille, à vos enfants... Est-ce le plus important ?**

J'ai la sensation que j'ai fait de mon mieux. Vraiment. Peut-être ai-je eu cette volonté inconsciente d'éduquer mes enfants de la même manière que j'ai été moi-même éduqué. C'est sans doute un hommage à mes

parents... Je ne sais pas... *(Silence.)* J'espère simplement leur laisser toute la tendresse que j'éprouve pour eux et qu'ils sauront en prendre soin. J'ai reçu beaucoup d'amour et, par conséquent, il y en a eu énormément autour de moi. C'est un privilège et j'essaierai jusqu'au bout de faire en sorte de perpétuer ce sentiment. Vous savez dans ma famille, on ne se parle pas beaucoup de ces choses-là. Mais je pense que mes proches sont conscients de la chance que j'ai eue dans ma vie. Je suis très fier par exemple d'avoir pu écrire mon livre *Pt'it Claude* pour pouvoir transmettre cette idée d'un parcours, du bonheur d'avoir eu des parents comme les miens. Et lorsque mes enfants l'ont lu, ils ont eu une très jolie réaction. N'ayant pour ainsi dire pas connu leur grand-père, ils ont eu l'impression à travers ce livre de mieux le cerner. Je l'avais rendu plus vivant qu'il ne l'avait été à leurs yeux. J'étais ému. C'était aussi une manière pour moi de le faire revivre. Bien plus qu'un hommage, une façon personnelle de lui dire :
« Merci ! »
Plus que cela même. Un grand merci.
Un hommage, ça reste un geste poli, tandis que là j'ai eu la sensation pour le coup de faire une sorte d'aveu, de confidence publique, ce qui, vous l'avez compris, n'est pas exactement le genre de la famille...

# Épilogue…

## « Y a pas de mal à se faire du bien »

**Lors d'un reportage datant de 1969 pour la télévision, où vous étiez d'ailleurs filmé à cheval, tel le parfait « lonesome cow-boy », vous disiez : « Moins je vois de gens, mieux je me porte, parce que je suis méfiant. » J'ai finalement l'impression que vous ne l'êtes pas tant que ça...**

Méfiant est un terme un peu fort... Disons que je fais attention à là où je mets les pieds. J'aime bien les gens quand même, je ne suis pas misanthrope ! Je devais répondre comme cela parce qu'encore une fois, les journalistes nous prenaient pour des clowns, donc je me protégeais. Mais de là à accorder mon amitié, à me livrer, il y a toujours de la marge.

**J'ai la sensation que finalement vous n'avez pas tant de mal que cela à parler de vous. Pourtant pour les besoins de ce livre, je vous ai pas mal emmerdé, je le sais...**

Non... J'ai accepté l'idée de vous parler lors de premiers entretiens pour ce documentaire de France 5 et j'ai donné mon accord pour que l'on prolonge tout cela au travers de ce livre, donc je ne suis pas aussi sauvage que vous semblez le croire encore. C'est également un exercice que l'on accepte davantage avec le temps. Je crois finalement que l'on a besoin de parler parce qu'à force de ne rien dire, on laisse peut-être passer des sentiments qu'il conviendrait d'exprimer.

**Ce qui veut dire ? Vous vous êtes rendu compte que parfois parler peut aider ?**

Ça soigne il paraît… Il est écrit partout désormais qu'il vaut mieux parler que de se risquer à tout garder pour soi. Se renfermer avec ses souvenirs, ses doutes et ses colères, cela peut rendre malade. C'est vrai que j'ai peut-être un caractère assez hermétique et que ce choix de m'exprimer, de parler un peu comme nous l'avons fait ne peut pas me faire de mal. Surtout, pardonnez-moi, mais cela donne soif ! *(Rires.)*

**Vous voulez dire que je pourrais presque avoir mon diplôme de psy grâce à vous ?**

C'est très facile à obtenir paraît-il, désolé… *(Rires.)* En revanche, vous pouvez très bien gagner votre vie comme ça. Mais attention, il faut avoir un bon agent.

**Plus sérieusement, vous n'auriez jamais initié de vous-même cette démarche de vous raconter dans un livre ?**

Non… (*Silence.*) Si, peut-être, mais cela m'aurait pris cent ans parce que lorsque je me suis mis à écrire mon roman autobiographique *P'tit Claude*, cela a été assez dramatique. J'avais trop tendance à toujours relire, à vouloir sans cesse corriger, puis à entièrement réécrire pour à nouveau amender mon texte. C'est exactement comme pour l'écriture de mes chansons. J'ai un petit côté perfectionniste qui est presque de l'ordre du pathologique. Je n'aime pas me laisser guider par le hasard ; l'inspiration débridée qui vous transporte loin, très loin, je ne connais pas. Alors que, paraît-il, lorsqu'on écrit, il faut savoir livrer à l'éditeur une matière brute et c'est lui qui fait le tri.

**Quelle sensation vous a apportée le fait d'écrire ?**

Cela m'a procuré une très jolie sensation dans la toute première partie du livre qui n'était pas de la fiction. Cela m'a permis de revoir mon père, c'était important. J'avais l'impression qu'il était à côté de moi. C'était très fort. C'étaient des souvenirs que j'avais dans la tronche, et je sentais confusément que c'était bien de les larguer. C'est d'ailleurs assez égoïste comme sensation. Vous êtes seul avec vous-même, vos personnages, votre histoire et au moment où vous êtes dans la création, il est difficile de partager ces instants. En chanson, dès le départ, il y a au moins le travail en tandem avec Pierre Papadiamandis. Ce livre a été l'occasion de donner une dimension romanesque à des vies ordinaires qui étaient relativement « extraordinaires » finalement. Après cette expérience j'étais reparti sur l'écriture d'un polar qui se déroulait dans les années 50 et j'ai abandonné peu à peu. Par flemme, mais aussi parce que j'avais la certitude que je ne parviendrais pas à me surprendre. Ce qui ne fut pas le cas avec *P'tit Claude*, où je me suis fait avoir de bout en bout.

**Le fait d'achever ce livre aujourd'hui, cela sonne un peu comme un état des lieux, un bilan à un moment particulier de votre vie où vous tournez une page...**

Je me dis que c'est réglé. Que je peux passer à autre chose maintenant. Je suis toujours comme cela. Ce livre est une trace sans en être une. Cela peut intéresser les gens qui m'aiment, qui me suivent, parce qu'il est vrai, parce qu'il n'est pas pipeauté. J'ai raconté des banalités comme j'ai aussi narré des histoires pas toujours connues, qui sortent un peu du cadre de ce que j'ai l'habitude de dire. Ce sont surtout des souvenirs qui sont le reflet d'une époque, qui sont souvent drôles et qui sont importants pour moi.

**Est-ce important de figer ces souvenirs ?**

Cela va peut-être vous étonner mais je pense effectivement que oui... Sinon vous oubliez votre vie, ce précieux trésor qui nous a été offert, et par voie de conséquence vous vous oubliez vous-même. Mon credo étant de ne jamais m'arrêter sur ce que j'ai déjà accompli, de sans cesse m'intéresser à ce qui va m'arriver demain, je néglige forcément le passé et j'oublie. Or la mémoire est une richesse, qu'il est primordial de raviver, de muscler. C'est pour cela que je pratique les mots croisés, cher monsieur ! *(Rires.)* C'est une petite gymnastique qui ne fait pas de mal.

**Nous avons donc fait du sport si je comprends bien !**

Surtout moi d'ailleurs. Avec tout ce sport que vous m'avez fait subir, rassurez-vous, je n'ai plus la mémoire qui flanche. Je me souviens de presque tout. Vous pouvez considérer que votre mission est terminée. Vous devez aussi être fatigué. Alors faites-moi plaisir. Il faut rentrer maintenant !

« Tout est dit »

Le jeudi 12 janvier 2012, nous nous sommes revus avec Eddy. Il vient juste d'achever la lecture de la première mouture de notre manuscrit. Il est visiblement content. Pas d'autocensure d'après coup. Des corrections d'orthographe, quelques précisions bienvenues. C'est parfois dur de quitter son sujet. Surtout lorsqu'on vit avec lui pendant si longtemps. Pourtant je me suis bien exécuté. Je suis rentré chez moi comme il me l'avait demandé. Et en ce début d'année, je suis de retour chez lui. Un dernier entretien pour la route ? L'occasion d'évoquer quelques absents que nous n'avions pas évoqués jusque-là, dont Serge Gainsbourg et Jacques Dutronc entre autres. Sans oublier Gilbert Bécaud, l'artiste qui lui rappelle moult blagues, mais surtout qu'il trouve injustement reconnu aujourd'hui ; ainsi qu'Henri Salvador dont il aime à dire qu'« il est notre Nat King Cole français ». J'ai bien fait de revenir finalement… Un dernier entretien pour prolonger le plaisir et réaliser l'insondable parfois d'une admiration. Après tous ces entretiens, on sait désormais que Monsieur Eddy n'aime pas trop Godard, ni Truffaut, encore moins Demy, qui sont tout de même dans mon panthéon personnel. Il n'est guère inspiré non plus par

François Hollande, alors que moi j'aimerais bien que la France ressemble en mai prochain pour une fois à la Corrèze... C'est comme ça. La passion pour un homme ne répond pas forcément à des critères très rationnels.

Bien sûr, il y a la musique d'Eddy Mitchell qui transcende tous les clivages. Et c'est vrai que sur ce terrain-là, les fautes de goût se comptent sur les doigts d'une petite main. Il y a aussi évidemment l'auteur Claude Moine. Un trésor de vérités avec le sourire toujours de biais, et de dignes constats qui parlent mieux qu'un traité de sociologie de la France d'hier et d'aujourd'hui. Il y a enfin l'homme. Celui qui pour moi se situe entre Mitchell et Moine. Entre Eddy et Claude. Un être rare. Comment écrire cela sans le gêner, lui qui n'aime pas qu'on lui témoigne de la tendresse en face... Monsieur Eddy supporte bien cette distinction de politesse. C'est le genre d'homme qui sait faire grandir l'amitié ou l'amour avec le temps. Combien sont-ils à nous faire aimer justement « avec le temps », hein, quand il ne s'agit pas de la magnifique chanson de Léo Ferré ?

Au moment de mettre un terme à ce livre, je voulais juste raconter encore cette histoire qui nous a reliés entre 1991 et 1994. Au moment où je deviens son directeur artistique pour l'album *Rio Grande*. Le directeur général de Polygram, Paul-René Albertini – qui m'avait embauché et fait confiance – m'avait tout de même mis une pression disons « constante » sur le dossier Mitchell. Il fallait parvenir à le faire renouer avec un gros succès commercial pour pouvoir ensuite entamer une renégociation de son contrat sous les meilleurs auspices. Moi, je n'avais de cesse de relever le défi d'un point de vue strictement artistique. Et d'offrir à Eddy un climat propice à la confiance et surtout au plaisir. Mon assistante d'alors, Patricia Bonnetaud, que j'avais coutume de définir comme une sorte de « Louise Michel du rock » n'a pas mis longtemps elle aussi à s'éprendre du bonhomme. Elle avait beau aimer le métal et le punk rock, Eddy était devenu son chouchou qu'elle avait à cœur de servir comme il se doit. Non sans parfois le remettre dans une disposition très rock'n'roll proche des délices des sixties. Répétitions à Londres dans les conditions d'un jeune garage band avec Ian Taylor... À Muscle Shoals, opération commando de Patricia pour casser le bar de l'hôtel comme au bon vieux temps de la prohibition, afin que Monsieur Eddy puisse avoir son petit whisky. À Paris, rencontre et collaboration avec le héros du blues français Paul Personne, que je venais de signer sur le label Polydor. À Suresnes, au Studio Guillaume Tell, enregistrement des voix. Une seule prise, Eddy est toujours dedans. Cocasse, taquin, il me demande si j'en veux une autre avec le sourire en coin : « Il faut bien justifier vos maigres émoluments de directeur artistique, cher Didier ! » Et il l'a fait. Sans rire. Pas mieux. Pas moins bien. Constant. Comme un Eddy Mitchell... À Paris encore et toujours, le renouveau en termes d'image avec le photographe Thierry Rajik à la commande, qui imagine pour le visuel de la pochette notre Eddy en Mitchum requinqué, lesté par ce qui pourrait être les deux amants de la nuit – hommage au film éponyme de Nicholas Ray –, un couple en cavale ultra sexy, Geena Davis et Brad Pitt pour l'évocation. Tout cela jubile et nous rend fiers. Et ça marche. L'album est entré directement n° 1 des ventes du top album. Félicitations polies de mes patrons...

Eddy soucieux : « Au fait Didier, quel est ton salaire ? » Apparemment je suis en dessous de la moyenne nationale du DA inspiré. La semaine qui a suivi cette entrée triomphale du disque au top, je suis, allez savoir pourquoi, crédité d'une augmentation de 20 %... L'année suivante vient le tour des félicitations de la profession. Eddy Mitchell remporte deux Victoires de la musique. Mes parents s'en souviennent encore. Eddy remercie deux personnes sur la scène du Palais des congrès et à la télévision. Patricia Bonnetaud et moi-même. Je le rejoins dans les loges après l'émission. Lui, goguenard, devant tout le staff du groupe Polygram, et moi rougissant comme un adolescent qui ne sait pas s'y prendre en remerciant Eddy. Il lance alors à la cantonade : « Une petite citation à 20 h 50 sur le service public, ça vaut bien une petite augmentation... » Et de deux. Grâce à lui, en une année mon pouvoir d'achat a augmenté de 50 %... Avec Eddy je ne connaissais pas la crise ! La même année, il triomphe aussi sur scène avec la tournée marathon des salles parisiennes : Casino de Paris, Olympia, Zénith et... Bercy ! Nous enregistrons tous les *live* de ses concerts d'exception. Ambiance exaltée et exaltante.

Mais je sens déjà poindre la fin de mon aventure chez Polydor. Un nouveau patron, de nouvelles équipes, l'envie comme toujours de faire table rase du passé. C'est la triste logique des multinationales. En juillet 1994 aux Francofolies de la Rochelle, après son concert, nous finissons la nuit dans le hall de l'hôtel de la Monnaie. Boire et rire, il ne faut surtout pas choisir à ce moment-là. Au petit matin, Eddy, tel un colosse, se lève pour me dire au revoir. Dans un accès de tendresse, il me souffle à l'oreille comme un enfant blessé : « Tu va rester, n'est-ce pas ? » Un mois après, le jour de mon anniversaire, je donnais ma lettre de démission à mon nouveau directeur général. Quelques semaines plus tard, est organisée devant les médias de la presse et de la télévision, la remise officielle de ses deux disques d'or et de platine pour l'album *Rio Grande*. J'ai décidé de ne pas y aller pour ne pas avoir à croiser la nouvelle équipe dirigeante. Après tout, c'est Eddy qui m'a enseigné à appréhender l'histoire ancienne en ne la ressassant pas. Je suis déjà ailleurs. Je suis pourtant appelé d'urgence par une partie de l'équipe afin que je puisse me rendre dans la demi-heure qui suit au restaurant judicieusement baptisé « Polidor » où se déroule la fête. Le beau monde piétine d'impatience. Eddy m'attend et fait donc languir tout le monde. Dès mon arrivée, la cérémonie peut commencer. Elle sera très courte. « On » a « oublié » de me fabriquer un disque d'or. Eddy est ahuri. Il prend le sien qu'il me donne en n'oubliant pas de le dédicacer devant toute l'assistance. Puis il s'en va. Il claque la porte à ce passé qu'il aurait sûrement aimé prolonger. Fataliste, le cow-boy solitaire reprend sa monture pour un nouveau futur. J'ai, depuis, gardé sur le mur de mon bureau la preuve de ce souvenir amical. Vingt ans plus tard, après avoir poursuivi chacun notre route, ce livre est là pour intensifier à nouveau cette admirable amitié. Celle dont Albert Camus disait qu'elle est « la science des hommes libres »... Cette fois, je crois bien que tout Eddy.

# Remerciements

Didier Varrod remercie :

Fabrice Coat (Program 33), sans qui nous n'aurions pas réalisé ce film sur Monsieur Eddy, ainsi que Xavier Villetard et Thomas Thery.

Dominique Brami, pour son aide et son regard toujours précis et bienveillant.

Antoine Nembrini, pour avoir supporté que je passe mes jours et mes nuits sur mon clavier et qui m'a porté…

Dominique Laisney, pour avoir toujours été là !

Roman Perrusset, pour la passion acharnée qu'il a déployée pour voir naître ce projet, toujours confiant.

Et bien sûr Eddy, qui m'a offert mes plus belles séances…

Je dédie enfin ce livre à Patricia Bonnetaud.

# Table

RÉALISATION : NORD COMPO À VILLENEUVE-D'ASCQ
IMPRESSION : CPI BRODARD ET TAUPIN À LA FLÈCHE
DÉPÔT LÉGAL : MARS 2013. N° 108188. (72043)
IMPRIMÉ EN FRANCE

# Éditions Points

Le catalogue complet de nos collections est sur Le Cercle Points, ainsi que des interviews de vos auteurs préférés, des jeux-concours, des conseils de lecture, des extraits en avant-première…

**www.lecerclepoints.com**

DERNIERS TITRES PARUS

P2536. Petits Crimes italiens
*Ammaniti, Camilleri, Carlotto, Dazieri, De Cataldo, De Silva, Faletti, Fois, Lucarelli, Manzini*
P2537. La guerre des banlieues n'aura pas lieu, *Abd Al Malik*
P2538. Paris insolite, *Jean-Paul Clébert*
P2539. Les Ames sœurs, *Valérie Zenatti*
P2540. La Disparition de Paris et sa renaissance en Afrique
*Martin Page*
P2541. Crimes horticoles, *Mélanie Vincelette*
P2542. Livre de chroniques IV, *António Lobo Antunes*
P2543. Mon témoignage devant le monde, *Jan Karski*
P2544. Laitier de nuit, *Andreï Kourkov*
P2545. L'Évasion, *Adam Thirlwell*
P2546. Forteresse de solitude, *Jonathan Lethem*
P2547. Totenauberg, *Elfriede Jelinek*
P2548. Méfions-nous de la nature sauvage, *Elfriede Jelinek*
P2549. 1974, *Patrick Besson*
P2550. Conte du chat maître zen
*(illustrations de Christian Roux), Henri Brunel*
P2551. Les Plus Belles Chansons, *Charles Trenet*
P2552. Un monde d'amour, *Elizabeth Bowen*
P2553. Sylvia, *Leonard Michaels*
P2554. Conteurs, menteurs, *Leonard Michaels*
P2555. Beaufort, *Ron Leshem*
P2556. Un mort à Starvation Lake, *Bryan Gruley*
P2557. Cotton Point, *Pete Dexter*
P2558. Viens plus près, *Sara Gran*
P2559. Les Chaussures italiennes, *Henning Mankell*
P2560. Le Château des Pyrénées, *Jostein Gaarder*
P2561. Gangsters, *Klas Östergren*
P2562. Les Enfants de la dernière chance, *Peter Høeg*
P2563. Faims d'enfance, *Axel Gauvin*

P2564. Mémoires d'un antisémite, *Gregor von Rezzori*
P2565. L'Astragale, *Albertine Sarrazin*
P2566. L'Art de péter, *Pierre-Thomas-Nicolas Hurtaut*
P2567. Les Miscellanées du rock
*Jean-Éric Perrin, Jérôme Rey, Gilles Verlant*
P2568. Les Amants papillons, *Alison Wong*
P2569. Dix mille guitares, *Catherine Clément*
P2570. Les Variations Bradshaw, *Rachel Cusk*
P2571. Bakou, derniers jours, *Olivier Rolin*
P2572. Bouche bée, tout ouïe… ou comment tomber amoureux des langues, *Alex Taylor*
P2573. La grammaire, c'est pas de la tarte !
*Olivier Houdart, Sylvie Prioul*
P2574. La Bande à Gabin, *Philippe Durant*
P2575. « Le vote ou le fusil », *suivi de* « Nous formons un seul et même pays », *Malcolm X, John Fitzgerald Kennedy*
P2576. « Vive la Commune ! », *suivi de* « La Commune est proclamée » et de « La guerre civile en France »
*Louise Michel, Jules Vallès, Karl Marx*
P2577. « Je vous ai compris ! », *suivi de* « L'Algérie n'est pas la France » et de « Le droit à l'insoumission »
*Charles de Gaulle, Gouvernement provisoire algérien, Manifeste des 121*
P2578. « Une Europe pour la paix », *suivi de* « Nous disons NON » et de « Une communauté passionnée »
*Robert Schuman, Jacques Chirac, Stefan Zweig*
P2579. 13 heures, *Deon Meyer*
P2580. Angle obscur, *Reed Farrel Coleman*
P2581. Le Tailleur gris, *Andrea Camilleri*
P2582. La Vie sexuelle d'un Américain sans reproche
*Jed Mercurio*
P2583. Une histoire familiale de la peur, *Agata Tuszyńska*
P2584. Le Blues des Grands Lacs, *Joseph Coulson*
P2585. Le Tueur intime, *Claire Favan*
P2586. Comme personne, *Hugo Hamilton*
P2587. Fille noire, fille blanche, *Joyce Carol Oates*
P2588. Les Nouvelles Brèves de comptoir, tome 2
*Jean-Marie Gourio*
P2589. Dix petits démons chinois, *Frédéric Lenormand*
P2590. L'ombre de ce que nous avons été, *Luis Sepúlveda*
P2591. Sévère, *Régis Jauffret*
P2592. La Joyeuse Complainte de l'idiot, *Michel Layaz*
P2593. Origine, *Diana Abu-Jaber*
P2594. La Face B, *Akhenaton*
P2595. Paquebot, *Hervé Hamon*
P2596. L'Agfa Box, *Günter Grass*

P2597. La Ville insoumise, *Jon Fasman*
P2598. Je résiste aux personnalités toxiques
(et autres casse-pieds), *Christophe André & Muzo*
P2599. Le soleil me trace la route. Conversations avec Tiffy
Morgue et Jean-Yves Gaillac, *Sandrine Bonnaire*
P2600. Mort de Bunny Munro, *Nick Cave*
P2601. La Reine et moi, *Sue Townsend*
P2602. Orages ordinaires, *William Boyd*
P2603. Guide farfelu mais nécessaire de conversation anglaise
*Jean-Loup Chiflet*
P2604. Nuit et Jour, *Virginia Woolf*
P2605. Trois hommes dans un bateau (sans oublier le chien !)
*Jerome K. Jerome*
P2606. Ode au vent d'Ouest. Adonaïs et autres poèmes
*Percy Bysshe Shelley*
P2607. Les Courants fourbes du lac Tai, *Qiu Xiaolong*
P2608. Le Poisson mouillé, *Volker Kutscher*
P2609. Faux et usage de faux, *Elvin Post*
P2610. L'Angoisse de la première phrase, *Bernard Quiriny*
P2611. Absolument dé-bor-dée !, *Zoe Shepard*
P2612. Meurtre et Obsession, *Jonathan Kellerman*
P2613. Sahara, *Luis Leante*
P2614. La Passerelle, *Lorrie Moore*
P2615. Le Territoire des barbares, *Rosa Montero*
P2616. Petits Meurtres entre camarades. Enquête secrète au
cœur du PS, *David Revault d'Allonnes*
P2617. Une année avec mon père, *Geneviève Brisac*
P2618. La Traversée des fleuves. Autobiographie
*Georges-Arthur Goldschmidt*
P2619. L'Histoire très ordinaire de Rachel Dupree
*Ann Weisgarber*
P2620. À la queue leu leu. Origines d'une ribambelle
d'expressions populaires, *Gilles Guilleron*
P2621. Poèmes anglais, *Fernando Pessoa*
P2622. Danse avec le siècle, *Stéphane Hessel*
P2623. L'Épouvantail, *Michael Connelly*
P2624. London Boulevard, *Ken Bruen*
P2625. Pourquoi moi ?, *Omar Raddad*
P2626. Mes étoiles noires, *Lilian Thuram*
P2627. La Ronde des innocents, *Valentin Musso*
P2628. Ô ma mémoire. La poésie, ma nécessité,
*Stéphane Hessel*
P2629. Une vie à brûler, *James Salter*
P2630. Léger, humain, pardonnable, *Martin Provost*
P2631. Lune captive dans un œil mort, *Pascal Garnier*
P2632. Hypothermie, *Arnaldur Indridason*

P2633. La Nuit de Tomahawk, *Michael Koryta*
P2634. Les Raisons du doute, *Gianrico Carofiglio*
P2635. Les Hommes-couleurs, *Cloé Korman*
P2636. Le Cuisinier, *Martin Suter*
P2637. N'exagérons rien !, *David Sedaris*
P2638. Château-l'Arnaque, *Peter Mayle*
P2639. Le Roman de Bergen. 1900 L'aube, tome I
*Gunnar Staalesen*
P2640. Aurora, Kentucky, *Carolyn D. Wall*
P2641. Blanc sur noir, *Kriss Nelscott*
P2642. Via Vaticana, *Igal Shamir*
P2643. Le Ruban rouge, *Carmen Posadas*
P2644. My First Sony, *Benny Barbash*
P2645. « On m'a demandé de vous virer », *Stéphane Guillon*
P2646. Les Rillettes de Proust. Ou 50 conseils pour devenir écrivain, *Thierry Maugenest*
P2647. 200 expressions inventées en famille, *Cookie Allez*
P2648. Au plaisir des mots, *Claude Duneton*
P2649. La Lune et moi. Les meilleures chroniques, Haïkus d'aujourd'hui
P2650. Le marchand de sable va passer, *Andrew Pyper*
P2651. Lutte et aime, là où tu es !, *Guy Gilbert*
P2652. Le Sari rose, *Javier Moro*
P2653. Le Roman de Bergen. 1900 L'aube, tome II
*Gunnar Staalesen*
P2654. Jaune de Naples, *Jean-Paul Desprat*
P2655. Mère Russie, *Robert Littell*
P2656. Qui a tué Arlozoroff ?, *Tobie Nathan*
P2657. Les Enfants de Las Vegas, *Charles Bock*
P2658. Le Prédateur, *C.J. Box*
P2659. Keller en cavale, *Lawrence Block*
P2660. Les Murmures des morts, *Simon Beckett*
P2661. Les Veuves d'Eastwick, *John Updike*
P2662. L'Incertain, *Virginie Ollagnier*
P2663. La Banque. Comment Goldman Sachs dirige le monde
*Marc Roche*
P2664. La Plus Belle Histoire de la liberté, *collectif*
P2665. Le Cœur régulier, *Olivier Adam*
P2666. Le Jour du Roi, *Abdellah Taïa*
P2667. L'Été de la vie, *J.M. Coetzee*
P2668. Tâche de ne pas devenir folle, *Vanessa Schneider*
P2669. Le Cerveau de mon père, *Jonathan Franzen*
P2670. Le Chantier, *Mo Yan*
P2671. La Fille de son père, *Anne Berest*
P2672. Au pays des hommes, *Hisham Matar*
P2673. Le Livre de Dave, *Will Self*

P2674. Le Testament d'Olympe, *Chantal Thomas*
P2675. Antoine et Isabelle, *Vincent Borel*
P2676. Le Crépuscule des superhéros, *Deborah Eisenberg*
P2677. Le Mercredi des Cendres, *Percy Kemp*
P2678. Journal. 1955-1962, *Mouloud Feraoun*
P2679. Le Quai de Ouistreham, *Florence Aubenas*
P2680. Hiver, *Mons Kallentoft*
P2681. Habillé pour tuer, *Jonathan Kellerman*
P2682. Un festin de hyènes, *Michael Stanley*
P2683. Vice caché, *Thomas Pynchon*
P2684. Traverses, *Jean Rolin*
P2685. Le Baiser de la pieuvre, *Patrick Grainville*
P2686. Dans la nuit brune, *Agnès Desarthe*
P2687. Une soirée au Caire, *Robert Solé*
P2688. Les Oreilles du loup, *Antonio Ungar*
P2689. L'Homme de compagnie, *Jonathan Ames*
P2690. Le Dico de la contrepèterie.
Des milliers de contrepèteries pour s'entraîner et s'amuser
*Joël Martin*
P2691. L'Art du mot juste.
275 propositions pour enrichir son vocabulaire
*Valérie Mandera*
P2692. Guide de survie d'un juge en Chine,
*Frédéric Lenormand*
P2693. Doublez votre mémoire. Journal graphique
*Philippe Katerine*
P2694. Comme un oiseau dans la tête.
Poèmes choisis, *René Guy Cadou*
P2696. La Dernière Frontière, *Philip Le Roy*
P2697. Country blues, *Claude Bathany*
P2698. Le Vrai Monde, *Natsuo Kirino*
P2699. L'Art et la manière d'aborder son chef de service pour
lui demander une augmentation, *Georges Perec*
P2700. Dessins refusés par le *New Yorker*, *Matthew Diffee*
P2701. Life, *Keith Richards*
P2702. John Lennon, une vie, *Philip Norman*
P2703. Le Dernier Paradis de Manolo, *Alan Warner*
P2704. L'Or du Maniéma, *Jean Ziegler*
P2705. Le Cosmonaute, *Philippe Jaenada*
P2706. Donne-moi tes yeux, *Torsten Pettersson*
P2707. Premiers Romans, *Katherine Pancol*
P2708. Off. Ce que Nicolas Sarkozy n'aurait jamais dû nous dire
*Nicolas Domenach, Maurice Szafran*
P2709. Le Meurtrier de l'Avent, *Thomas Kastura*
P2710. Le Club, *Leonard Michaels*
P2711. Le Vérificateur, *Donald Antrim*

P2712. Mon patient Sigmund Freud, *Tobie Nathan*
P2713. Trois explications du monde, *Tom Keve*
P2714. Petite sœur, mon amour, *Joyce Carol Oates*
P2715. Shim Chong, fille vendue, *Hwang Sok Yong*
P2716. La Princesse effacée, *Alexandra de Broca*
P2717. Un nommé Peter Karras, *George P. Pelecanos*
P2718. Haine, *Anne Holt*
P2719. Les jours s'en vont comme des chevaux sauvages dans les collines, *Charles Bukowski*
P2720. Ma grand-mère avait les mêmes. Les dessous affriolants des petites phrases *Philippe Delerm*
P2721. Mots en toc et formules en tic. Petites maladies du parler d'aujourd'hui, *Frédéric Pommier*
P2722. Les 100 plus belles récitations de notre enfance
P2723. Chansons. L'Intégrale, *Charles Aznavour*
P2724. Vie et opinions de Maf le chien et de son amie Marilyn Monroe, *Andrew O'Hagan*
P2725. Sois près de moi, *Andrew O'Hagan*
P2726. Le Septième Fils, *Arni Thorarinsson*
P2727. La Bête de miséricorde, *Fredric Brown*
P2728. Le Cul des anges, *Benjamin Legrand*
P2729. Cent seize Chinois et quelque, *Thomas Heams-Ogus*
P2730. Conversations avec moi-même. Lettres de prison, notes et carnets intimes *Nelson Mandela*
P2731. L'Inspecteur Ali et la CIA, *Driss Chraïbi*
P2732. Ce délicieux Dexter, *Jeff Lindsay*
P2733. Cinq femmes et demie, *Francisco González Ledesma*
P2734. Ils sont devenus français, *Doan Bui, Isabelle Monnin*
P2735. D'une Allemagne à l'autre. Journal de l'année 1990 *Günter Grass*
P2736. Le Château, *Franz Kafka*
P2737. La Jeunesse mélancolique et très désabusée d'Adolf Hitler *Michel Folco*
P2738. L'Enfant des livres, *François Foll*
P2739. Karitas, livre I – L'esquisse d'un rêve *Kristín Marja Baldursdóttir*
P2740. Un espion d'hier et de demain, *Robert Littell*
P2741. L'Homme inquiet, *Henning Mankell*
P2742. La Petite Fille de ses rêves, *Donna Leon*
P2743. La Théorie du panda, *Pascal Garnier*
P2744. La Nuit sauvage, *Terri Jentz*
P2745. Les Lieux infidèles, *Tana French*
P2746. Vampires, *Thierry Jonquet*
P2747. Eva Moreno, *Håkan Nesser*

P2748. La 7$^{e}$ victime *Alexandra Marinina*
P2749. Mauvais fils, *George P. Pelecanos*
P2750. L'espoir fait vivre, *Lee Child*
P2751. La Femme congelée, *Jon Michelet*
P2752. Mortelles Voyelles, *Gilles Schlesser*
P2753. Brunetti passe à table. Recettes et récits
*Roberta Pianaro et Donna Leon*
P2754. Les Leçons du Mal, *Thomas Cook*
P2755. Joseph sous la pluie. Roman, poèmes, dessins
*Mano Solo*
P2756. Le Vent de la Lune, *Antonio Muñoz Molina*
P2757. Ouvrière, *Franck Magloire*
P2758. Moi aussi un jour, j'irai loin, *Dominique Fabre*
P2759. Cartographie des nuages, *David Mitchell*
P2760. Papa et maman sont morts, *Gilles Paris*
P2761. Caravansérail, *Charif Majdalani*
P2762. Les Confessions de Constanze Mozart
*Isabelle Duquesnoy*
P2763. Esther Mésopotamie, *Catherine Lépront*
P2764. L'École des Absents, *Patrick Besson*
P2765. Le Livre des brèves amours éternelles, *Andreï Makine*
P2766. Un long silence, *Mikal Gilmore*
P2767. Les Jardins de Kensington, *Rodrigo Fresán*
P2768. Samba pour la France, *Delphine Coulin*
P2769. Danbé, *Aya Cissoko et Marie Desplechin*
P2770. Wiera Gran, l'accusée, *Agata Tuszyńska*
P2771. Qui a tué l'écologie ?, *Fabrice Nicolino*
P2772. Rosa Candida, *Audur Ava Olafsdóttir*
P2773. Otage, *Elie Wiesel*
P2774. Absurdistan, *Gary Shteyngart*
P2775. La Geste des Sanada, *Yasushi Inoué*
P2776. En censurant un roman d'amour iranien
*Shahriar Mandanipour*
P2777. Un café sur la Lune, *Jean-Marie Gourio*
P2778. Caïn, *José Saramago*
P2779. Le Triomphe du singe-araignée, *Joyce Carol Oates*
P2780. Faut-il manger les animaux ?, *Jonathan Safran Foer*
P2781. Les Enfants du nouveau monde, *Assia Djebar*
P2782. L'Opium et le Bâton, *Mouloud Mammeri*
P2783. Cahiers de poèmes, *Emily Brontë*
P2784. Quand la nuit se brise. Anthologie de poésie algérienne
P2785. Tibère et Marjorie, *Régis Jauffret*
P2786. L'Obscure Histoire de la cousine Montsé, *Juan Marsé*
P2787. L'Amant bilingue, *Juan Marsé*
P2788. Jeux de vilains, *Jonathan Kellerman*
P2789. Les Assoiffées, *Bernard Quiriny*

P2790. Les anges s'habillent en caillera, *Rachid Santaki*
P2791. Yum Yum Book, *Robert Crumb*
P2792. Le Casse du siècle, *Michael Lewis*
P2793. Comment Attila Vavavoom remporta la présidentielle avec une seule voix d'avance, *Jacques Lederer*
P2794. Le Nazi et le Barbier, *Edgar Hilsenrath*
P2795. Chants berbères de Kabylie, *Jean Amrouche*
P2796. Une place au soleil, *Driss Chraïbi*
P2797. Le Rouge du tarbouche, *Abdellah Taïa*
P2798. Les Neuf Dragons, *Michael Connelly*
P2799. Le Mécano du vendredi
(illustrations de Jacques Ferrandez), *Fellag*
P2800. Le Voyageur à la mallette *suivi de* Le Vieux Quartier
*Naguib Mahfouz*
P2801. Le Marquis des Éperviers, *Jean-Paul Desprat*
P2802. Spooner, *Pete Dexter*
P2803. «Merci d'avoir survécu», *Henri Borlant*
P2804. Secondes noires, *Karin Fossum*
P2805. Ultimes Rituels, *Yrsa Sigurdardottir*
P2806. Le Sourire de l'agneau, *David Grossman*
P2807. Le garçon qui voulait dormir, *Aharon Appelfeld*
P2808. Frontière mouvante, *Knut Faldbakken*
P2809. Je ne porte pas mon nom, *Anna Grue*
P2810. Tueurs, *Stéphane Bourgoin*
P2811. La Nuit de Geronimo, *Dominique Sylvain*
P2812. Mauvais Genre, *Naomi Alderman*
P2813. Et l'âne vit l'ange, *Nick Cave*
P2814. Les Yeux au ciel, *Karine Reysset*
P2815. Un traître à notre goût, *John le Carré*
P2816. Les Larmes de mon père, *John Updike*
P2817. Minuit dans une vie parfaite, *Michael Collins*
P2818. Aux malheurs des dames, *Lalie Walker*
P2819. Psychologie du pingouin et autres considérations
scientifiques, *Robert Benchley*
P2820. Petit traité de l'injure. Dictionnaire humoristique
*Pierre Merle*
P2821. L'Iliade, *Homère*
P2822. Le Roman de Bergen. 1950 Le Zénith – tome III
*Gunnar Staalesen*
P2823. Les Enquêtes de Brunetti, *Donna Leon*
P2824. Dernière Nuit à Twisted River, *John Irving*
P2825. Été, *Mons Kallentoft*
P2826. Allmen et les libellules, *Martin Suter*
P2827. Dis camion, *Lisemai*
P2828. La Rivière noire, *Arnaldur Indridason*
P2829. Mary Ann en automne. Chroniques de San Francisco,
épisode 8, *Armistead Maupin*

P2830. Les Cendres froides, *Valentin Musso*
P2831. Les Compliments. Chroniques, *François Morel*
P2832. Bienvenue à Oakland, *Eric Miles Williamson*
P2833. Tout le cimetière en parle, *Marie-Ange Guillaume*
P2834. La Vie éternelle de Ramsès II, *Robert Solé*
P2835. Nyctalope ? Ta mère. Petit dictionnaire loufoque des mots savants, *Tristan Savin*
P2836. Les Visages écrasés, *Marin Ledun*
P2837. Crack, *Tristan Jordis*
P2838. Fragments. Poèmes, écrits intimes, lettres, *Marilyn Monroe*
P2839. Histoires d'ici et d'ailleurs, *Luis Sepúlveda*
P2840. La Mauvaise Habitude d'être soi *Martin Page, Quentin Faucompré*
P2841. Trois semaines pour un adieu, *C.J. Box*
P2842. Orphelins de sang, *Patrick Bard*
P2843. La Ballade de Gueule-Tranchée, *Glenn Taylor*
P2844. Cœur de prêtre, cœur de feu, *Guy Gilbert*
P2845. La Grande Maison, *Nicole Krauss*
P2846. 676, *Yan Gérard*
P2847. Betty et ses filles, *Cathleen Schine*
P2848. Je ne suis pas d'ici, *Hugo Hamilton*
P2849. Le Capitalisme hors la loi, *Marc Roche*
P2850. Le Roman de Bergen. 1950 Le Zénith – tome IV *Gunnar Staalesen*
P2851. Pour tout l'or du Brésil, *Jean-Paul Delfino*
P2852. Chamboula, *Paul Fournel*
P2853. Les Heures secrètes, *Élisabeth Brami*
P2854. J.O., *Raymond Depardon*
P2855. Freedom, *Jonathan Franzen*
P2856. Scintillation, *John Burnside*
P2857. Rouler, *Christian Oster*
P2858. Accabadora, *Michela Murgia*
P2859. Kampuchéa, *Patrick Deville*
P2860. Les Idiots (petites vies), *Ermanno Cavazzoni*
P2861. La Femme et l'Ours, *Philippe Jaenada*
P2862. L'Incendie du Chiado, *François Vallejo*
P2863. Le Londres-Louxor, *Jakuta Alikavazovic*
P2864. Rêves de Russie, *Yasushi Inoué*
P2865. Des garçons d'avenir, *Nathalie Bauer*
P2866. La Marche du cavalier, *Geneviève Brisac*
P2867. Cadrages & Débordements *Marc Lièvremont (avec Pierre Ballester)*
P2868. Automne, *Mons Kallentoft*
P2869. Du sang sur l'autel, *Thomas Cook*
P2870. Le Vingt et Unième cas, *Håkan Nesser*

P2871. Nous, on peut. Manuel anticrise à l'usage du citoyen
*Jacques Généreux*
P2872. Une autre jeunesse, *Jean-René Huguenin*
P2873. L'Amour d'une honnête femme, *Alice Munro*
P2874. Secrets de Polichinelle, *Alice Munro*
P2875. Histoire secrète du Costaguana, *Juan Gabriel Vásquez*
P2876. Le Cas Sneijder, *Jean-Paul Dubois*
P2877. Assommons les pauvres !, *Shumona Sinha*
P2878. Brut, *Dalibor Frioux*
P2879. Destruction massive. Géopolitique de la faim
*Jean Ziegler*
P2880. Une petite ville sans histoire, *Greg Iles*
P2881. Intrusion, *Natsuo Kirino*
P2882. Tatouage, *Manuel Vázquez Montalbán*
P2883. D'une porte l'autre, *Charles Aznavour*
P2884. L'Intégrale Gainsbourg. L'histoire de toutes ses chansons
*Loïc Picaud, Gilles Verlant*
P2885. Hymne, *Lydie Salvayre*
P2886. B.W., *Lydie Salvayre*
P2887. Les Notaires. Enquête sur la profession la plus puissante de France, *Laurence de Charette, Denis Boulard*
P2888. Le Dépaysement. Voyages en France
*Jean-Christophe Bailly*
P2889. Les Filles d'Allah, *Nedim Gürsel*
P2890. Les Yeux de Lira, *Eva Joly et Judith Perrignon*
P2891. Recettes intimes de grands chefs, *Irvine Welsh*
P2892. Petit Lexique du petit, *Jean-Luc Petitrenaud*
P2893. La Vie sexuelle d'un islamiste à Paris, *Leïla Marouane*
P2894. Ils sont partis avec panache. Les dernières paroles, de Jules César à Jimi Hendrix, *Michel Gaillard*
P2896. Le Livre de la grammaire intérieure, *David Grossman*
P2897. Philby. Portrait de l'espion en jeune homme
*Robert Littell*
P2898. Jérusalem, *Gonçalo M. Tavares*
P2899. Un capitaine sans importance, *Patrice Franceschi*
P2900. Grenouilles, *Mo Yan*
P2901. Lost Girls, *Andrew Pyper*
P2902. Satori, *Don Winslow*
P2903. Cadix, ou la diagonale du fou, *Arturo Pérez-Reverte*
P2904. Cranford, *Elizabeth Gaskell*
P2905. Les Confessions de Mr Harrison, *Elizabeth Gaskell*
P2906. Jón l'Islandais, *Bruno d'Halluin*
P2907. Journal d'un mythomane, vol. 1, *Nicolas Bedos*
P2908. Le Roi prédateur, *Catherine Graciet et Éric Laurent*
P2909. Tout passe, *Bernard Comment*

P2910. Paris, mode d'emploi. Bobos, néo-bistro, paniers bio et autres absurdités de la vie parisienne *Jean-Laurent Cassely*
P2911. J'ai réussi à rester en vie, *Joyce Carol Oates*
P2912. Folles nuits, *Joyce Carol Oates*
P2913. L'Insolente de Kaboul, *Chékéba Hachemi*
P2914. Tim Burton : entretiens avec Mark Salisbury
P2915. 99 proverbes à foutre à la poubelle, *Jean-Loup Chiflet*
P2916. Les Plus Belles Expressions de nos régions *Pascale Lafitte-Certa*
P2917. Petit dictionnaire du français familier. 2000 mots et expressions, d'« avoir la pétoche » à « zigouiller », *Claude Duneton*
P2918. Les Deux Sacrements, *Heinrich Böll*
P2919. Le Baiser de la femme-araignée, *Manuel Puig*
P2920. Les Anges perdus, *Jonathan Kellerman*
P2921. L'Humour des chats, *The New Yorker*
P2922. Les Enquêtes d'Erlendur, *Arnaldur Indridason*
P2923. Intermittence, *Andrea Camilleri*
P2924. Betty, *Arnaldur Indridason*
P2925. Grand-père avait un éléphant *Vaikom Muhammad Basheer*
P2926. Les Savants, *Manu Joseph*
P2927. Des saisons au bord de la mer, *François Maspero*
P2928. Le Poil et la Plume, *Anny Duperey*
P2929. Ces 600 milliards qui manquent à la France *Antoine Peillon*
P2930. Pensées pour moi-même. Le livre autorisé de citations *Nelson Mandela*
P2931. Carnivores domestiques (illustrations d'OlivSteen) *Erwan Le Créac'h*
P2932. Tes dernières volontés, *Laura Lippman*
P2933. Disparues, *Chris Mooney*
P2934. La Prisonnière de la tour, *Boris Akounine*
P2935. Cette vie ou une autre, *Dan Chaon*
P2936. Le Chinois, *Henning Mankell*
P2937. La Femme au masque de chair, *Donna Leon*
P2938. Comme neige, *Jon Michelet*
P2939. Par amitié, *George P. Pelecanos*
P2940. Avec le diable, *James Keene, Hillel Levin*
P2941. Les Fleurs de l'ombre, *Steve Mosby*
P2942. Double Dexter, *Jeff Lindsay*
P2943. Vox, *Dominique Sylvain*
P2944. Cobra, *Dominique Sylvain*
P2945. Au lieu-dit Noir-Étang…, *Thomas Cook*
P2946. La Place du mort, *Pascal Garnier*

P2947. Terre des rêves (La trilogie du Minnesota, tome 1)
*Vidar Sundstøl*
P2948. Les Mille Automnes de Jacob de Zoet, *David Mitchell*
P2949. La Tuile de Tenpyô, *Yasushi Inoué*
P2950. Claustria, *Régis Jauffret*
P2951. L'Adieu à Stefan Zweig, *Belinda Cannone*
P2952. Là où commence le secret, *Arthur Loustalot*
P2953. Le Sanglot de l'homme noir, *Alain Mabanckou*
P2954. La Zonzon, *Alain Guyard*
P2955. L'éternité n'est pas si longue, *Fanny Chiarello*
P2956. Mémoires d'une femme de ménage
*Isaure (en collaboration avec Bertrand Ferrier)*
P2957. Je suis faite comme ça, *Juliette Gréco*
P2958. Les Mots et la Chose. Trésors du langage érotique
*Jean-Claude Carrière*
P2959. Ransom, *Jay McInerney*
P2960. Little Big Bang, *Benny Barbash*
P2961. Vie animale, *Justin Torres*
P2962. Enfin, *Edward St Aubyn*
P2963. La Mort muette, *Volker Kutscher*
P2964. Je trouverai ce que tu aimes, *Louise Doughty*
P2965. Les Sopranos, *Alan Warner*
P2966. Les Étoiles dans le ciel radieux, *Alan Warner*
P2967. Méfiez-vous des enfants sages, *Cécile Coulon*
P2968. Cheese Monkeys, *Chip Kidd*
P2969. Pommes, *Richard Milward*
P2970. Paris à vue d'œil, *Henri Cartier-Bresson*
P2971. Bienvenue en Transylvanie, *collectif*
P2972. Super triste histoire d'amour, *Gary Shteyngart*
P2973. Les Mots les plus méchants de l'Histoire
*Bernadette de Castelbajac*
P2974. La femme qui résiste, *Anne Lauvergeon*
P2975. Le Monarque, son fils, son fief, *Marie-Célie Guillaume*
P2976. Écrire est une enfance, *Philippe Delerm*
P2977. Le Dernier Français, *Abd Al Malik*
P2978. Il faudrait s'arracher le cœur, *Dominique Fabre*
P2979. Dans la grande nuit des temps, *Antonio Muñoz Molina*
P2980. L'Expédition polaire à bicyclette, *Robert Benchley*
P2981. Karitas, livre II – L'art de la vie
*Kristín Marja Baldursdóttir*
P2982. Parlez-moi d'amour, *Raymond Carver*
P2983. Tais-toi, je t'en prie, *Raymond Carver*
P2984. Débutants, *Raymond Carver*
P2985. Calligraphie des rêves, *Juan Marsé*
P2986. Juste être un homme, *Craig Davidson*
P2987. Les Strauss-Kahn, *Raphaëlle Bacqué, Ariane Chemin*